반복되는 타임리프 끝에 네 눈동자에 비치는 사람은

아오바 유이치 지음
주승현 옮김

KB024745

Contents

반복되는 타임리프 끝에
네 눈동자에 비치는 사람은

———

아오바 유이치 장편소설
주승현 옮김

제우미디어

KURIKAESARERU TIME LEAP NO HATE NI,
KIMI NO HITOMI NI UTSURU HITO WA

©Yuichi Aoba 2017
First published in Japan in 2017 by KADOKAWA CORPORATION, Tokyo.
Korean translation right arranged with KADOKAWA CORPORATION, Tokyo through
Korea Copyright Center Inc.

———

이 책은 (주)한국저작권센터(KCC)를 통한 저작권자와의 독점계약으로 제우미디어에서
출간되었습니다. 저작권법에 의해 한국 내에서 보호를 받는 저작물이므로 무단전재와
복제를 금합니다..

네 눈동자에 비치는 사람은 반복되는 타임리프 끝에

아오바 유이치 지음
주승현 옮김

제1장

당신은 운명의 사람이 아니었어

바다를 내다볼 수 있는 공원 안에는 가족이나 커플, 친구 사이의 밝은 목소리가 흘러넘치고 있었다. 들뜬 사람들을 곁눈질하며 걷고 있던 미카미 케이스케의 발밑에 녹색 고무공이 굴러왔다.

케이스케는 공을 주워 올리고는 죄송합니다―, 하고 손을 들고 있는 초등학생 정도 남자애를 향해 허공에 포물선을 그리도록 던졌다. 공은 바닥에 튀지 않고 소년의 품으로 돌아갔다. 고맙다고 말하는 소년에게 가볍게 손을 들어 주고는 다시 걷기 시작했다.

3월 마지막 주. 아침은 아직 쌀쌀했지만, 햇빛이 비치는 낮은 뺨을 어루만지는 바람이 기분 좋았고, 바다 내음을 들이마시며 걷고 있으면 그것만으로도 마음이 씻겨나가는 듯했다.

곧 공원에서 나가게 될 차에, 약속 장소인 카페가 보이기 시작했다. 새하얀 외벽에 커다랗고 푸른 간판이 걸려 있는 외관은 주위의 반짝이는 바다와도 어울려서 영화의 한 장면을 잘라낸 것만 같이 미려했다.

하얀 목제 문을 열고 카페로 들어갔다. 가게 안을 얼추 둘러봤지만, 아코의 모습은 보이지 않는다. 여대생으로 보이는 점원이 다가와 원하는 자리에 앉도록 권했다. 케이스케는 마음에 든 자리인 창가 의자에 앉았다. 나중에 한 명 더 올 거라고 점원에게 말하고, 조금 망설여서 아이스커피를 주문했다.

시각은 10시 50분. 자리는 8할 정도 차 있고, 태반은 연인 사이로 짐작되는 남녀였다. 혼자서 앉아 있는 건 케이스케뿐이었지만, 조금만 더 지나면 이 자리도 저 무리 중 하나로 가담하게 된다.

조금 전의 점원이 테이블 위에 아이스커피를 올려놓았다. 그러고 보니 이 여자애는 처음 보는 얼굴이라고 생각하며 검 시럽을 넣고 빨대로 휘저어 섞었다. 오늘은 어디로 놀러 갈까 하고 몇 군데 장소를 떠올리며 창밖으로 시선을 향한 채 아이스커피를 마신다.

일단 한 시간 정도 드라이브하고, 아코가 최근 빠져 있다고 하는 파스타 가게에서 점심을 먹을까. 배를 채운 뒤에는 볼링이라도 치고, 거리를 느긋하게 돌아다니며 서로 같이 쇼핑을 한다. 그 뒤에는 날이 저물기 전에 아코의 방에 가서……

　그녀의 옷을 벗기는 상상을 했을 때, 공원 안을 걸어오는 아코의 모습이 보였다. 회색 플레어 원피스 차림. 멀리서 봐도 아코의 존재감은 눈에 띄었다. 그건 결코 케이스케의 콩깍지가 아닐 것이다. 엇갈리는 남자는 곧잘 아코에게 시선을 보내거나 뒤돌아보고 있고, 바로 지금도 같이 다니던 남자 두 명이 엇갈린 아코를 뒤돌아보고 있었다. 틀림없는 미인의 증거. 연인은 자신의 소유물이 아니지만, 저런 광경을 몇 번이나 보고 있자니 케이스케는 자연히 우쭐해졌다.

　아코의 모습이 점점 가까워져 온다. 볼 때마다 항상 생각하는 것이지만, 짧은 단발이 정말로 잘 어울린다. 그녀 이상으로 저 헤어스타일이 어울리는 여성은 그리 없을 것이다. 아코가 일본에서 제일 잘 어울릴지도 모른다.

　문득, 그녀가 어깨에 걸치고 있는 갈색 미니 숄더백이 눈에 띄었다. 요 몇 달간, 만날 때는 언제나 케이스케가 선물한 하얀 숄더백을 쓰고 있었을 터인데……. 하지만 딱히 신경 쓸 일은 아니다. 오늘 입은 옷에 어울리는 게 하얀색이 아니라 갈색 가방이었다는 것이리라.

케이스케와 아코의 시선이 교차했다. 케이스케는 가볍게 손을 들어 싱긋 미소 지었다.

아코는 가볍게 고개를 끄덕이고 문 쪽으로 걸어갔다.

"?"

아코의 표정을 본 케이스케의 머리에 물음표가 떠올랐다.

무슨 일이지? 아코의 표정이 엄청나게 차갑다고 할까…… 저런 표정, 처음 봤을지도 모른다. 여느 때의 그녀라면 케이스케가 웃으면 눈부실 정도의 미소를 돌려줄 텐데…….

아코가 케이스케 곁으로 걸어와 맞은편 자리에 앉았다.

역시 뭔가 이상하다고 생각했다. 평소라면 아코 쪽에서 뭔가 말을 건네고 자리에 앉는데, 지금은 아무 말 없이 자리에 앉았다. 표정은 어둡다.

안색이 나쁜데, 어디 몸이라도 안 좋아?

그렇게 물으려 했을 때, 점원이 다가와 아코에게 주문을 물었다. 아코는 아이스티를 주문했다. 점원이 떠나가자 케이스케는 다시 입을 열었다.

"안색이 나쁜데, 어디 몸이라도 안 좋아?"

케이스케의 물음에 아코는 고개를 가로저었다.

"몸이 안 좋은 게 아니야."

"그래. 그러면 다행이지만⋯⋯."

1분도 지나지 않아 조금 전의 점원이 아이스티를 테이블 위에 올려놓았다. 아코는 검 시럽을 넣어 한 모금 마신 뒤, 케이스케의 눈을 가만히 바라봤다.

마치 다른 사람이 쳐다보고 있는 것 같다고 케이스케는 생각했다. 그 눈동자는 무척이나 차갑게 느껴졌다.

아코와 사귀기 시작하고 약 2년. 이런 분위기를 느끼는 건 처음 있는 일이었다. 밝은 여성을 그림으로 그린 듯한 성격인 아코가 이런 눈을 하다니, 정말로 대체 무슨 일이 있었던 것일까.

그건 물어보면 알 수 있다. 단순명쾌. 하지만 왠지 모르게, 물어보기 힘든 분위기가 감돌고 있었다. 저기, 기색이 이상한데 무슨 일 있었어? 고작 그뿐인 말밖에 꺼낼 수가 없는 압력이 케이스케에게 가해지고 있었다.

아코가 시선을 돌리고 아이스티를 마셨다. 그러고 나서 숨을 한 번 내쉰 뒤, 왼손으로 오른손 손등을 문지르는 것처럼 만지고는 다시 케이스케에게 시선을 맞추고 천천히 입을 열었다.

"해야 할 말은 정리되어 있지만, 어떤 식으로 꺼낼까 그것 하나만 망설이고 있었어. 하지만 이런 건 단도직입적으로 꺼내는 편이 좋겠지. 빙 둘러서 말해도 결국 다다르는 곳은 같으니까."

그 말은 케이스케에게 향해진 것이라기보다는, 아코가 자기 자신에게 되뇌고 있는 것처럼 들렸다.

아코가 숨을 들이마시고, 그리고 크게 내뱉었다. 결의를 굳힌 듯한 기색이 그녀의 표정에 깃들었다.

"케이스케, 나랑 헤어져 줘."

아코의 입에서 내뱉어진 말의 의미를 순간적으로 이해하지 못해서, 케이스케는 그녀의 얼굴을 계속해서 가만히 바라봤다. 아코는 그 시선을 피하지 않고 확실하게 받아들여 케이스케를 마주 보고 있다. 다만 그 눈동자에서는 지금까지 그에게 향해졌던 애정이 손톱만큼도 보이지 않았다.

"어? 지금, 뭐라고?"

아코는 조금 전과 비슷하게 큰 숨을 내쉬고는,

"이제 케이스케와 같이 있고 싶지 않으니까, 헤어져 줬으면 해. 괜찮지?"

'헤어져 줬으면 해'라는 일곱 글자가 머릿속에서 빙글빙

글 회전하거나 반전하는 등 계속해서 움직이고 있다.

이윽고 케이스케는 그녀가 꺼낸 말의 의미를 이해했다.

그 순간 머릿속이 새하얘졌다.

케이스케는 아코의 눈동자를 들여다보는 것처럼 몸을 앞으로 기울였다.

"헤어지다니, 나랑 헤어진다는 말이야?"

"그래."

"어, 어째서?"

"그러니까, 이제 같이 있고 싶지 않으니까."

"내가 싫어졌다는 거야?"

"싫어졌다기보다는, 애정이 사라졌다고 말하는 편이 좋으려나."

"하지만, 어째서, 그렇게 갑자기……."

아지랑이가 걷히는 것처럼 새하얘져 있던 머릿속이 조금씩 정상으로 돌아간다. 일의 중대함을 이해한 심장은 빠르게 고동치고 있었다.

"딱히 어제오늘 갑자기 애정이 제로가 되어서 없어진 게 아니야. 시간의 경과와 함께 서서히 케이스케를 향한 사랑이 희미해져 갔어. 그 사실을 케이스케가 알아차리지 못했던 것뿐이야."

"내가, 알아차리지 못했던 것뿐이라고?"

"그래."

"내가 둔감했어?"

"그런 말은 그다지 쓰고 싶지 않지만, 그렇다는 게 돼."

"아코를 주의 깊게 보고 있었다면, 이별을 예감하게 만드는 무언가가 보였을 거라는 말이야?"

"그러네. 똑바로 보고 있었다면, 최근의 내가 여느 때와는 다르다는 걸 알았을 거야."

최근의 아코……. 그 말을 듣고 케이스케는 요 한두 달 사이 아코의 낌새를 돌이켜봤다. 그녀가 케이스케를 지긋지긋하게 여기는 듯한 언동이 있었을까. 이별을 예감하게 만드는 사건이 과연 있었을까.

케이스케의 지금 정신상태가 평온하고 조용하다고는 말할 수 없기에 단언하기는 어려웠지만, 이별을 꺼내게 될 만한 그녀의 언동이나 사건은 무엇 하나 짚이지 않았다. 오늘보다 이전, 마지막에 만난 3월 13일 아침만을 떼어놓고 봐도 딱히 마음에 걸리는 건 떠오르지 않는다. 그 전날인 12일에는 섹스도 했다. 아코에게 마지못해 안긴다는 기색은 없었다. 애초에 그 시점에서 케이스케를 향한 사랑이 식었다면, 몸을 요구해도 거절하지 않았을까.

그것도 아니면 2주 전 시점에서는 아직 그를 향한 애정이 남아 있었던 것일까.

"언제 헤어지자고 결심했어?"

아코는 시선을 테이블 위에 떨어뜨리고,

"분명하게 헤어지자고 결심한 건 최근이지만, 제법 예전부터 마음은 멀어지기 시작했어."

"제법 예전부터……."

아코를 대하는 자신의 언동을 되돌아봐도 구체적으로 무엇이 나쁘고, 어디가 안 좋았는지 짐작은 가지 않았다. 조금 전부터 줄곧, 케이스케는 알 수 없는 상황이 계속되고 있다.

"솔직히 말해서 네가 어째서 이별 이야기를 꺼내고 있는지 전혀 모르겠어. 짚이는 게 없다고 할까…… 구체적으로 나의 어디가 나쁘고 안 좋았던 거야?"

아코는 입을 열기 전에 아이스티를 마셨다. 그러고 나서 조금 생각하는 표정을 지은 뒤, 케이스케의 의문에 답하기 시작했다.

"우리 사귀기 시작하고 2년 정도 지나는데, 케이스케가 놀러 데리고 가준 곳은 매번 같았지. 처음 얼마간에는 그래도 좋았지만, 똑같은 데이트 코스가 계속되니까 아아,

이 사람은 나를 즐겁게 만들 노력을 해주지 않는 사람이구나 하는 생각이 들었어. 정말로 나를 사랑해 주는 사람이라면 데리고 가는 장소도 여러 가지로 궁리할 테고, 노력한 흔적을 보여줄 텐데. 하지만 케이스케한테서는 그런 게 조금도 느껴지지 않았어. 술을 마시는 가게를 놓고 봐도 언제나 아저씨가 많은 선술집뿐. 어째서 그런 가게에만 날 데리고 가는 건지는 알아. 옛날에 내가 퇴근하고 돌아가는 샐러리맨으로 넘쳐나는 듯한 선술집에서 마시는 게 좋다고 말했기 때문이지. 하지만 말이야, 그렇다고 해서 매번 그런 곳에서 마시고 싶지는 않아. 가끔은 분위기 있는 세련된 바에서 마시고 싶을 때도 있어. 하지만 요 2년간, 케이스케는 단 한 번도 그런 가게에 데리고 가주지 않았어. ……애정이 식은 원인은 그밖에도 있어. 전화나 메시지는 언제나 내가 먼저 할 뿐이고, 케이스케가 먼저 전화해 주는 경우는 거의 없어. 나는 말하는 걸 좋아하고, 케이스케는 굳이 따지자면 들어주는 역할. 그래서 이것도 처음 얼마간은 문제없었지만, 차츰 왜 케이스케 쪽에서 먼저 전화를 걸거나 메시지를 보내 주지 않는 걸까, 혹시 나는 사랑받고 있지 못한 걸까 하고 생각하게 됐어. 이런 말을 하면 남자는 말해주지 않으면 모른다고 생각하겠지만, 이쪽 입장에서 보면 말하지 않아도 알아차려 달라는 생각이 들거든. 상대를 제대로 보고 있다면, 그런 것은 알아차려 줄 거야. ……이게 내 마음이 케이스케에게서 멀어져 간 이유."

아코는 담담히 이야기를 계속한 뒤 숨을 한번 내뱉고 이렇게 끝맺었다.

"그러니까 더는 케이스케와 같이 있을 수 없어. 나랑 헤어져 줘."

이야기를 다 들은 케이스케의 몸은 납덩이처럼 무거워져서, 마음을 다잡고 있지 않으면 정말 그대로 가라앉아 버리고 말 것만 같았다.

어째서 아코가 이별 이야기를 꺼내고 있는 것인지 계속 알 수 없는 상태였지만, 이렇게 아코의 입을 통해 그 이유를 듣고 보니 잘 이해할 수 있었다. 확실히 케이스케는 모든 것이 타성에 젖어 있었을지도 모른다. 아코가 말한 대로 그녀가 처음에 여기가 좋다, 이게 취향이라고 말하면 그 이후에는 새로 물어보는 일 없이 계속 같은 선택지를 고르고 있었다. 연인을 즐겁게 해주려는 노력을 게을리했다는 말을 들어도 부정할 수 없다.

하지만, 단 하나. 분명하게 부정하고 싶은 점이 있었다.

"타성에 빠져 있었던 점에 관해서는 아무것도 반론할 수 없지만, 내가 아코를 사랑하지 않는 것 아닌가 하는 점만은 부정하고 싶어. 나는 아코를 사랑해. ……지금, 이런 상황이 되어도."

아코는 고개를 가로저었다.

"케이스케가 어떻게 생각하고 있는지는 내 감정과 상관없어. 중요한 건 케이스케의 언동에서 내가 그걸 느꼈는가. 결과적으로 내 마음은 케이스케에게서 멀어졌어. 그게 전부야."

"그건……."

입을 열었지만, 말이 나오지 않는다. 케이스케는 아랫입술을 깨물었다.

아코가 창밖으로 시선을 옮겼다. 그녀의 옆모습은 그가 빨리 이별을 받아들여 주길 바란다고 말하고 있는 것처럼 보였다.

가슴이 옥죄여 들어간다. 케이스케는 아픈 가슴을 오른손으로 짓누르고 가볍게 눈을 감았다.

헤어지고 싶지 않다.

속마음이 그대로 입 밖으로 튀어나왔다.

"나는, 헤어지고 싶지 않아."

연인에게서 헤어지자는 말을 들은 남자가, 헤어지고 싶지 않다고 대답하고 거부한다.

무척 꼴사납다고 생각한다. 원인은 자신에게 있고, 그녀가 헤어지고 싶다고 말하고 있으니 마지막 정도는 남자답게 산화하는 편이 좋다. 남 일이라면 분명 그렇게 말할 것이다.

단지, 그러기엔 아코에 대한 애정이 전혀 희미해지지 않았다. 아코는 제로가 되었다고 말할지도 모르지만, 케이스케는 2년 전부터 100%인 채 그대로다. 이 상태에서 이별을 받아들이는 건 불가능했다.

케이스케의 대답을 들은 아코가 얼굴을 정면으로 되돌렸다. 눈동자에 깃들어 있던 차가운 기색이 더욱 짙어진 듯한 느낌이 들었다.

"헤어지고 싶지 않다고 말해도 곤란해. 나는 이제 케이스케랑 같이 있고 싶지 않다고 생각한단 말이야. 그런 나한테 어떻게 하라는 거야? 좋아하지 않아도 괜찮으니까, 옆에 계속 있기라도 하라는 거야?"

케이스케는 이를 악물고 지금 여기서 할 수 있는 최선의 말을 찾았다. 아코를 붙잡아 둘 수 있는 말을. 아코 속의 제로가 1이 될 수 있는 말을. 케이스케는 계속해서 열심히 찾았다.

"시간을, 주지 않겠어? 다시 시작할 시간을……."

아코는 뿌리치는 듯한 느낌으로 고개를 가로저었다.

"이제, 끝났어. 아무리 시간을 들여도 원래대로 될 일은 없어. 이해해줘."

"……나는 2년 전에 아코를 좋아하게 되고 나서부터 그 마음은 줄곧 변하지 않았어. 그러니까, 포기할 수 없어."

아코는 질렸다는 듯이 한숨을 내뱉고,

"조금 전에도 말했지만, 포기한다든가 포기 못 한다든 가 하는 케이스케의 마음은 상관없어. 중요한 건 헤어지 고 싶다고 말하는 내 감정이니까. 지금의 나는 케이스케 를 얼굴도 보고 싶지 않을 정도로 싫어하는 게 아니라, 애 정이 없는 상태야. 하지만 이대로라면 얼굴도 보고 싶지 않고 목소리도 듣고 싶지 않을 정도까지 싫어하게 될 거 야. 부탁이니까 내게 그런 마음이 들게 하지 말아줘."

아코의 말은 날붙이처럼 계속해서 케이스케에게 꽂혔 다. 아코를 쳐다보고 있던 시선이 약해지고 처져 간다. 그 런 상태가 되어서도 여전히 이 상황을 타파할 수 있는 말 이 없는지 계속 찾았지만, 빛이 비치는 듯이 글자가 머릿 속에 떠오르는 일은 없었다. 시야 끝에서 아코가 천 엔 지페를 테이블 위에 올려놓는 게 보였다.

"나, 이제부터 약속이 있으니까."

케이스케는 반사적으로 고개를 들었다.

두 사람의 시선이 교차한다.

아코의 눈동자에는 케이스케를 향한 마음이 조금만큼도 보이지 않았다. 새빨간 타인을 보는 듯한 기색이 떠올라 있을 뿐.

케이스케는 이제 어찌할 도리가 없다는 것을 깨달았다.

아코가 슥 일어섰다.

케이스케의 뇌리에 옛날의 영상이 흘러들어왔다.

처음으로 아코와 만났던 때, 처음 만났다는 느낌이 들지 않았다. 옛날부터 알고 지냈던 사이 같은, 그런 감각. 사귀기 시작하고 나서 아코에게 그 얘기를 하니, 자기도 그런 느낌이 들었다고 말해주었다. 이 관계는 계속 이어질 듯한 느낌이 든다고 케이스케가 말하자, 아코도 같은 마음이었던 모양이라 케이스케를 운명의 사람처럼 느낀다고 말해주었다.

"옛날에 사귀기 시작했을 무렵, 네가 말해 줬지. 나를 운명의 사람이라고 생각한다고……."

아코를 붙잡겠다든가, 정에 호소한다는 그런 의도를 가

지고 한 말은 아니었다. 그저 자연스레 속마음이 입 밖으로 새어 나오고 있었다.

아코는 오늘 케이스케 앞에 나타났을 때부터 일관되게 그랬던 것처럼, 그 차가운 표정을 무너뜨리지 않고 입을 열었다.

"당신은 운명의 사람이 아니었어. 지금까지 고마웠어. 안녕."

케이스케는 등을 휙 돌려 떠나가는 아코의 뒷모습을 후회의 심정에 사로잡힌 채 가만히 바라볼 수밖에 없었다. 귓속에서는 안녕이라는 말이 쓸쓸하게 계속 울리고 있었다.

아코가 가게를 나가고 나서부터 어느 정도 시간이 지났을까. 가게 안 벽시계를 보니 바늘은 11시 35분을 가리키고 있었다. 몸을 움직이는 것도 나른했지만, 이대로 이곳에 남는 것도 꺼려졌기에 계산을 마치고 가게를 나왔다. 차를 세워 둔 코인 주차장은 공원 안을 가로질러가는 편이 빨랐지만, 케이스케는 공원에는 들어가지 않고 곧장 나아갔다. 그쪽에 무언가가 있는 건 아니었다. 방향전환을 하는 것도 귀찮을 정도로 지금의 그는 타성으로 움직이고 있었다.

지극히 완만한 속도로 전진하며, 케이스케는 아코와의 추억을 돌이켜보고 있었다. 어느 장면의 아코를 잘라내도 그녀는 항상 하얀 이를 내보이며 웃고 있다. 조금 전에 보여줬던 그런 차가운 눈이나 케이스케를 향한 불신감을 품고 있는 표정의 아코는 어디에도 존재하지 않았다.

다만 아코 관점에서 말하자면 그건 케이스케가 둔감했을 뿐이라는 것이 되리라.

그러나 이런 상황이 되어도 케이스케는 아직 석연치 않은 마음이 남아 있었다. 조금 전에는 갑작스러운 이별 이야기로 머리가 혼란스러워져 제대로 반론하지 못했지만, 케이스케가 아는 아코라는 여성은 '말하지 않아도 알아차려 주길 바라는' 타입의 여성이 아니라 '생각한 것을 분명하게 상대에게 말하는 여성'이었다. 데이트가 단조로워졌다고 생각하면 평소와는 다른 곳으로 데리고 가줬으면 한다고 말할 테고, 가끔은 세련된 바에서 마시고 싶다고 말할 터다. 그 점에 관해서는 절대적인 자신이 있었다. 가령 이 견해를 아코의 친구에게 이야기하면 100% 동의를 얻을 수 있을 것이다.

그러면, 어째서 그녀는 그런 말을 한 것인가.

……알 수 없다. 도무지 아무것도 보이지 않았다.

교차로에 접어들었을 때, 진행 방향의 파란불이 깜박거리기 시작했다. 뛰면 건널 수 있었지만, 지금의 케이스케에게 뛸 기력은 없다. 건널목의 신호가 빨간색으로 변했을 때 발을 멈췄다. 그러고 나서 조금 뒤, 핑크색 스웨터를 입은 다섯 살 정도의 여자아이가 케이스케 옆에 섰다.

벌써 몇 번째인지 모를 한숨이 나온다. 그녀를 향한 마음이 강하고 깊었던 만큼, 상실한 반동도 크다. 전조 없는 이별이었기에 더더욱.

주머니에서 스마트폰을 꺼냈다. 11시 45분으로 표시된 잠금 화면을 풀고 연락처의 아코 칸을 띄웠다.

전화를 걸 용기는, 없다. 가령 전화했다 한들, 조금 전 아코의 태도를 떠올리면 분명 받아 주지 않을 것이다. 어떻게 해도 원래 관계로 돌아갈 수 없다는 건 이해하고 있다. 그래도 그녀를 향한 마음은 여전히 남아 있으니까, 이런 식으로 그녀에게 연연하는 행동을 취하고 만다. 이 상실감이 언제까지 계속될 것인지, 자신도 알 수 없다. 알고 있는 건 당장은 극복할 수 없다는 것뿐.

옆에 있던 여자아이가 걷기 시작했다. 횡단보도 신호가 파란불로 바뀌었다는 것을 알았다.

케이스케도 앞으로 나아가려 했을 때, 엄청난 충격음이

오른쪽에서 들려왔다. 직후, 여러 사람의 비명.

시선을 그쪽으로 돌리니 대형 트럭이 멈춰 있는 차를 튕겨내며 맹렬한 속도로 이쪽을 향해 달려오고 있었다. 운전사는 핸들에 엎드려 있는 것처럼 보인다.

케이스케의 시선은 폭주 트럭이 진행하는 방향으로 향했다.

핑크색 스웨터를 입은 여자아이가 건널목 한중간에 멈춰 서서 트럭 쪽을 보고 있다.

케이스케는 생각하는 것보다 빠르게 여자아이를 향해 뛰고 있었다.

"도망쳐!"

케이스케는 절규했지만, 여자아이가 움직이는 기색은 없다.

비명과 트럭 폭주 음이 울리는 가운데, 케이스케는 여자아이를 끌어안고 그대로 앞으로 넘어졌다.

트럭이 공기를 찢어발기는 것처럼 돌진해 오는 것을 피부로 느꼈다.

치인다. 그렇게 각오했을 때, 뇌리에 떠오른 것은 미소 짓는 아코였다.

직후, 충격이 케이스케의 몸을 덮치고 의식은 끊어졌다.

제2장

이제 두 번 다시 잃고 싶지 않아

무언가가 울리는 소리에 케이스케는 눈을 떴다. 그 시끄러운 소리가 알람시계 소리라는 것을 알아차리는 데에는 조금 시간이 걸렸다. 상체를 일으키고 침대 선반에 둔 알람시계를 멈췄다. 눈을 비비며, 평소에는 금방 알람시계 소리라는 걸 깨닫는데, 어째서 오늘은 시간이 걸렸을까 하고 생각했다. 어젯밤에 술을 너무 많이 마시기라도 한 걸까.

침대에서 내려와 일어섰을 때, 무언가를 잊고 있는 듯한 감각에 사로잡혔다. 뭘까, 이 위화감.

케이스케는 고개를 갸웃하고 실내를 둘러봤다.

딱히 변한 점은 없다. 스스로 말하는 것도 뭣하지만, 잘 정리정돈 된 깔끔한 방이다.

"어라?"

자기도 모르게 의문에 찬 목소리가 새어 나왔다.

"뭔가…… 이상한데."

케이스케는 그렇게 중얼거리고 벽 한 곳을 바라보며 숙고했다.

확실히, 무언가가 이상하다. 하지만 대체 무엇이 이상한 것인지 그 정체를 알 수 없다. 편린조차 보이지 않는다. 하지만 분명히, 뭔가 이상한 일이 자신의 몸에 일어나 있다. 감각으로 알 수 있었다.

"나는, 어제, 뭘 하고 있었지?"

목소리로 내서 자문자답했다. 어제 무엇을 하고 있었는지 안다면, 이 위화감의 정체에 크게 다가갈 수 있을 것처럼 생각됐다.

뇌를 자극하여 기억을 되살리는 것에 전념했다.

어제는…… 회사에 가서…… 아니, 그렇지 않은 것 같다. 어제는 일했었던 느낌이 들지 않는다. 그렇다는 건, 어제는 휴일이었다는 게 되나. 일요일이라면 아코와 데이트를 했다는 것이 되리라. 아아, 그렇다. 확실히 어제는 바다가 보이는 카페에서 아코와 만날 약속을 하고, 그러고 나서…….

"앗!"

아코의 얼굴이 뇌리에 떠오른 순간, 케이스케는 위화감의 정체를 알아차렸다.

그렇다. 기억났다. 어제, 아코에게 차인 것이다. 아무런 전조도 없이, 갑자기 이별하자는 말을 꺼내고, 그래서…….

위화감의 정체를 파악한 것처럼 느꼈지만, 이번에는 또다른 위화감에 사로잡혔다.

아니, 잠깐. 차인 건 어제인가? 아코에게 차인 뒤에 카페를 나와서…… 그 뒤에는? 집에 도착할 때까지의 기억이 전혀 없다고…….

문득 케이스케의 뇌리에 소녀의 얼굴이 떠올랐다. 핑크색 스웨터를 입은 작은 여자아이. 어디선가 본 얼굴인데 싶었던 순간, 케이스케는 모골이 송연해졌다.

"아아! 그래! 트럭이다! 폭주 트럭이 돌진해 와서, 나는 여자애를 구하려다가, 그래서……."

케이스케는 양손으로 머리를 감싸 쥐고 필사적으로 떠올리려 했다. 그 뒤에, 대체 무슨 일이 일어났지?

확실히…… 여자아이를 끌어안은 직후, 강한 충격이 덮쳐 왔다. 그건 아마도 트럭이 그의 몸에 부딪힌 충격이리

라. 그렇다는 건…… 즉…….

케이스케는 머리를 감싸 쥐고 있던 양팔을 내리고 손을 물끄러미 쳐다봤다. 오른손 손등에 칼에 베인 듯한 7㎝ 정도의 자상이 나 있다. 이건 트럭과 충돌했을 때 생긴 상처일까? 하지만 그만한 대형 트럭, 하물며 그 흉포한 속도로 받으면 보통은 이 정도의 상처로는 끝나지 않을 것이다. 다음으로 케이스케는 옷을 벗어 배나 등, 양다리를 주시했다. 어디에도 상처다운 것은 나 있지 않다. 케이스케는 잰걸음으로 세면대로 가서 거울을 봤다. 얼굴 어디에도 상처는 나 있지 않았다. 신중하게 머리 전체를 만져봤지만, 고통은 전혀 없었다.

케이스케는 오른손 손등에 시선을 떨궜다.

나는 트럭에 받히지 않았던 걸까…….

아니, 몸에 느낀 충격은 꿈이나 착각이 아니다. 틀림없이 자신은 폭주 트럭에 받혔을 터다.

그게 사실이라고 한다면 기적적으로 이 정도의 상처로 끝났다는 말이 된다. 그 미칠 듯한 속도로 돌진해 온 트럭에 받히고도 무사했다니, 그야말로 기적이다.

케이스케가 거의 상처가 없다는 건 그 여자아이도 목숨을 건졌다는 것일까. 그렇기를 바라지만…….

그러자 거기서 또 새로운 의문이 생겨났다.

트럭에 치인 뒤, 그 직후부터 현재에 이르기까지 자신은 어디서 뭘 하고 있었던 걸까. 의식을 잃고 병원으로 옮겨진 것일까. 평범하게 생각하면 그런 것이 되리라. 표면상으로는 이상이 없는 것처럼 보여도, 뇌에 손상이 없는지 살필 터다. 하지만 그렇다면 눈을 뜨는 장소는 병실이 아니면 이상하지 않은가. 어째서 지금 내 방에 있는 것이지. 사고를 당한 뒤 어떤 경로를 거쳤든 집으로 돌아올 때까지의 기억은 없다. 기억은 그 교차로에서 뚝 끊겨 있다.

재채기 두 번이 연속해서 나왔다. 눈을 뜨고 나서 계속 기묘한 감각에 사로잡혀 있었고, 거기다 골똘히 깊은 생각에 잠기느라 지금 이 순간까지 느끼지 못했지만, 몹시 춥다는 걸 깨달았다. 3월이라고는 생각되지 않는 추위다. 잘 보니, 자신이 내뱉은 숨결도 하였다.

이상하게 여기며 창가까지 가서 커튼을 열었다.

케이스케는 눈을 의심했다.

집들이나 나무, 도로가 온통 새하얗게 물들어 있다. 지금은 3월 하순이라고. 어째서 이 시기에 눈이…… 이상기후이지 않은가. 케이스케는 테이블 위에 있는 리모컨을 들고 TV 전원을 켰다.

"자, 시각은 7시 30분이 되었습니다. 이쪽을 봐 주십시오. 신사 토리이에도 눈이 쌓여 있습니다. 밤까지 남아 있을지도 모르기에, 참배하실 때는 발밑을 충분히 주의해 주십시오. 그러면 대표 신관이신 미시마 씨께 이야기를 들어보고자 합니다. 안녕하세요, 이른 아침에 죄송합니다."

TV 화면에서는 케이스케가 매일 아침 채널을 맞추는 뉴스 프로그램이 나오고 있다. 평소에는 스튜디오에서 뉴스 코멘트를 읽는 여성 아나운서가 웬일로 밖에서 인터뷰하고 있다.

밀려왔다가는 도로 빠져나가는 파도처럼, 또다시 강한 위화감이 케이스케를 덮쳤다.

3월 하순에 이만한 눈이 내린 것에 아무 설명이 없는 건 어째서지. 이미 그 부분 뉴스는 다 끝났기에 다음 뉴스로 지나간 것일까. 이 신관에 대한 인터뷰도 이상한 느낌이었다. 구체적으로 뭐가 이상하냐고 물으면…… 곧바로 설명하지는 못하겠지만…… 분위기가 이상한 느낌이었다.

케이스케의 그 의문은 다음 여성 아나운서의 말로 판명됐다.

"올 한 해 좋았던 일 안 좋았던 일, 여러분께 다양한 일이 있었을 것으로 생각합니다만, 새로운 한 해를 맞이하며 이 유서 깊은 신사에서 첫 참배를 드리면 어떨까요. 저도 올해는 정말로 많은 일이 있었습니다. 저는 내년이 액년(厄年)이기에 여느 때 이상으로 신께 기도를 올리려고 합니다."

케이스케는 자기도 모르게 TV 앞에서 몸을 웅크리고 있었다.

위화감의 정체가 판명됐다.

이 TV 속에서 흐르는 분위기는 연말에 흔히 보는 광경이다.

그리고 실제로 지금 여성 아나운서가 그럴듯한 이야기를 했다. 올 한 해라든가, 첫 참배라든가. 3월인 이 시기에 그 말들을 입에 담는 건 위화감이 있다.

케이스케는 다시 리모컨을 들고 《프로그램 설명》 버튼을 눌렀다.

화면에 나온 숫자를 보고 말을 잃었다.

프로그램 설명 상부에 《12월 31일》로 나와 있다. 두세 번 강하게 눈을 깜박였지만, 그 숫자가 바뀌는 일은 없었다.

"그런 말도 안 되는…… 왜냐면…… 어제까지 3월이었

다고…… 어째서 갑자기 9개월이나 시간이 지나 있는 거야……."

케이스케는 계속해서 채널을 바꿨다. 하지만 화면에 비치는 건 섣달그믐날 중계로 익숙한 광경뿐이었다.

케이스케는 혼란의 소용돌이에 휩쓸렸다.

그렇지 않아도 트럭에 치이고 나서의 기억이 없는데, 거기서 9개월이나 시간이 지나 있다면 누구라도 머리가 혼란스러워진다.

케이스케는 오른손으로 머리를 강하게 눌러 조금이라도 혼란을 누그러뜨리려 했다.

이참에, 공백의 9개월간은 무시하기로 하자. 어차피 지금 당장 답은 나오지 않으니까. 3월 26일 일요일, 그는 트럭에 치여 그대로 9개월 동안 의식을 잃고 섣달그믐날인 오늘 눈을 떴습니다. 이거라면 아귀가 맞는다.

그러나 TV에서 흘러나온 누군가의 목소리로, 그 추측은 근저에서부터 뒤집혀 산산이 조각났다.

"2016년도 앞으로 남은 건 네 시간입니다만, 제가 올해 가장 인상에 남아 있는 건 역시 리우 올림픽일까요. 그 일본 남자 400m 릴레이의 충격은 지금도 잊을 수 없습니다."

케이스케의 혼란은 순식간에 새하얀 것으로 바뀌었다. 30초 정도 그저 가만히 TV 한 곳을 응시하고 있었다.

이윽고 제정신을 차린 케이스케는 불쑥 중얼거렸다.

"2016년? 무슨 말이지? 올해는 2017년이잖아. 잘못 말했다고."

케이스케가 TV 화면 너머로 오류를 정정했지만, 다른 누구도 그 아나운서의 발언을 정정하려 하지 않았다. 들리지 않았던 건지, 그게 아니면 흘려 넘긴 건지…….

"4년 후의 도쿄 올림픽에서는 금메달을 노릴 수 있을 거로 생각하니, 부디 힘내주세요. 응원하고 있습니다."

또 잘못 말했다고, 케이스케는 마음속으로 지적했다. 4년 후가 아니라 3년 후잖아, 하고. 지금은 2017년 섣달 그믐달이니까. 하지만 또다시 아무도 숫자가 잘못된 걸 지적하지 않았다. 이 남자는 프로그램 출연자 중 가장 연장자이기에 아무도 지적할 수 없는 걸까. 그렇다고 쳐도 어째서 작년 올림픽 이야기를 하는 걸까. 그것도 이상했다.

화면이 바뀌고 광고가 흐르기 시작했다. 화면에 비친 글자와 흘러나오는 음성을 보고 들으며, 케이스케는 놀라움에 찬 목소리를 냈다.

"2016년에도 본 점포를 사랑해 주셔서 고맙습니다. 감사의 마음을 담아 오늘은 전 상품 반액 세일 실시! 개점은 아홉 시. 품절이 불가피하니 다들 서둘러주세요~!"

케이스케의 팔에는 소름이 돋았고, 오른쪽 뺨이 가볍게 경련하기 시작했다.

생방송에서 한 발언이라면 실수는 있겠지만, 이런 부류의 광고에서 햇수를 실수한다는 건 보통은 있을 수 없다.

조금 전의 아나운서도, 그리고 이 광고도 잘못된 게 아니라고 한다면······.

케이스케는 조금 떨리는 손으로 리모컨을 잡고 다시 한 번 《프로그램 설명》을 눌렀다.

조금 전에는 날짜밖에 보지 않았지만, 시선을 왼쪽으로 움직여 서력을 확인했다.

2016이라는 숫자가 케이스케 눈에 비치고 있다.

놀란 케이스케의 손에서 리모컨이 미끄러져 떨어졌다.

케이스케는 과거의 기억을 더듬었다.

의식을 잃기 전, 자신이 살아있었던 세상은 틀림없이 2017년이었다고 할 수 있는지 자신에게 물었다. 즉답으로 예스라고 대답했다. 분명히 자신은 2017년의 세상을 살고 있었다. 마지막 기억은 3월 26일.

하지만 자신은 지금 마지막 기억으로부터 세어서 3개월

전의 세상에 있다.

트럭에 치인 충격으로 의식을 잃고, 눈을 뜨니 시간이 9개월 지나 있었다. 이건 있을 수 있는 일이다. 신기한 일도 뭣도 아니다. 반대로 시간이 3개월 전으로 돌아간다는 현상은 일어날 리가 없을 터다. 시간은 앞으로밖에 나아가지 않는다. 과거로 돌아간다니…… 그런 일이…… 왜냐면 그건 타임리프라 불리는 것 아닌가.

누군가에게 도움을 요청하는 편이 좋은 것 아닐까 하는 생각이 들었지만, 누구에게 무엇을 말하면 좋지? 나는 3개월 미래의 세계에서 타임리프 해서 왔다고 이야기한들, 그걸 누가 믿어준다는 말인가. 다른 의미로 병원에 끌려가는 것이 뻔한 결말이다.

그러면 이제부터 어떻게 하나? 나는 뭘 하면 좋지? 뭘 어떻게 하면 원래 세계로 돌아갈 수 있나?

케이스케는 세면대로 가서 차가운 물로 얼굴을 씻었다. 뺨을 있는 힘껏 꼬집은 뒤, 거실로 돌아왔다. TV 화면에 비치는 숫자는 2016 그대로. 꿈을 꾸고 있는 것도, 착각도 아니다. 자신은 3개월 전의 세계로 돌아와 있는 것임을 이해했다.

침대 선반에 놓여 있는 스마트폰이 눈에 들어와, 침대에 앉아 스마트폰을 손에 들었다.

바탕화면을 보고 그 이름이 자연스레 입 밖으로 나왔다.

"아코……."

파랗게 반짝이는 바다를 배경으로 환한 미소를 지은 아코가 찍혀 있다.

의식을 잃기 전의 광경이 되살아난다. 처음으로 보고 들은 아코의 차가운 표정과 목소리. 모든 것을 뿌리치는 것처럼 이별을 고하는 목소리가 귓속 깊은 곳에 남아 있다. 그것도 현실에서 일어난 일이다. 결코, 꿈이 아니다.

케이스케 안에서 부글부글 솟아오르는 마음.

지금 케이스케가 호흡하고 있는 이 세계는 이전에 살고 있던 세계와 완전히 같을까. 아니면 평행세계 같은, 같은 것처럼 보여도 실제로는 다른 세계일까.

만약 전자라면 현재의 아코는 케이스케에게 어떤 마음을 품고 있을까.

아코가 이별을 고했을 때의 이야기를 떠올렸다. 그녀는 여러 이유로 인해 서서히 케이스케를 향한 애정이 사라져 갔다고 말했다. 이 섣달그믐날 시점에서는 애정은 어느 정도 남아 있는 걸까. 현시점에서 이별을 결심하지 않았다면, 다시 시작할 기회는 남겨져 있다는 말이 된다.

아코와 다시 시작하고 싶다고, 강하게 생각했다.

아코는 타성에 젖어있는 일상이 싫다고 했다. 케이스케가 전화나 메시지를 적극적으로 하지 않는 것도 애정이 저하된 원인 중 하나라고 말했다. 그렇다면 이번에는 예전의 자신과 다른 행동을 취하면 되는 것이다. 아코에게 지적받은 안 좋은 부분을 개선하고 그녀가 이상적으로 여기는 남자를 연기한다. 그렇게 하면 사랑과 신뢰를 되찾을 수 있을 터.

희망이 솟아나기 시작했다.

문제는 이 세계가 정말로 케이스케가 살고 있던 세계와 같은가 하는 점이다.

아코와 이야기하면 금방 알 수 있다.

희미하게 떨리는 손을 움직여 아코의 전화번호를 표시했다.

본래라면 원래 세계로 돌아갈 수 있도록 행동해야만 할지도 모른다. 하지만 케이스케에게 있어 아코는 원래 세계로 돌아가는 것 이상으로 소중한 존재였다. 원래 세계로 돌아가 봤자 아코와 다시 시작할 수는 없다. 하지만 이 세계에서는 그럴 기회가 있을지도 모른다. 그렇다면 그쪽을 우선하여 행동하고 싶다. 그것이 케이스케의 솔직한 심정이었다.

케이스케는 손가락으로 화면을 밀어 아코에게 전화를 걸었다.

타임리프 한 것임을 이해했을 때 이상으로, 심장의 고동은 거칠게 맥박치고 있다.

신호음이 네 번에 달한 직후, 전화가 이어졌다.

"네~, 여보세요. 안녕~, 케이스케. 무슨 일이야? 약속 시각은 11시잖아?"

밝게 울리는 아코의 목소리가 들려온 순간, 케이스케는 자기도 모르게 눈물을 머금고 있었다. 귀에 기분 좋게 들려오는 이 목소리야말로 케이스케가 알고 있는 본래의 아코였다.

"어라? 여보세요~. 케이스케 목소리가 안 들려."

케이스케는 떨림을 억누르기 위해 심호흡하고, 사랑스러운 사람의 이름을 입에 담았다.

"······아코."

"오~, 이제야 들리네. 혹시 자다 일어났어?"

"······응. 조금 전에 깼어."

"어, 뭐야. 일어난 것과 동시에 나한테 전화를 걸었다는 거야?"

"……그런 거지."

"잠깐, 케이스케. 날 얼마나 좋아하는 거야."

"……세상에서 제일."

"정말, 어쩔 수 없네. 나중에 있는 힘껏 끌어안아도 돼."

"……그렇게 할게."

말을 나눌 때마다, 한시라도 빨리 만나고 싶다는 마음이 부풀어 갔다.

"저기, 약속 시각 조금 이르게 바꿀 수 없을까?"

"어? 응, 딱히 상관없는데. 10시라든가?"

"응. 10시로."

"알았어. 그래도, 왜 빨리 만나려는 거야?"

"1초라도 일찍 만나고 싶어서."

거짓 하나 없는 마음이었다.

전화 너머에서 쿡쿡 웃는 소리가 들려왔다.

"어째, 여느 때와는 느낌이 다르네. 뭔가 꿍꿍이가 있는 거 아니야?"

꿍꿍이라는 단어가 묘하게 웃겨서, 옆구리를 찔린 듯한 간지러움을 느끼고 케이스케는 약간 웃음소리를 냈다.

"아무 꿍꿍이도 없어. 본심에서 나온 말이니까."

몇 초의 침묵이 흐른 뒤,

"알았어. 그러면 화장하는 데 시간이 걸리니까 일단 전화 끊을게."

"나는 민낯이라도 괜찮다고 생각하는데."

"그건 무리."

아코는 웃음소리를 내면서 그럼 나중에 봐, 하고 전화를 끊었다.

불과 3분 동안이었지만, 케이스케는 마음속부터 가득 채워져 있었다. 그리운 장소에 돌아온 듯한, 향수 어린 감각에 감싸여 있다.

역시 아코는 자신에게 필요한 여성임을 재인식했다.

이제 그런 기분을 맛보는 건 사절이다. 이번에야말로 놓아버리지 않도록 해야 한다.

케이스케는 옷장 앞에 서서 옷을 갈아입기 시작했다.

이별 이유에 복장이 촌스럽다는 건 없었지만, 이제부터는 꾸미는 것에도 좀 더 신경을 써야겠다고 생각했다. 헤어스타일을 바꿔서 이미지를 바꿔 보는 것도 좋을지도 모른다. 옷을 다 갈아입은 뒤, 세면대에서 수염을 깎고 머리를 정돈했다. 준비 완료. 아직 출발하기에는 일렀지만, 약속 장소에 가기로 했다. 안절부절못한 마음에 가만히 있을 수가 없었던 것이다.

거실로 돌아가 TV를 끄려고 했을 때, 사고 영상이 비치고 있었다.

이 영상은 본 기억이 있었다. 고속도로에서 20대 이상이 말려든 연쇄 추돌 사고. 최종적으로 여덟 명이 사망했을 터다.

역시 이곳은 이전에 지냈던 세계다. 오늘부터 3월 26일까지 케이스케가 기억하고 있는 것에 한하면, 언제 어디서 무엇이 일어날지 알아맞힐 수 있다. 기간 한정이기는 하지만 그럴 마음이 들면 적중률 100%인 점쟁이를 연기할 수도 있고, 도박으로 거금을 벌수도 있는 것이다.

하지만 돈이나 명성에는 일절 관심이 없다. 원하는 건 아코뿐이다.

케이스케는 TV를 끄고는 필요한 물건을 챙겨 집을 나섰다.

약속 장소는 중화 거리 출입구인 문아래. 데이트 때는 대체로 자동차로 이동하지만, 오늘은 첫 참배 전에 술을 마실 예정이기에 전철로 이동했다.

중화 거리는 평소와 같거나 그 이상으로 사람으로 넘쳐나 있었다. 눈에 보이는 범위의 음식점도 성업 중이다. 가족 동반, 커플, 남자끼리, 여자끼리, 중국어로 짐작되는 언어로 대화하는 집단. 끊임없이 케이스케 옆을 사람이 지나쳐간다. 이 중화 거리에서는 매년 섣달그믐날에 연말 연시 이벤트가 개최되기에 오늘은 글자 그대로 온종일 놀 수 있는 장소가 된다.

작년 섣달그믐날은 여기서 하루를 보냈다. 하지만 오늘은 똑같이 놀 수는 없는 노릇이다. 오늘을 기해 타성에 작별을 고하는 것이다.

놀러 가는 장소나 식사하는 가게, 이제부터는 항상 아코가 기뻐해 주는 곳으로 데리고 가야만 한다. 솔직히 그런 쪽 장소나 가게에는 빠삭하지 않지만, 현대에 태어나서 다행이다. 스마트폰 하나로 뭐든 검색할 수 있으니까.

케이스케는 아코를 기다리는 동안 온갖 키워드를 사용하여 여성이 좋아할 것 같은 음식점이나 데이트 장소를 스마트폰으로 계속 검색했다. 《데이트에서 이런 장소나 가게에 데리고 가면 여자친구는 질색한다》와 같은 기사 등도 참고하기로 했다.

"있지, 다음에 스키 타러 가고 싶어."

남자친구 팔에 달라붙어 있는 여성이 조르는 어조로 말하는 게 귀에 들어왔다.

스키라……. 그러고 보니 아코랑 같이 스키를 탄 적은 없었지. 겔렌데*에는 손에 꼽을 정도로밖에 간 적 없지만, 일단 평범한 수준으로는 탈 수 있기에 꼴사나운 모습은 보이지 않을 수 있을 것이다. 아코가 내켜 한다면 데리고 가기로 하자.

곧바로 관동 근교의 스키장을 찾고자 일단 주머니에 넣었던 스마트폰을 꺼냈을 때, 오른쪽 뺨에 차가운 자극을 느낀 케이스케는 놀란 목소리를 내며 얼굴을 들었다.

거북이처럼 목을 움츠린 모습으로 돌아보니 회색 코트를 입은 아코가 미소를 씨익 띠고는 서 있었다. 그녀의 오른손에는 하얀 것이 쥐어져 있다. 둥글게 뭉친 눈을 케이스케의 뺨에 가져다 댄 것이다.

이건 저번에도 당했던 일이다. 다른 건 시각뿐. 그때는 케이스케도 똑같이 돌려주고자 눈을 뭉쳐 아코에게 갖다 대려 했지만, 그녀는 웃으면서 중화 거리 속을 달려 도망쳤다. 케이스케는 그걸 쫓아갔고…….

지금의 케이스케에게 저번과 같은 행동을 할 기력은 없었다.

아코의 미소를 본 순간, 탈력 상태가 되었다. 가슴이 아

---

* 인공눈이 아닌 자연 강설을 이용하는 스키장.

파지고, 심장을 꽉 붙잡힌 듯한 괴로움이 덮쳐 왔다. 이별 이야기를 꺼낼 때 봤던 차가운 표정의 아코가 뇌리에 아른거린다.

"아코……."

케이스케의 중얼거림에 아코는 소리 높여 웃었다.

"그렇게 멍한 표정을 지을 정도로 차가웠어? 미안, 미안. 용서해 줘."

"아코, 맞지……."

눈앞에 있는 아코는 케이스케에게 이별을 고하기 전의 그녀라는 것을 이해하고 있어도, 자연스럽게 말이 나왔다.

아코가 놀란 표정을 짓고,

"어? 나는 스스로를 사이다 아코라고 생각하고 살고 있는데, 아니야? 케이스케 눈에는 다른 사람으로 보인다든가?"

그녀의 표정과 대꾸 스타일에 케이스케는 소리를 내서 웃었다.

케이스케가 사랑하는 여성의 모습이 확실히 그곳에 있었다.

웃는 케이스케를 보고 아코도 싱글벙글한 표정을 지었다.

"어째서 아코 맞지, 라고 말한 거야?"

"나도 잘 모르겠어. 순간적으로, 당한 것에 대한 복수로 뭔가 해야지 하고 생각했던 걸지도."

"그러니까 미안하대도. 옛날부터 나도 모르게 해 버리고 말아. 눈을 보면."

"나도 똑같이 해줘도 돼?"

"안 돼. 화장이 지워져서 민낯이 돼 버려."

"조금 전에도 말했지만, 아코는 민낯이라도 충분히 귀여워. 오해를 두려워하지 않고 말한다면, 민낯이 더 귀엽다고 생각해."

"으음~, 굳이 묻겠는데. 그건 내 화장이 서투르다는 말은 아니지?"

"그건 아니야. 그 화장 방식 좋아해. 하지만 내 마음 안에서는 민낯이 더 나아."

"고마워. 하지만 그 대사는 나이를 먹은 나한테 말해 준다면 더 기쁠 것 같아."

꼭 말하고 싶어. 수십 년 뒤의 아코한테도. 케이스케는 마음속으로 대꾸했다.

"저기, 조금 전에 아코가 전화로 말한 거 지금 해도 괜찮을까?"

"응? 나 뭐라고 말했더라?"

"있는 힘껏 끌어안아도 된다고 했어."

아코는 주변을 둘러보고,

"어, 여기서?"

"안 된다면 나중이라도 괜찮지만."

아코는 아주 조금 생각하는 표정을 보인 뒤,

"약속은 지킬게. 자."

그렇게 말하며 양팔을 조금 펼쳤다.

케이스케는 아코의 등에 팔을 둘러 꼬옥 끌어안았다. 부드러운 향기에 감싸인다.

"케이스케, 지나가는 사람들이 우릴 엄청나게 보고 있어."

그렇게 말하면서도, 아코 역시 케이스케의 등에 팔을 둘렀다.

이번에는 놓고 싶지 않다. 넘칠 것만 같은 마음이 무의식적으로 케이스케의 양팔에 힘을 담게 만들었다.

"이렇게나 세게 끌어안다니…… 그렇게나 외로웠어? 고작 하루 안 만난 것뿐인데."

"……고작 하루일지도 모르지만, 무척 길게 느꼈거든."

"뭔가, 오늘의 케이스케는 평소와 다른 느낌이 들어."

"……그건 나쁜 의미는 아니지?"

"물론이야. 평소의 케이스케도 좋고, 지금의 케이스케
도 좋아."

"정말로?"

"정말. 난 케이스케한테는 거짓말을 하지 않겠다고 정
했으니까 안심해."

"알았어."

마음이 평온해진 케이스케는 몸을 살짝 떼고 아코의 얼
굴을 바라봤다.

"아코가 괜찮다면, 지금부터 밥이라도 먹는 건 어때?"

"그렇게 말해 주니 고마워. 아침을 안 먹었거든."

아코는 그렇게 말하고 배를 문질렀다.

"그거, 혹시 나 때문이야?"

"으음~, 케이스케 탓이 아니라고 하면 거짓말이 되려
나."

"즉 나 때문이라는 거네."

"뭐, 그렇게 되네."

둘이서 웃었다.

"사과의 의미로 내가 살게."

"그렇게 신경 안 써도 되는데. 뭐, 케이스케가 내고 싶
다고 한다면야 거기에 따를게."

"오늘은 여기 말고 다른 가게에서 먹을까."

"어? 응, 괜찮은데. 중화요리 먹고 싶은 기분 아니야?"

"여기에 오면 언제나 중화요리뿐이니까, 가끔은 다른 가게가 좋지 않을까 싶어서 말이지. 맨날 같은 가게면 매너리즘 느낄 것 같고."

마지막 한 마디는 쓸데없는 말이었다. 하지만 말은 생각하기보다 먼저 튀어나와 있었다.

아코는 케이스케와 중화 거리를 번갈아 본 뒤 조금 웃으면서,

"나, 케이스케와의 사이에서 매너리즘을 느낀 적 없어. 하지만, 다른 가게에 데리고 가준다면 기대하고 따라갈게."

매너리즘을 느낀 적은 없다, 라. 그건 진심인 걸까.

진심이라고 한다면 아직 이 시점에서는 케이스케를 향한 애정은 그다지 줄어들지는 않았다고 판단해도 되리라. 그렇다면 역시 앞으로의 행동이 중요해진다.

"그럼, 갈까."

케이스케는 오른손을 내밀었다. 아코가 그 손을 부드럽게 잡고, 두 사람은 걷기 시작했다.

케이스케가 고른 가게는 파티시에 수제 팬케이크와 디저트가 메인인 가게로, 조금 전에 스마트폰으로 검색해 봤더니 근처에서는 이 가게가 가장 여성에게서의 평가가 높았다. 실제로 손님의 9할은 여성이 차지하고 있었다.

점원의 안내를 받아 자리에 앉자, 아코는 기뻐 보이는 미소를 케이스케에게 향했다.

"케이스케는 이런 가게도 알고 있구나. 뭔가 의외야."

"아코가 기뻐해 줄 것 같은 가게를 몇 군데인가 찾고 있었어. 계속 같은 가게라면 질릴 거라고 생각해서."

"그건 조금 전의 매너리즘 이야기랑 이어져 있는 거야?"

"맞아. 이제부터는 여러 가지를 능동적으로 해볼까 싶어서."

"심경의 변화라는 거?"

"응. 맞아."

"뭔가, 그렇게 생각하게 만드는 계기가 케이스케한테 있었어?"

지금 눈앞에 있는 아코와는 180도 다른 표정의 아코가 뇌리에 떠올랐다.

"꿈속에서, 아코에게 들었거든. 같은 곳만이 아니라, 가끔은 다른 가게에 데리고 가 줬으면 한다고. 그래서…….”

몸을 앞으로 조금 숙이고 있던 아코가 등을 쭉 편 자세가 되어서는,

“뭐어?! 나 그런 생각 안 해. 그거, 가짜야.”

“정말로? 티끌만큼도?”

“응. 전혀.”

“그렇구나……. 그래도, 여러 유형의 가게에 가는 건 딱히 안 좋은 건 아니지?”

“그야 물론이지. 케이스케가 그런 것에 시간을 쏟아 주는 건 무척 기쁘게 생각해. 단지, 이 가게…….”

아코는 그렇게 말하면서 거기서 말을 끊었다.

이 가게는 그다지 좋지 않다고 말하려는 것일까. 케이스케는 조금 불안해졌다.

“어? 여기, 별로 안 좋아?”

아코는 진지한 표정인 채로 고개를 가로젓고,

“아니야. 그 반대. 봐, 사진에서부터 좋은 냄새가 날 것 같은 이 팬케이크랑 갖가지 디저트들. 이거 먹었다가는 나 분명 살찔 거야.”

뭐야, 그쪽 걱정인가. 케이스케는 가슴을 쓸어내렸다.

“만약 몸무게가 늘면 운동하면 돼. 같이 할게.”

"정말?"

"그래."

"그럼, 참지 말고 좋아하는 거 먹어야지. ……케이스케가 사는 거고."

아코는 즐거운 듯이 웃고는 주문할 메뉴를 고르기 시작했다. 평소에는 결단이 빠른 그녀였으나, 처음 온 가게이기 때문인지 아니면 어느 것이고 맛있어 보이기 때문인지 오늘은 결정하는 데 조금 시간이 걸렸다.

둘 다 주문할 것이 결정되자 점원을 불렀다. 케이스케는 《쉐프의 섣달그믐날 한정 그라탱과 샐러드》를, 아코는 《파티시에의 변덕 팬케이크와 다이어트 필수 디저트 세트》를 주문했다.

"입에 넣는 데 용기가 필요한 걸 잘 주문했네."

케이스케는 아코를 향해 작게 박수쳤다.

"이야~, 역시나 나도 한번은 주저했지만 말이야. 디저트를 좋아하는 여자로서 도전해야만 할 것 같은 기분이 들었거든. ―조금 전에 말했던 대로 다이어트 하게 될 것 같으니까, 협력해야 돼."

"남자한테 두말은 없어. ―운동하니까 생각났는데, 이번에 스키 타러 가지 않을래?"

아코의 눈에 호기심이 솟아난 듯한 기색이 떠올랐다.

"어? 뭐야, 데리고 가주는 거야?"

"응. 아코가 스키 좋아한다면."

아코는 어깨를 움츠리고,

"부끄럽지만, 저는 스키장 미경험자입니다."

"딱히 부끄럽지는 않아. 나도 한 손으로 꼽을 수 있을 정도밖에 가지 않았고."

"평범하게 탈 수 있어?"

"뭐, 남들만큼은. 공백기는 있지만 완만한 경사라면 문제없을 거야."

"타는 법, 가르쳐 줬으면 좋겠는데."

"물론. 친절하게 가르쳐 줄게. ―그럼 다음 달에 가는 걸로 괜찮을까?"

"응. 와아, 첫 스키다. 기대돼."

이렇게나 기뻐해 준다면 좀 더 빨리 가자고 할 걸 그랬다고, 케이스케는 과거의 자신을 조금 원망했다.

뭐, 괜찮나. 이 세계에서 같은 잘못을 되풀이하지 않으면 되는 거다.

두 사람이 주문한 요리가 거의 동시에 날라져 왔다. 아코 앞에 나란히 놓인 갖가지 음식들은 최근 유행하는 저

칼로리와는 연이 없는, 달콤한 음식의 한계에 도전하는 듯한 생김새였다. 아코는 그런 음식들을 지극히 행복한 표정으로 먹고 있다.

"기막히게 맛있다는 건, 이런 거네. 지금까지 먹은 팬케이크 중에서 발군의 맛이야. 이 팬케이크에 뿌려진 하얀 크림이 감칠맛을 각별히 올려주고 있어. 씹을 때마다 달콤함이 변화해. 엄청나게 달콤하지만, 끈질기지 않은 단맛. 이건 버릇이 되는 맛이야."

구르메 리포터처럼 해설하는 아코를 보고 있으니, 케이스케도 기뻐졌다. 이 가게 이용자들의 입소문을 믿은 보람이 있었다.

서로 슬슬 다 먹어 갈 무렵, 아코가 손을 딱 멈추고,

"저기, 그 상처 어떻게 된 거야?"

그렇게 물었다.

아코의 시선은 케이스케의 오른손 손등으로 향해 있다.

"아아, 이거. 어제 커터칼에 살짝 베여서 말이야."

"커터칼? 뭐 하고 있었어?"

"대청소 도중이라, 조금."

"그렇구나. 날붙이를 쓸 때는 조심하지 않으면 안 돼."

어린아이를 타이르는 듯한 아코의 말투에 케이스케는

쓴웃음을 띠었다.

　케이스케가 오른손을 들자 곧바로 노란색 택시가 멈췄다. 아코를 먼저 태우고 뒤이어 케이스케가 탔다. 행선지를 말해주자 운전사는 정중하게 대답하며 액셀을 밟았다. 날은 완전히 저물었다. 앞으로 세 시간이면 케이스케의 두 번째 2016년이 끝난다.

　"하~. 이곳저곳 돌아다녔더니 다리가 뻣뻣해."

　아코는 피로를 푸는 것처럼 양다리를 문지르고 있다.

　점심을 먹은 뒤 두 사람은 오랜 시간 거리를 거닐었다. 케이스케로서는 데리고 가고 싶은 곳이 몇 군데 있었지만, 아코는 지금 당장 다이어트를 시작하고 싶다고 말했기에 그에 어울리기로 한 것이다.

　"점심때 먹은 분량은 이걸로 플러스마이너스 제로가 됐겠지."

　케이스케의 말에 아코는 과장스럽게 고개를 가로젓고는,

　"아냐아냐, 이 정도로는 그다지 안 빠지는걸. 아직 한참 더 같이 다이어트 해줘야겠어."

　타임리프 전의 세계였다면 그 발언에 불만을 표했을지

도 모르지만, 지금은 끝까지 같이 어울려 주겠다는 심정이었다. 아코와 같이 있을 수 있다는 것 자체가 최고의 기쁨이니까.

택시는 두 사람이 첫 참배를 하는 신사 쪽으로 가고 있었다. 신에게 기도를 올리기까지는 아직 시간이 있기에 신사 근처에 있는 바에서 마시기로 했다. 이번에도 어김없이 인터넷 검색으로 찾은 가게다. 커플이 가기에 최적인 가게라는 글귀를 믿고 그 가게를 선택했다.

20분 정도 걸려 목적지에 도착했다. 택시에서 내려 파란 네온사인으로 단장된 가게 앞에 섰다. 회사 동료 중에 이런 쪽 바에서 마시는 걸 즐기는 남자가 있어서, 그 녀석한테 이끌려 간 적은 있지만 아코와 둘이서 바에 들어가는 건 이번이 처음이었다.

"매혹적인 외관이네. 술 맛있어 보여."

"인터넷에 적힌 글로는 높은 평가였으니까, 분명 좋은 가게일 거야."

"처음이지, 케이스케랑 이런 가게에 오는 거."

"사귀기 시작하고 나서 줄곧 마시러 가는 가게는 아저씨가 많은 선술집뿐이었으니까 확 바꿔 봤어."

"그것도 역시 매너리즘 타파?"

"아코가 기뻐해 줄 거라고 생각해서."

아코는 후후후 웃으며 케이스케의 오른팔에 안겨 왔다.

"오늘 밤은 취해버릴까."

"그렇게 되면 제대로 돌봐주겠지만, 첫 참배에서 신에게 소원을 빌 수 있을 만한 힘은 남겨 둬야 한다."

"아아, 그러네. 잔뜩 취한 상태에서 기도해도 분명 들어주시지 않겠지. 응. 적당히 해 둘게."

양관(洋館)에 붙어 있을 법한 중후한 문을 열고 가게 안으로 들어갔다.

해변에 왔다는 착각이 들게 하는 잔물결 소리가 스피커에서 흘러나온다. 장식된 회화도 바다에 관련된 것이 많고, 바깥과 마찬가지로 가게 안도 푸른빛으로 비추어져 있다.

"좋은 분위기네."

그렇게 중얼거린 아코에게 케이스케는 동조했다.

카운터에서 유리잔을 닦고 있던 제법 잘생긴 바텐더가 이쪽으로 앉으시지요, 하고 카운터석으로 유도해 주었다. 두 사람은 나란히 끝 쪽 자리에 앉았다. 바텐더가 정면에 서서 주문은 무엇으로 하시겠냐고 물어봤다.

익숙한 느낌으로 주문하고 싶었지만, 동료와 바에서 마

실 때도 상대에게 맡겼고 선술집에서 술을 주문할 때도 "생맥!"이라고밖에 말하지 않는 케이스케에게 그 허들은 너무나도 높다.

일단 이 가게의 홈페이지는 사전에 확인해서 인기 칵테일 랭킹이라는 항목은 대강 훑어봤지만, 폼 잡으면서 아는 척하다가는 창피를 당하게 될 거라는 예감이 있었기에 순순히 점원에게 묻기로 했다.

"부끄럽지만 술 종류를 그다지 잘 모릅니다. 추천해 주시는 게 있습니까?"

바텐더는 가볍게 미소를 띠고,

"그러시다면 본 점포 오리지널인 《연인들의 밤》은 어떨까요. 평소에 그다지 칵테일을 마시지 않으시는 손님도 무척 마시기 쉽게 만들어져 있습니다."

케이스케는 고개를 끄덕이고,

"그걸로 부탁합니다."

"저도 같은 것으로."

아코가 뒤따라 말했다.

바텐더가 세련된 손놀림으로 칵테일을 만들기 시작했다.

"별로 부끄럽지 않아."

귀에 숨결을 불어넣는 듯한 느낌으로 아코가 귓가에서 속삭였다.

"어?"

"칵테일에 대해 잘 몰라도, 전혀 부끄럽지 않아. 나도 마티니 정도밖에 모르는걸."

케이스케는 미소 짓고는,

"그렇게 말해 주니 고마워."

"허세를 부리면서 아는 체하는 사람이 가장 꼴불견이니까. 그런 사람이랑 같이 있으면 이쪽까지 부끄러운 기분이 드니까 말이야. 케이스케가 그런 사람이 아니라서 다행이야."

케이스케는 안도의 한숨을 내쉬었다. 아는 체하지 않길 잘했다.

칵테일 잔에 부어진《연인들의 밤》이 두 사람 앞에 놓였다. 두 사람은 잔을 손에 들고 서로를 마주 봤다.

"올 한 해 고마워. 무척 즐거웠어. 내년도 잘 부탁해."

아코의 말에 케이스케는 고개를 깊숙이 끄덕였다.

"나야말로 고마워. 내년에도 좋은 추억을 잔뜩 만들자."

케이스케는 내년에도, 라는 부분에 힘을 담았다.

두 사람은 잔을 맞추고 칵테일을 마셨다. 바텐더가 말했던 대로 무척 마시기 쉽고 뒷맛도 깔끔했다.

마시면서 계속 아코의 표정이나 말에 주의를 기울였지만, 역시 자신은 지금은 아직 아코에게 사랑받고 있는 모양이다. 이미 마음이 떠나기 시작했다면, 미소를 지으면서 내년도 잘 부탁해 같은 말을 하지는 않을 것이다.

오늘처럼 아코를 즐겁게 만들어 줄 수 있는 데이트를 계속한다면 그녀가 케이스케 곁을 떠날 일은 없다. 괜찮다고 마음속으로 스스로에게 되뇌었다.

그러고 나서 두 시간 정도 다양한 종류의 칵테일을 마시며, 새로운 해로 바뀌기까지 30분 정도가 남았을 때 두 사람은 가게를 나왔다.

20분 걸어서 신사에 도착했다. 취기를 깨우기에는 딱 좋은 거리였다. 수많은 사람이 몰려들어 신사 부지에서 사람이 넘쳐 나와 있다. 케이스케는 어릴 적부터 신사에 신비로운 무언가를 느끼고 있었는데, 그 마음은 타임리프를 경험함으로써 한층 강한 것으로 바뀌어 있었다. 이 세계에는 과학만으로는 증명할 수 없는, 인간의 지식을 넘은 힘이 확실하게 존재하는 것이라고.

이런 식으로 신을 모시고 있는 곳에 서 있으면 자신이

타임리프 할 수 있었던 건 신이 준 기회가 아닐까 하는 생각이 든다.

케이스케와 아코는 빨간 실로 이어져 있다. 하지만 그가 취한 행동 중의 사소한 잘못이 그 실을 끊어버렸다. 그러니 이번에는 올바른 선택을 하라며 신이 과거로 돌려보내 준 것 아닐까. 그렇게 해석하고 싶은 기분이었다.

신수를 받아 두는 곳에서 물을 떠 몸을 정갈히 하고, 가볍게 고개를 숙인 뒤 토리이를 지나갔다. 평일이라면 그대로 신전(神前)까지 갈 수 있지만, 오늘은 토리이 밑에서 잠시 기다리게 된다.

"앞으로 3분이면 2017년이야."

오른팔에 안겨 있는 아코가 그렇게 말했다.

"이번에야말로 좋은 한 해로 만들어 보이겠어."

아코의 얼굴을 보고 있자니 마음이 자연히 말이 되어 나왔다.

"이번에야말로?"

아코는 그렇게 말하며 고개를 갸웃했다.

말실수한 것을 깨달은 케이스케는,

"아니, 잘못 말했어. 술기운이 아직 안 빠졌네. 내년도, 야. 내년도 좋은 한 해로 만들어 보이겠다는 게 정답."

술 핑계를 들어 그렇게 변명했다.

"이번이랑 내년을 헷갈리다니, 너무 많이 취했어."

아코는 생긋 웃으며 케이스케의 가슴을 가볍게 찔렀다.

얼마 지나지 않아 여러 방향에서 "새해 복 많이 받으세요."라든가 "해피 뉴 이어!"하는 목소리가 오가기 시작했다.

"케이스케, 새해 복 많이 받아. 다시금, 올 한 해도 잘 부탁할게."

"나야말로 잘 부탁해. 올해 그믐날에도 또 둘이서 여기에 올 수 있도록, 사이좋게 지내자."

아코는 기쁜 듯이 응, 하고 대답했다.

참배를 끝낸 사람들이 속속 케이스케와 아코 옆을 지나쳐 갔다. 신전까지 얼마 남지 않은 곳까지 왔을 때, 케이스케는 지갑에서 1만 엔 지폐를 꺼냈다. 그걸 본 아코가 어어?! 하고 놀란 목소리를 냈다.

"1만 엔이나 넣는 거야? 분명 작년에는 5엔이었지?"

"이번에는 여느 때보다 큰 소원을 빌 거니까, 그 마음의 표현이야."

"흐음. 그럼 나도 분발할까나. 1만 엔은 무리지만 3천엔으로. ―참고로, 어떤 소원이야?"

"아마, 그건 말하지 않는 편이 좋을 듯한 느낌이 들어. ……아코에 관한 것, 이라고만 말해 둘게."

"뭐? 나에 관한 걸로 1만 엔?"

"그래."

"무슨 소원을 빌려는 건지, 엄청나게 신경 쓰이는데요."

"그건 비밀."

아코는 진지한 표정을 지은 채 케이스케를 물끄러미 바라보고 있다. 케이스케는 웃으며 그 시선을 받아넘겼다.

곧 두 사람에게 참배 순서가 돌아왔다.

세전함에 지폐를 넣고 소원을 빌었다.

부디 이 세계에서 아코와 잘해나갈 수 있기를, 하고. 그저 그것만을 강하게 빌었다.

눈을 뜨고 옆을 보자 조금 전과 마찬가지로 아코가 케이스케를 물끄러미 쳐다보고 있었다.

"역시 엄청 신경 쓰이네. 1만 엔이나 내다니."

"딱히 이상한 소원을 빈 건 아니니까. 나도 아코도, 평범하게 지내면 돼."

"평범하게?"

"그래. 자, 딴 데 들르지 말고 곧장 돌아가자."

케이스케는 아코의 손을 잡고 발걸음을 되돌렸다.

택시를 세워 케이스케의 자택인 아파트로 향했다.

방에 들어가자마자 케이스케는 아코를 끌어안고 입술을 겹쳤다. 타임리프한 이후 처음으로 하는 키스였다. 그대로 옷도 벗겨 나갔다.

"샤워, 하는 편이 좋잖아……."

아코의 말을 무시하고 단숨에 속옷까지 벗겼다. 아코는 불평하지 않고 그저 어둡게 해 달라고만 말했다. 케이스케는 조명을 어둡게 하고는 옷을 벗어 던지고 아코의 몸을 애무하기 시작했다. 그녀의 아름다운 육체를 만지고 있자니 사랑스러움이 한없이 커져 갔다.

이제 두 번 다시 잃고 싶지 않아.

단 하나의 감정만이 그를 충동적으로 움직였고, 불꽃은 언제까지고 맹렬하게 타올랐다.

제3장

1%의 불안

케이스케는 식품 회사에 근무하고 있고, 《고객상담실》이라는 부서에서 일하고 있다. 매일 자사 식품에 관한 온갖 내용의 전화가 걸려온다. 손님의 질문이나 클레임에 대응하는 것이 그의 업무다.

클레임을 한 건도 듣지 않는 날이 있는가 하면, 하루의 태반을 클레임 처리에 쫓기는 날도 있다. 1월 21일 토요일인 오늘은 후자였다. 오전 여덟 시에 업무를 개시하고 나서, 끊임없이 클레임 전화가 걸려오고 있었다. 엄밀하게 말하자면 케이스케가 받는 전화가 클레임 전화뿐이었다.

『아주 매움이라고 표기되어 있는데 전혀 맵지 않았어. 이걸 만든 놈의 혀는 이상해.』

『5분간 삶으면 맛있게 드실 수 있습니다, 라고 적혀 있는데 내가 검증한 결과로는 8분간 삶았을 때가 제일 맛있었어. 빨리 내가 말한 대로 정정해.』

『당신네 레토르트 카레는 고기가 조그맣다고 3년 전부터 계속 전화를 걸고 있는데, 대체 언제가 되어야 씹는 맛이 있는 고기를 넣을 거야. 적당히 하라고.』

오늘 오전 중에는 그런 클레임들을 계속해서 듣고 있었다. 12시 40분에 겨우 해방된 케이스케는 사원 식당에서 여느 때보다 늦은 점심을 혼자서 먹고 있었다. 우동을 후루룩 먹으며 이후로 걸려올 클레임 내용을 떠올렸다. 오늘은 이제부터가 진짜 시작이었다. 오후 두 시 무렵에는 귀청을 찢을 듯이 말하는 여성이 전화를 건다. 오후 네 시를 지났을 무렵, 백수라 생각되는 남성이 전화를 건다. 그리고 업무 종료 시각 직전에는 간만에 케이스케가 항복하고 상사에게 도움을 청할 정도의 인물에게서 클레임 전화가 걸려온다. 이 부서에 배속되고 나서 수위를 다투는 가혹한 하루였기에, 그 사람들의 말이나 목소리를 선명하게 기억하고 있다.

그렇다. 오늘 일어난 일은 케이스케에게는 두 번째 체험이었다.

그건 오늘에 한한 이야기는 아니다. 요 3주간, 보고 들은 사건은 전부 이전 세계에서 일어난 것과 같았다. 스포츠의 승패도, 날씨도, 이번 달 중순에 해외에서 일어난 테러도, 퇴근길 전철 안에서 치한이 잡히는 광경도 전부 기억대로다. 다시금 자신은 타임리프 한 것이라는 생각을 강하게 가졌다.

점심을 다 먹은 케이스케는 자동판매기에서 커피를 뽑아 옥상으로 올라갔다.

커피를 한 모금 마신 뒤에는 주머니에서 스마트폰을 꺼내 배경화면의 아코를 바라봤다.

아코는 장난감 회사에서 근무하고 있고, 완전 주5일제다. 한편 케이스케의 휴일은 일요일과 공휴일뿐. 연말연시 휴가와 하계휴가는 있지만, 아코와 놀 수 있는 건 기본적으로는 일요일과 공휴일, 그리고 토요일 밤뿐이라는 것이 된다. 지금쯤 아코는 뭘 하고 있을까 하고 생각한다. 친구와 놀고 있을까, 혼자서 장을 보고 있을까. 케이스케는 전화를 걸어보기로 했다.

이런 식으로 적극적으로 전화하는 것도 예전에는 없었던 일이다. 그날의 아코에게 들은 말을 교훈으로 삼아 지금은 적극적으로 전화나 메시지를 보내게 되었다.

신호음이 일곱 번 울려도 연결되지 않았기에 전화를 끊

으려 했을 때, 마침 아코의 목소리가 들려왔다.

"아~, 안 늦었다. 미안. 조금 손을 놓을 수가 없어서."

아코의 어조는 조금 당황한 느낌으로 들렸다.

"바쁘면 나중에 다시 걸까? 그렇게 중요한 전화도 아니고."

"바쁜 게 아니야. 볼링장에 와서, 지금 내가 던지려던 참이었어."

"그랬구나. 그래서, 스트라이크였어?"

"끝에 있는 하나만 쓰러뜨렸어."

"하하하. 아코는 끝에 있는 하나만 쓰러뜨리는 걸 잘하지."

"그거, 칭찬하는 거 아니지."

"친구랑 갔어?"

한순간 뜸을 두고,

"응."

"그래. 오늘 밤은 만날 수 있어?"

"어디 보자…… 일곱 시 이후라면 괜찮아."

"그럼 일단 집에 갔다가 차로 데리러 갈게."

약속 장소를 확인한 뒤에 그럼 나중에 봐, 하고 전화를 끊었다.

1월의 차가운 창공을 올려다보고, 이제부터의 일을 생각했다.

타임리프를 하고 나서 3주가 지났다. 아코의 낌새는 지극히 평범. 특이한 점은 찾아볼 수 없다.

그날 아코는 말했다. 주의 깊게 봤더라면 그녀의 사랑이 점점 식어가고 있다는 걸 알았을 터라고. 제법 전부터 마음은 멀어지기 시작했었다고, 확실히 그녀는 그렇게 말했다.

제법 전이라고 할 정도이니 한 달 이상은 될 것이다. 두 달 전이거나, 그도 아니면 석 달 전이거나. 오늘 시점에서 아코가 이별을 고한 3월 26일까지는 앞으로 두 달. 만약 이 세계에서도 예전 세계의 그녀와 마찬가지로 케이스케를 향한 사랑이 식기 시작했다면, 이미 그 변화는 나타나 있을 무렵이리라. 현시점에서 그 징조가 전혀 보이지 않는다는 건, 그의 노력이 보답 받았다고 볼 수도 있다.

아직 단정하기에는 이르지만, 잘 되어 가고 있다는 확실한 느낌이 있었다.

"내 선택은 잘못되지 않았어. 이 흐름대로면 되는 거야."

스스로에게 되뇌는 것처럼, 하늘을 향해 중얼거렸다.

약속 장소인 공원 앞에서 차를 세웠다. 근처 공중전화 부스 앞에 서 있던 아코가 하얀 입김을 뱉으며 종종걸음으로 다가온다. 케이스케가 문을 열자 아코는 고맙다는 말을 하며 조수석에 앉았고, 하얀 숄더백 안에서 케이스케가 좋아하는 브랜드 캔커피를 꺼냈다.

"자, 오늘 하루도 일하느라 수고 많았어."

"오, 고마워."

케이스케는 곧바로 따개를 열어 커피를 마셨다. 아코가 안전띠를 착용한 것을 확인하고, 차를 몰기 시작했다.

"오늘 밤은 뭘 먹고 싶은 느낌이야?"

케이스케가 그렇게 물었다.

아코는 배랑 상담하는 것만 같이 시선을 아래로 향하고는,

"으음~ 기분상으로는 기름진 걸 먹고 싶은데, 오늘 점심도 기름진 걸 먹었으니까 말이지."

"요전처럼 먹고 나서 운동하면 돼. 또 같이 운동해 줄게."

"아~ 그 말이 결정타야. 유혹에 졌어. 내 배를 채워 주는 가게로 데려다주세요."

"알았어. —그래서, 점수는 어땠어?"

"……두 게임 플레이해서, 98점이랑 93점이었어. —앗, 지금 바보 취급하는 듯한 표정 지었지?"

"뭐, 어떤 식으로 던지면 100점미만의 점수가 되는 걸까 하고 생각한 건 사실이야."

"그럼 높은 점수를 얻는 투구법을 가르쳐 줘."

볼링장은 틀에 박힌 코스라고 지적받은 데이트 장소 중 하나였기에 올해 들어서 한 번도 가지 않았는데, 과연 괜찮을까. 단지, 과거와는 다르게 아코 쪽에서 가자고 하는 것이니 문제없다고 봐도 좋을지도 모른다. 내일은 드라이브도 겸해서 도쿄까지 놀러 가기로 정했기에 볼링 특훈은 그다음 일요일이면 될 것이다.

"그럼 29일에 특훈할까?"

"응. 잘 부탁할게. 높은 점수를 따서 사키한테 보란 듯이 갚아줄 거야."

사키라는 이름은 지금까지도 몇 번인가 들은 적이 있었다. 아코와 같은 부서에서 일하는 사람으로, 개인적으로도 사이가 좋다고 들었다.

"오늘은 사키 씨랑 같이 놀았구나."

"아, 응, 맞아. 사키는 내 점수를 보고 엄청나게 웃었거든."

"그쪽 점수는 몇 점인데?"

"그게 그러니까, 오늘의 최고점은 152점이었으려나. 애버리지도 그 정도인 것 같아. —한 번 특훈한 것만으로도 이길 수 있게 될까?"

"아코 애버리지는 몇이더라?"

"……95점정도."

"……다섯 번 정도 특훈하면 좋은 승부를 할 수 있게 될지도. ……배우는 게 빠르다면 말이야."

"은연중에 나는 배우는 속도가 안 좋다고 말하는 것처럼 들리는데요."

아코가 귀엽게 나를 노려봤다.

케이스케의 머릿속에는 얼마 전 둘이서 스키를 타러 갔을 때의 광경이 떠올라 있었다. 그때를 돌이켜보면, 아코는 빈말로라도 배우는 게 빠르다고는 말할 수 없었다. 케이스케와 아코 근처에서 스키를 타던 아이들 쪽이 명백히 더 빨리 숙달됐었다.

그런 케이스케의 생각을 간파한 것처럼,

"지금, 스키장에서의 나를 떠올리고 있지. 어차피 나는 애들보다도 배우는 게 늦다 뭐."

라고 말하며 입술을 삐죽였다.

케이스케는 쓴웃음을 띠고,

"뭐, 처음이면 그렇게 미끄러지는 것도 어쩔 수 없어. 몇 번이고 타지 않으면 보통은 숙달되지 않으니까. ─그러니 다음에 또 타러 가자. 다음에는 숙박하면서."

삐죽이 나왔던 입술이 들어가고, 아코의 눈에 밝은 빛이 돌아왔다.

"어? 또 데리고 가 주는 거야?"

"그래. 또 가자."

"숙박으로?"

"평판이 좋은 펜션을 찾았어. 분명 마음에 들 거라고 생각해."

"설산의 펜션인가~. 멋져. 나 한 번 머물러 보고 싶다고 생각했었거든."

"그럼 또 가는 걸로 괜찮아? 예정으로서는 2월 4일이랑 5일 주말을 생각하고 있는데."

"응. 나는 괜찮아."

"그럼 내일 전화해서 예약해 둘게."

"벌써 예약 다 차 있다거나 하진 않을까."

"아아, 괜찮아. 어제 전화해서 숙박 상황을 물어봐 뒀으니까. 아직 여유는 있었어."

"역시 케이스케. 빈틈이 없네."

그렇게 대화를 나누고 있자, 문득 무언가를 잊고 있는 것 같은 감각에 휩싸였다.

뭘까…… 타임리프 하기 전의 세계에서 경험한 것과 뭔가 상관이 있는 것일까. 이리저리 생각해 봤지만, 뭐라 말하기 힘들었다. 한층 깊게 생각하려 했지만, 아코가 그를 물끄러미 바라보고 있다는 걸 깨닫고 사고를 차단했다.

"왜 그래?"

"케이스케, 예전과 비교하면 조금 변했지."

"……예를 들면, 어떤 부분이?"

"데이트할 때 다양한 곳에 데리고 가 주고, 세련된 가게도 잔뜩 알고 있어. 그때, 내가 이런 맛의 음식을 먹고 싶다고 하면 딱히 알아보는 일도 없이 곧바로 거기에 데리고 가 줘. 지금도 그래."

"공부한 거야. 작년까지의 나는 같은 가게에만 데리고 갔으니까 말이야."

아코는 당황한 듯이 얼굴 앞에서 손을 내저었다.

"딱히 지금까지가 잘못됐다는 말이 아니야. 그저, 예전에 비해서 무척 적극적으로 변한 느낌이 든다고 생각했어. 전화나 메시지도 그렇지. 작년까지 전화나 메시지는 9

대 1정도의 비율로 내가 하는 경우가 많았는데, 지금은 7대 3정도로 케이스케가 연락을 주는 경우가 많아졌고."

케이스케가 조금 긴장하며,

"그건, 잘못된 거야?"

라고 물어봤다.

아코는 고개를 가로저었다.

"아니. 잘못된 게 아니야. 날 위해서 여러 가지로 생각해 준다는 느낌이 들어서 무척 기뻐져."

그 말과 그녀의 미소를 보고 케이스케는 마음속으로 주먹 쥔 양손을 치켜들고 화려하게 승리포즈를 취했다.

역시 자신의 선택은 잘못되지 않았다. 두 사람은 맺어지는 방향으로 가고 있다. 그렇게 확신했다.

머잖아 고급 갈빗집에 도착한다. 지금까지 케이스케가 갔던 가게들에 비하면 두 단계는 급이 높은 가게였다. 가격이 비싸리라는 건 아코도 알고 있는 것이리라. 차를 세웠을 때 뭔가를 말하려던 것 같았지만, 케이스케는 그걸 제지하고 차에서 내리고는 조수석 문을 열어 그녀를 에스코트했다. 아주 싫지만도 않은 듯한 표정을 짓는 아코를 보고, 케이스케는 고양감에 감싸여 있었다.

2월 3일 금요일. 일을 끝낸 케이스케는 같은 부서에서 일하는 동료들과 회사 근처의 선술집에서 술자리를 가지고 있었다.

이러한 술자리에서는 대부분의 경우 누군가가 클레임을 거는 손님에 대한 푸념을 입에 담는다. 클레임 전화를 거는 사람도 회사의 중요한 손님이니 사실은 공공연한 자리에서 푸념해서는 안 될 것이다. 손님이 상품을 사 주지 않는다면 그들의 월급은 나오지 않으니까. 하지만 말은 그렇게 해도, 우리도 인간이다. 도를 넘은 클레임에는 푸념 하나쯤은 하고 싶어진다. 케이스케는 동료의 푸념에 맞장구를 치면서 계속해서 술을 마셨다. 도중에 한 번 밖으로 나가 아코에게 전화를 걸어 봤지만, 부재중 전화로 연결되었기에 다시 전화하겠다는 말을 남기고 끊었다.

술자리는 아홉 시에 해산했다. 흔들리는 전철에 몸을 맡기며, 40분 걸려 집 근처 역에 도착한 뒤 역 앞 편의점에서 내일 아침의 반찬과 탄산음료를 샀다. 맨션이 보이기 시작했을 때, 케이스케는 스마트폰을 꺼냈다. 시각은 10시 5분. 아코에게서 연락은 아직 오지 않았다.

아코가 일하는 회사는 아무리 늦어도 잔업은 아홉 시까지로 정해져 있다고 들은 적이 있다. 그렇다면 이미 회사에서 나왔을 시간이다. 그녀의 성격상 부재중 전화에 메시지가 남겨져 있다면 여유가 생기는 대로 전화를 걸어 올 터. 그게 아니면, 이쪽에서 다시 전화를 걸겠다고 말했기에 연락을 기다리고 있는 것일까.

계단을 올라가 집 현관문을 열었다. 불을 켜고 편의점에서 사 온 것을 냉장고 안에 넣었다. 욕조에 43℃의 따뜻한 물을 채우는 동안 다시 한번 아코에게 전화를 걸어 봤다.

하지만 또다시 신호음이 여덟 번 울린 뒤에 부재중 전화로 연결되었다.

금요일 밤, 여덟 시경, 열 시경에 연인에게 전화를 걸었더니 두 번 다 부재중 전화로 연결되었다.

딱히 고개를 갸웃할 일은 아니다. 이런 경우는 세상에 넘칠 정도로 많다. 케이스케는 처음 겪는 체험이지만, 그건 지금까지 그가 먼저 전화를 하는 횟수가 적었기 때문이라는 것뿐인 이야기다.

어쩌면 아코 쪽도 술자리를 가지는 중이라 그의 메시지를 알아차리지 못하고 귀가한 뒤 그대로 잠들어 버린 것일지도 모른다.

우선, 그런 것으로 치고 목욕을 하기로 했다.

예전에는 일하고 돌아온 뒤에도 샤워만으로 끝내는 경

우가 많았지만, 목욕을 하면 혈액순환이 촉진되어 기초대사도 좋아진다는 이야기를 들은 이후로 가급적 목욕을 하게 되었다. 확실히 샤워만 했을 때랑 비교해서, 목욕을 한 뒤는 몸이 활력에 찬 느낌이 든다. 35분 가까이 목욕한 뒤 거실로 돌아왔다. 테이블 위에 놓인 스마트폰에 시선을 떨궜지만, 착신은 없었다.

조금 전의 추측대로 이미 잠든 것이리라고 생각하여 냉장고에서 탄산음료를 꺼내 기세 좋게 마셨다. 숨을 푸하 내뱉었을 때, 아코에게서 온 전화를 알리는 착신음이 울려 퍼졌다.

어라, 자던 것 아니었나 하고 생각하며 테이블로 가서 스마트폰을 손에 들었다.

"수고했어. 철석같이 자는 건가 싶었는데."

케이스케는 그렇게 말하고는 아코의 대답을 기다렸다.

하지만 10초 정도 기다려도 아코의 목소리는 들려오지 않는다.

"응?"

케이스케는 스마트폰을 귀에서 떼고 화면을 확인했다.

제대로 연결되어 있다. 통화 시간 수는 계속 늘고 있다.

"여보세요, 아코?"

불러 봐도 대답은 없다. 귀를 기울이니 희미한 숨소리가 들려왔다.

혹시 잠들어 있는 건 아닐까. 머리맡에 스마트폰을 둔 상태로 잠들고, 잘못해서 만져버려 케이스케에게 전화가 걸려 왔다, 라는 식으로. 케이스케 자신에게 그런 경험이 한 번 있는 만큼, 이 추리가 정답인 것 같다고 생각했다.

"아코, 자는 거야?"

정말로 잠들어 있다면 그 질문에 대답할 수는 없겠지만, 진지한 얼굴로 그렇게 묻고 있었다.

대답은 돌아오지 않는다. 이건 정말로 잠든 모양이라고, 전화를 끊을까 생각했을 때, 머릿속이 강하게 자극되었다.

뭐지, 이 감각…….

분명하게, 무언가를 잊고 있는 듯한 느낌이 든다…….

전화 너머에서 코를 훌쩍이는 소리가 들려왔다. 그건 울고 있는 사람이 내는 듯한 훌쩍임 소리로 들렸다.

그렇게 이해한 순간, 과거의 기억이 되살아났다.

아코는 잠들어 있는 게 아니다. 지금, 전화 너머에서 그녀는 울고 있는 것이다.

그 이유는, 친한 친척에게 불행한 일이 있었기 때문이

다. 케이스케에게 전화를 건 이유는 토요일과 일요일의 데이트를 취소하자고 전하기 위해.

이윽고 아코의 목소리가 들려왔다.

"케이스케……."

무슨 이유이건, 사랑하는 사람의 울음소리를 듣는 건 괴로운 일이었다.

"미안해. 나 내일은 만날 수 없게 됐어. 일요일도, 같이 놀 수 없어."

나는 바보라고 케이스케는 생각했다.

얼마 전의 일을 떠올렸다.

1월 21일, 아코와 이야기하고 있을 때 느꼈던 위화감이 무엇인지 지금 알았다.

이 사건을 이전에 체험했었기에 시종 답답한 느낌이 들고 있었던 것이다. 그때 떠올릴 수 있었더라면, 결과는 같더라도 조금 더 그녀에게 마음을 써주는 전개가 되었을지도 모르는데.

"무슨 일, 있었어?"

이유는 알고 있지만, 대화를 진행하기 위해 그렇게 물을 수밖에 없다.

"……."

침묵이 이어진다.

저번의 이 침묵 때, 아코의 몸에 무슨 일이 있었던 게 아닐까 하고 불안에 사로잡혔던 것을 떠올렸다. 이 뒤에 아코가 말하는 사실을 듣게 될 때까지 안절부절못했다. 아코에게 말하면 경멸당할지도 모르지만, 그녀가 아니라 친척에게 일어난 불행이라서 그는 일단 안심했다. 그저, 아코가 상심하여 울고 있다는 사실에는 변함이 없기에 케이스케는 다정하게 말을 걸었다.

"아코, 괜찮아?"

"……미안해. 조금 전에 부모님에게서 전화가 와서, 친척한테 불행한 일이 있었다고 하셨어. 그래서 장례식에 가게 되었으니까, 내일이랑 모레는 만날 수 없게 됐어. 미안해."

"사과하지 않아도 돼. 옛날부터 친했던 사람이 돌아가신 거잖아. 작별인사를 해 드려."

"……옛날부터 친했던 사람?"

아코의 되묻는 듯한 어조에, 자기가 말실수를 한 것을 깨달았다.

친척이니까 꼭 옛날부터 친할 거라고는 할 수 없다. 그 사람과 친했다는 정보는 본래는 이야기의 흐름으로 이 뒤에 아코가 할 말이었다. 그걸 내가 먼저 입 밖에 내고 말 았다.

"아니, 그만큼 울고 있으니까 아마 옛날부터 친했던 거 겠지 싶어서."

"아아…… 응, 맞아."

다시 침묵이 찾아온다.

저번에도 이번에도 케이스케는 잠자코 있었다. 이럴 때, 뭐라 말을 건네면 좋을지 알 수 없는 것이다. 무슨 말 을 해도 아코의 마음에는 와 닿지 않을 듯한 느낌이 든다.

"케이스케……."

"응, 뭔데?"

"……아니. 아무것도 아니야. 그럼 끊을게. 내일, 일 열 심히 해."

"응. 내가 할 수 있는 게 있다면 언제든지 말해 줘."

"고마워. 그럼, 잘 자."

"그래, 아코도 잘 자."

아코가 전화를 끊을 때까지 10초 정도의 뜸이 있었다. 이건 저번과 마찬가지. 케이스케가 아직 뭔가 말할 거라 고 생각하고 기다리고 있었던 걸까. 그리고 전화는 갑자 기 끊어졌다.

불현듯 케이스케 안에 불안감이 싹텄다.

타임리프 한 이후 처음으로 또 3월 26일에 헤어지자는 말을 듣게 되면 어떻게 하지, 하는 마음이 생겨났다. 줄곧 마음을 굳게 먹고 있었는데, 어째서 그런 약한 생각이 든 것인가.

아코의 울음소리를 들었기 때문일까. 그게 아니면 아코의 친한 친척이 죽었다는 사실이, 운명은 바꿀 수 없다는 생각이 들게 만든 것일까.

"아니, 운명은 바꿀 수 있어."

케이스케는 그렇게 중얼거렸다.

어째서냐면 저번과는 결과가 변하도록 행동하고 있으니까. 그녀의 마음에 보답하려는 노력을 하고 있으니까, 결말은 다른 것이 된다.

이 세계의 아코는 아무리 주의 깊게 보고 있어도, 애정이 식은 듯한 기색은 일절 찾아볼 수 없다. 그건 그의 선택이 옳았다는 것을 증명하고 있다.

3월 26일에 그가 아코에게서 헤어지자는 말을 듣게 될 일은 없다.

미세하게 싹텄던 불안감을 지우고, 케이스케는 이불 속으로 들어갔다.

제4장

3월 26일

케이스케는 공원 입구에 서 있었다. 눈앞에는 폭이 넓은 인도가 있고, 사람들이 끊임없이 그의 앞을 지나쳐 갔다. 인도 건너편에는 편도 2차선 도로가 뻗어 있다.

시아 오른쪽 구석에서 노란 이동판매 차량을 발견했다. 선전을 하면서 이쪽으로 점점 가까이 다가온다.

슬슬 때가 됐군. 케이스케는 마음속으로 중얼거렸다.

이동판매 차량이 눈앞을 지나치려 했을 때, 케이스케는 정면을 똑바로 본 채 재빠르게 오른손을 옆으로 뻗어 거기에 있는 물체를 붙잡았다.

직후, 놀란 목소리가 등 뒤에서 울렸다.

"어어?!!! 어째서! 안 보였을 텐데!"

케이스케는 뒤돌아봤다. 거기에는 베이지색 프렌치 코

트를 입은 아코가 서 있다. 그의 오른손에는 둥글게 뭉친 눈덩이가 붙잡혀 쥐어져 있었다.

케이스케는 싱긋 웃고,

"등 뒤에 기척을 느꼈거든. 온다! 라는 걸 확실히 알 수 있었어."

"설마 케이스케는 닌자의 후예? 지금 건 그 정도로 대단했어."

아코는 감탄한 기색으로 말하고는 뭉친 눈덩이를 지면에 떨어뜨렸다.

이렇게 아코와 얼굴을 마주하는 건 1월 29일 이후로 2주 만의 일이었다. 다만 아코가 친척 장례식 때문에 2월 4일과 5일 데이트를 취소한 이후로도 전화나 메시지로 대화는 하고 있었다. 그날은 눈물에 젖은 목소리로 전화한 아코였지만, 그 이후로 그녀의 침울한 목소리를 듣는 일은 없었다.

"꽈~앙."

의성어를 내며 아코가 안겨들었다.

그리고,

"케이스케, 쪽."

하고 귀엽게 말하고는 케이스케의 입술에 키스했다.

저번에 이걸 당했을 때는 약간 놀랐다. 남들 앞에서 하는 키스는 저번의 이날까지는 한 번도 경험한 적이 없었기 때문이다. 그녀는 남들 앞에서 키스하는 타입의 여성이 아니다. 그래서 저번에는 왜 무슨 일이야? 라고 물었던 것을 기억하고 있다.

그때 아코가 한 대답은, 2주 동안 만나지 못한 외로움으로 무심코 키스해 버렸다는 것이었다.

"밖에서 키스하는 건 처음이지?"

"그러게. 처음이네."

"……2주 동안 못 만난 외로움 때문에 무심코 키스해 버렸어?"

아코는 한순간 놀란 기색을 보였지만, 곧바로 귀엽게 케이스케를 노려봤다.

"그런 건 스스로 말하는 게 아니야."

"하지만, 그런 거지?"

"……뭐, 그렇긴 하지만. 케이스케는 외롭지 않았어?"

"나도 외로웠어. 계속 아코 생각만 하고 있었어."

그렇게 말하고, 이번에는 케이스케 쪽에서 키스했다. 저번에는 하지 않았던 행위다. 아코는 눈을 감고 미소를 띠고 있다.

입술을 떼고, 손을 잡고 걷기 시작했다.

케이스케는 오늘 2주 만에 얼굴을 마주하는 그녀의 모습을 주의 깊게 볼 필요가 있다고 생각했지만, 조금 전처럼 농후한 키스를 당하면 딱히 주의를 기울일 필요는 없는 것처럼 느껴졌다. 그를 향한 사랑이 식었다면 사람들 앞에서 키스 같은 건 하지 않을 터.

다만 딱 하나, 키스나 섹스에 관해서 염려하고 있는 것이 있었다.

이전 세계에서 아코가 이별을 고하기 2주 전, 두 사람은 섹스했었다. '제법 전부터 마음은 멀어져 있었다'라는 그녀의 말을 믿는다면 그 시점에서 이미 마음은 떨어져 있었을 터이고, 어째서 그런 상대와 섹스를 했는가 하는 의문은 줄곧 남아 있었다. 사랑이 식은 상대와는 키스를 하는 것도 싫다는 것이 여성이지 않을까.

이별을 결심했어도 상대가 원하면 거절하지 못한다.

불쌍히 여기는 마음이 움직여 마지막에 섹스하게 해줬다.

세상은 넓기에 그런 생각을 가진 여성 역시 있을지도 모른다. 다만, 아코가 그런 성격의 여성인가 하면 대단히 의문스럽다. 그것 하나만큼은 그의 안에서 계속 수수께끼인 채였다.

　시각은 10시. 두 사람은 개점 직후인 백화점에 들어갔다. 서로 한 벌씩 옷을 산 뒤에 케이스케는 아코를 액세서리 판매장으로 데리고 갔다. 기념일도 뭣도 아니었지만, 뭔가 선물을 하려고 했다. 조금이라도 포인트를 올려 두고 싶다는 것이 거짓 없는 본심이었다. 플러스가 될 만한 것은 전부 한다. 그는 그런 의식으로 움직이고 있다.

　"뭔가 하나, 갖고 싶은 거 골라도 돼."

　케이스케의 말에 아코는 조금 고개를 갸웃했다.

　"오늘, 무슨 기념일이었던가?"

　"아무 기념일도 아니지만, 선물하고 싶은 기분이야. 딱히 기념일이 아니어도 선물은 해도 괜찮잖아?"

　아코는 입꼬리를 올려 미소를 짓고는,

　"그건 나야 기쁘기는 하지만."

　"조금 전 키스의 답례라고 생각하면 돼."

　"내 키스가 그렇게나 가치가 있어?"

　"있어."

　"……그럼, 호의를 받아들일까."

　그 층에는 헤아릴 수 없을 정도로 많은 가게가 늘어서 있는데, 아코는 중앙에 있는 가게로 들어갔다. 펜던트가

장식된 쇼케이스 앞에 서서 천천히 왼쪽부터 오른쪽으로 이동해 갔다. 머잖아 마음에 든 상품을 찾은 것인지, 뒤에 있는 케이스케 쪽을 돌아봤다. 그리고 "이게 좋아."하고 반짝이는 하트 모양 펜던트를 가리켰다. 케이스케는 아코 옆에 서서 그 상품에 붙어 있는 가격표를 봤다.

일, 십, 백, 천, 만, 십만, 백만……

135만 엔이라고 표시되어 있었다.

아니아니, 잠깐, 하고 딴지를 걸려 했을 때, 두 사람 앞에 여성 점원이 다가와서,

"이쪽으로 괜찮으신가요?"

하고 물어봤다.

순식간에 얼굴이 새파래진 케이스케가 부정하는 것보다도 빠르게, 아코가 지금까지 본 적 없을 정도로 당황한 모습으로,

"앗, 아, 아뇨, 아니에요. 이게 아니라, 그, 저기, 이거예요. ―케이스케, 괜찮을까?"

아코가 가리킨 펜던트를 봤다. 가격표에는 3만 5천 엔이라고 적힌 숫자. 케이스케는 마음속으로 안도의 한숨을 내쉬고 미소를 지으며 고개를 끄덕였다. 점원이 쇼케이스 안에서 펜던트를 꺼내 아코에게 시착을 권했다. 핑크색

펜던트를 목에 찬 아코를 보고, 케이스케는 잘 어울린다는 말을 건넸다. 점원이 잠시 기다려 주시라는 말을 남기고 상품을 가지고 안쪽으로 들어갔다.

케이스케는 아코의 귓가에서,

"지금, 확실하게 수명이 줄어들었어."

"지금 건 미안. 진심으로 사과하겠습니다."

"그래도, 조금 더 비싼 걸 골라도 괜찮았는데."

"아냐. 저 펜던트가 나한테는 제일 어울린다고 생각해."

펜던트를 포장한 점원이 돌아왔다. 케이스케는 계산을 마치고 상품을 받아들었다. 가게를 나와 엘리베이터 앞에 섰을 때, 아코에게 펜던트를 건넸다.

"고마워. 소중히 할게."

아코의 기뻐 보이는 미소를 보고, 케이스케의 기분도 밝아졌다.

그리고 나서 두 사람은 8층으로 향해 레스토랑에서 점심을 먹기로 했다. 케이스케는 스테이크 세트를, 아코는 샌드위치와 오렌지주스를 주문했다.

"어라? 샌드위치만으로 괜찮아?"

"응. 오늘은 식욕이 별로 없어서."

"그래……."

그러고 보니 저번 2월 12일도 아코는 식욕이 없다는 말을 했었다. 어째서 그런 걸 기억하고 있는가 하면, 그녀의 입에서 식욕이 없다는 말을 듣는 건 그때가 처음이었기 때문이다. 아코는 건강한 체질 그 자체로, 음식을 가리는 것도 없거니와 예를 들어 음식을 남기는 광경도 지금까지 한 번도 본 적이 없었다. 그저, 오늘 아코에게 식욕이 없다는 것을 특별히 신경 쓸 필요는 없을 것이다. 아코도 사람이다. 식욕 부진인 날도 있다. 어쩌다 보니 지금까지 그런 날을 본 적이 없었을 뿐인 이야기다.

다른 방향으로 향하고 있던 시선과 의식을 아코에게 되돌렸을 때, 그것이 눈에 들어왔다.

아코가 왼손으로 오른손을 문지르고 있다. 그녀의 오른손 손등에는 7, 8센티미터 정도의 베인 상처가 생겨나 있었다. 이 상처는 저번의 오늘도 봤다. 분명, 회사에서 돌아오는 길에 계단에서 넘어져서 생긴 상처였던가……

잘 보이는 부위의 상처니까 이대로 계속 상처의 원인을 묻지 않는 건 이상할 것이다. 세심하지 않은 남자라고 여겨질지도 모른다. 그래서 케이스케는 저번과 마찬가지로 물어보기로 했다.

"그 상처, 어떻게 된 거야?"

케이스케의 시선을 알아차린 아코가 어깨를 움츠리며 웃었다.

"한심한 이야기인데, 지지난번 주에 회사에서 돌아오는 길에 계단에서 넘어져서 생긴 상처야. 아무도 보고 있지 않았던 게 유일하게 다행인 점이었어. 힐은 떨어질 것 같은 데다 옷도 더러워져서 정말 엉망이었어."

그렇게 대답한 뒤 아코는 케이스케의 오른손에 시선을 향했다.

"케이스케랑 비슷한 상처네."

"이런 데까지 나랑 닮지 않아도 되는데."

"정말로. 이건 너무 갔네."

둘이서 웃었다.

점심을 먹은 뒤에는 영화관에서 화제의 액션 영화를 봤다. 타임리프 한 이후로 둘이서 영화를 보는 건 처음이었다. 케이스케의 취미 중 하나이기는 하지만, 데이트가 식상해졌다고 여겨지는 게 무서워서 그녀에게 권하는 건 자중하고 있었다. 다만 이번에는 볼링 특훈과 마찬가지로 그녀 쪽에서 이 영화를 보고 싶다고 말했기에, 오랜만에 둘이서 영화관으로 발걸음을 옮긴 것이었다.

오후 다섯 시가 되자 택시를 타고 바에 향했다. 일요일에는 서로 다음 날 일이 있기도 하여 비교적 이른 시간부터 마시는 게 으레 습관이 되어 있었다.

이번에 처음으로 가본 가게는 재즈 즉흥 연주를 들으면서 마실 수 있는 바였다. 경식도 준비되어 있기에 저녁도 거기서 먹기로 했다.

처음에는 술에 관한 지식이 없는 케이스케였으나, 매번 바텐더에게서 여러 이야기를 들었더니 점점 지식도 쌓여 갔다. 주로 칵테일이지만, 지금은 이름을 들으면 어떤 맛인지 곧바로 대답할 수 있는 정도까지 되었다. 아코가 마음에 들 거라고 생각한 칵테일을 주문해 주자, 그녀는 자기 취향을 잘 알고 있다고 말하며 기뻐해 주었다. 그런 미소를 볼 때마다 노력한 보람이 있었구나 싶어 기뻐졌다.

슬슬 바를 나갈까 하던 무렵,

"저기, 오늘 내 방에서 잘 수 없어?"

아코가 그렇게 물었다.

그러고 보니 저번의 오늘도 아코가 자기 방에서 자고 가지 않겠냐고 했었다.

아코의 방에서 잔 적은 몇 번이나 있지만, 그건 다음 날이 휴일인 날에 한해서였고, 일요일에 자고 간 적은 지금까지 한 번도 없었다. 그래서 저번에는 의아하게 여겨 그이유를 물었다. 그러자 오늘은 끝까지 같이 있고 싶은 기분이라서 그렇다는 대답이 돌아왔다. 아코의 방에서 출근하려면 평소보다 30분 일찍 나가야 했지만, 연인이 그런달콤한 속삭임을 건네면 기쁘고, 거절할 이유도 없다.

그래서 이번에는 아무것도 묻지 않았다. 단 한마디, 좋다는 대답만을 했다.

아코는 기쁜 듯이 미소 짓고는 어리광부리는 느낌으로그의 어깨에 머리를 얹었다.

택시를 타고 일단 케이스케 집에 들러 내일 출근에 필요한 것을 챙긴 뒤, 아코의 맨션으로 향했다.

아코, 케이스케 순서로 샤워를 했다. 케이스케가 방으로 돌아왔을 때, 아코는 침대 안에 있었다. 시선이 교차하자 그녀는 불을 꺼 달라고 말했다. 고개를 끄덕이고 방을어둡게 한 뒤, 침대 안으로 파고들었다.

아코의 달콤한 향기를 맡으며 속옷을 벗겨 나갔다. 이어서 애무하려고 했을 때, 아코가 케이스케를 꼭 껴안았다.케이스케도 그에 응하여 부드럽게 아코를 끌어안았다.

"케이스케……."

"응."

"나⋯⋯."

"뭔데?"

"아냐. 아무것도 아니야⋯⋯. 키스해 줘⋯⋯."

그녀가 뭔가를 말하려다가 그만둔 듯한 느낌이 들었지만, 혀를 감은 순간, 의식은 전부 그쪽으로 향했다. 나머지는 그저 본능이 향하는 대로 그녀의 몸을 갈구할 뿐이었다.

거친 숨소리와 교성이 멎은 실내에는 조용한 시간이 흐르고 있다.

아코는 케이스케의 가슴에 얼굴을 올리고 편안한 호흡을 반복하고 있었다.

그녀의 머리를 쓰다듬으며 앞으로의 일을 생각했다.

순조롭게 흘러가고 있다. 두 사람의 관계는 지극히 양호하다.

아코의 얼굴 어디에도 이별의 예감은 감돌지 않는다. 그녀의 마음은 멀어지기는커녕 그에게 찰싹 달라붙어 있다. 애정도 뜨거울 정도로 느껴진다.

『저번의 오늘도, 그녀는 평온한 얼굴이었다. 하지만 3월 26일에는 차갑게 이별을 고했다.』

억양 없는 목소리가 머릿속에서 울렸다.

케이스케는 머리를 강하게 흔들어 목소리를 지워 버렸다.

표면상으로는 비슷해 보여도, 저번과 이번은 아코의 속마음이 다르다. 이전 세계의 그녀는 얼굴로는 웃고 있었어도, 마음속은 공허했다. 하지만 사랑하는 사람을 생각하는 케이스케의 부단한 노력으로 이 세계의 아코는 몸도 마음도 밝게 채워지게 되었다. 분명하게, 자신은 사랑받고 있다는 자신감이 있다.

"왜 그래?"

기색이 이상했던 것이리라. 아코가 케이스케를 올려다보고 있었다.

"잠든 줄 알았어."

"이 상태로는 케이스케가 잘 수 없잖아."

"나는 괜찮아. 자랑은 아니지만 나는 어디서든, 어떤 모습이더라도 단시간에 잠들 수 있거든."

"그런 특기가 있었어? 몰랐네."

"특기라고 할 정도로 뭔가에 도움이 된 적은 없지만 말이야."

"그럼, 날 안아 줄래? 오늘 밤은 케이스케 품속에서 잠들고 싶어."

"알았어."

아코가 케이스케의 가슴에 얼굴을 묻었다. 케이스케는 그녀의 부드러운 몸을 살며시 끌어안았다.

"잘 자, 케이스케."

"잘 자. 좋은 꿈 꿔."

아코는 후후후 웃고는 눈을 감았다.

그에게 모든 것을 맡긴 듯한 아코의 잠든 얼굴을 본 케이스케의 마음도 평온해져, 이윽고 잠에 빠져들었다―.

꿈을 꿨다.

아직 연인 사이가 되기 전의, 아코에게 고백했을 때의 꿈.

그날에 마음을 고백하고자 결심하여 어떤 장소로 아코를 데리고 갔다. 그곳은 산 정상에 있는 공원으로, 보석을 흩뿌린 것 같다고 형용되는 야경을 한눈에 내다볼 수 있는 장소였다. 그곳에 서는 건 처음이라는 그녀는, 실제로 찬란하게 반짝이는 야경을 보고 무척 감동한 기색을 보여 줬다.

OK를 받을 절대적인 자신이 없었기에 무드를 조성하여 그녀의 기분을 고조시키고 싶다는 게 그 장소를 고백 무대로 고른 이유인데, 아코의 표정을 살펴보니 잘 풀린 것 같았다.

공원에 도착하고 나서 한동안은 돌로 된 벤치에 앉아 별 것 아닌 대화를 계속하고 있었다. 그날은 아침부터 계속 긴장 상태가 이어졌었고, 그래서 빨리 고백해서 편해지고 싶었지만 골든위크 중이라는 것도 있고 하여 다른 커플들의 모습이 좀처럼 사라지지 않았다.

사실은 둘만 남게 될 때까지 행동에 옮기고 싶지 않았지만, 이대로는 날짜가 바뀌고 만다고 생각하여 양옆 벤치에 커플이 앉아 있는 상태에서 고백을 결행하기로 했다.

케이스케는 숨을 크게 내쉬고 일어서서는, 야경을 등지고 아코 쪽을 바라봤다.

고개를 살짝 갸웃하며 케이스케를 올려다보는 아코. 시선이 교차한 직후, 마음을 말로 전했다. 분위기상으로는 로맨틱한 말을 해도 허용되었겠지만, 그런 성격이 아니기에 특별한 말은 하지 않았다. 그저, '아코를 좋아합니다. 제 여자친구가 되어 주세요.'라고만 말했다.

아코는 쑥스러운 듯한 미소를 띠고는 네, 하고 고개를 끄덕여 주었다.

케이스케에게 있어서는 보석을 흩뿌린 것 같다고 비유되는 야경보다도 눈부시고 멋진 미소였다.

잠시 후, 옆에 앉아 있던 한 커플이 케이스케와 아코를 향해 작게 박수를 쳐 주었다. 한순간 무슨 일인지 이해할 수 없었지만, 아무래도 그의 고백이 들렸던 모양이라, 그건 축복의 박수였다. 아코의 쑥스러워하는 표정은 한층 강해졌지만, 아마도 케이스케의 얼굴은 그 이상으로 새빨개져 있었을 터다.

앞으로도 아코와 손을 잡고 살아가고 싶다. 꿈을 꾸면서 바라고 있었다.

3월 26일을 향해 시간은 담담하게 흘러갔다.

어떤 각도로 봐도 아코에게서 이변은 찾아볼 수 없었다.

문득 한순간 불안에 사로잡힐 때가 있기는 해도, 케이스케의 마음은 대체로 잔잔한 바다처럼 안정되어 있었다.

2월이 끝나고 3월이 된 어느 날, 케이스케는 불현듯 생각했다. 슬슬 아코에게 프러포즈해도 괜찮지 않을까 하고. 두 달 뒤인 5월이 되면 교제를 시작한 지 만 2년이 지난다. 케이스케는 10월이 되면 만 28살이 되고, 아코는 9월이 되면 만 26살이 된다. 결혼하는 나이로서는 딱 좋은 것 아닐까. 케이스케 안에서 그 마음은 점점 굳어져 갔다.

3월 12일. 일요일. 겨울 동안에는 가지 못했던 장소에 아코를 데리고 가려고 계획하였는데, 전날인 토요일에 내일은 온종일 방 안에서 지내고 싶다고 아코가 제안했기에 그에 따르기로 했다.

오전 중에는 영화를 보거나 보드게임을 하며 놀고, 점심이 되자 같이 식사를 차렸다. 아니, 같이 차렸다는 말은 어폐가 있다. 조리는 전부 아코가 하고, 케이스케는 계란을 깨거나 액체를 섞는 등 지시받은 일을 할 뿐인 역할이었다. 아코가 셰프고 케이스케는 조수라고 하는 편이 적절할 것이다. 아코가 만든 요리는 마카로니 그라탱과 샌드위치, 그리고 해산물 샐러드였다. 자취하지 않는 케이스케 입장에서 보면 어느 것이고 만들 수 없는 요리들이다.

뭘 먹어도 맛있다. 먹는 동안 케이스케는 생각한 것을 그대로 입 밖에 내고 있었다.

"이런 맛있는 요리를 매일 먹을 수 있다면 행복하겠지."

그녀와의 결혼을 의식하기 시작했기 때문에 자연히 나온 말이었다.

아코 입장에서는 그 말을 받아들이는 방법은 하나밖에 없을 것이다.

그 하나밖에 없을 해석을 한 아코의 뺨은 자연히 빨개져 있었다.

"그건, 좋은 쪽으로 해석해도 돼?"

"그대로의 의미로 받아들이면 된다고 생각해. 진심이야."

케이스케의 말을 들은 아코는 쑥스러운 듯한 미소를 띠었다.

지금 여기서 프러포즈해도 OK를 받을 수 있을 것 같은 분위기였다.

기세를 몰아 말해버릴까 하고 한순간 생각했지만, 안 된다고 자중했다.

한번 갈라졌던 사이이기에, 제대로 하고 싶었다. 본래 다시 시작하는 게 불가능한 인생에서, 다시 시작할 기회를 받은 것이다. 아코에게 어울리는 반지를 만들고, 프러포즈에 최적인 장소를 찾아서 고백한다. 그게 가장 좋다.

벽에 달아 둔 달력을 봤다. 추상적인 그림이 그려져 있는 부분 밑으로 1월부터 12월까지가 늘어서 있다. 케이스케의 시선은 5월로 향했다. 연인 사이가 된 5월 5일에 프러포즈하자. 바로 지금, 그렇게 정했다.

시선을 아코에게 되돌렸다.

"아코."

"왜에?"

"우리, 5월로 사귀기 시작한 지 만 2년이 되지."

"응. 눈 깜짝할 사이였던 2년이네."

"5월 골든위크에는 어딘가 여행 가지 않을래?"

"응? 어디 데리고 가주는 거야?"

"어디든 사람으로 붐비겠지만, 아직 우리 둘이 간 적이 없는 땅의 공기를 들이마셔 보고 싶네. 가고 싶은 곳은 있어?"

"그러게…… 홋카이도에는 한번 가보고 싶다고 전부터 생각했는데."

"아아, 좋네. 홋카이도. 나도 아직 가본 적 없어. 내 제멋대로인 생각이지만, 일본인이라면 한 번은 홋카이도랑 오키나와에 가보는 편이 좋다고 봐."

"아, 그거 이해될지도. 케이스케, 오키나와는?"

"옛날에 딱 두 번 여행으로 가봤어."

"좋겠다~. 나는 두 곳 다 가본 적 없어."

"그럼 골든위크는 둘 중 한 곳에 가는 거면 될까?"

"정말로 괜찮아?"

"남자에게 두말은 없어."

"야호."

아코는 손뼉을 치며 기뻐했다. 다시 그 얼굴에 미소가 돌아왔다.

케이스케는 여행에 약혼반지 등 4, 5월의 지출은 제법 많아지겠다고 생각했지만, 기쁜 비명이라는 것이다. 돈이나 시간이 아무리 있어도 가장 소중한 사람이 옆에 있지 않다면 공허할 뿐이다.

"그럼 내일 점심시간에 여행사에 가서 홋카이도랑 오키나와 팸플릿 가지고 올게. 다음에 만나는 18일 밤에 그걸 보면서 술 마시자."

문득, 이전 세계에서 있었던 일을 떠올렸다.

저번과 같다면 아코는 17일 밤에 전화를 걸어 와서, 급한 볼일이 생겼다는 이유로 데이트를 취소한다. 급한 볼일이 무엇인지는 물어보지 않았지만, 아마도 그 운명이 바뀔 일은 없을 터다. 따라서 18일은 만날 수 없다.

덧붙여서 저번과 같은 전개라면 다음에 아코와 만날 수 있는 건 3월 26일이라는 말이 된다.

"토요일은 볼일이 생기니까……."

말실수를 깨닫고, 케이스케는 황급히 뒷말을 집어삼켰다.

"어? 토요일은 볼일이 있어?"

"아니, 내가 아니라 아코가……."

"응? 내가 뭐?"

"어라, 볼일이 있다고 하지 않았던가?"

"……아니. 아무 볼일도 없는데."

"아, 내가 업무 건이랑 혼동했나 보다. 미안."

"케이스케는 의외로 덜렁대지."

아코는 그렇게 말하며 웃었다.

그 후 밤이 될 때까지 트럼프를 하거나 프로레슬링 놀이를 하고, 명작 영화 DVD를 보는 등 느긋한 시간을 보냈다.

저녁을 먹고 샤워를 한 뒤에는 침대 안에서 수다를 계속했다. 대화 내용에 맥락은 없었다. 오늘 본 영화 이야기, 최근의 일 이야기, 정치 이야기, 아침 전철에서 본 개성적인 사람 이야기, 홋카이도나 오키나와 이야기. 대화하고 있는 동안 줄곧 아쿠는 자석처럼 케이스케에게 찰싹 달라붙어 있었다.

대화가 끊기면 누가 먼저랄 것도 없이 서로의 몸을 애무하기 시작했다.

그러는 와중 케이스케의 뇌리에 그날이 되살아났다.

빛을 잃은 것만 같은 차가운 시선으로 그를 보는 아코.

머리를 강하게 흔들어 악몽을 떨쳐내고, 요염한 목소리

를 내고 있는 사랑하는 사람을 봤다.

이 세계에서 다음에 만나게 될 3월 26일의 아코는 그날의 그녀가 아니다.

할 수 있는 일을 최대한 했다. 그러니 분명 저번과는 다른 결과가 될 것이다. 그렇게 믿고 있었다.

"저기, 아코. 하나 약속해 줬으면 하는 게 있어."

"뭔데?"

"다음에 만날 때는, 여느 때 이상의 미소를 보여줬으면 해."

아코의 요염했던 표정이 생각하는 표정으로 바뀌었다.

하지만 그것도 이내 사라지고 그를 원하는 표정으로 돌아왔다.

"알았어. 케이스케를 발견하면 최고의 미소를 보내 줄게."

아코는 그렇게 말하고는 케이스케를 강하게 끌어안았다.

"사랑해. 세상에서 제일, 아코를 사랑하고 있어."

"나도, 누구보다도 케이스케를 사랑해."

충분하다고 생각했다. 이 말을 들을 수 있었으니, 이제 달리 아무것도 필요 없다.

운명은 바꿀 수 있다.

그날 본 광경에, 케이스케는 마음속으로 세차게 선언하듯이 외쳤다.

알람시계 소리로 잠에서 깼다. 직후, 계란을 달구는 냄새를 느꼈다.

상체를 일으켜 부엌을 보자 아코가 아침 식사를 차리고 있는 참이었다.

케이스케의 기척을 알아차린 앞치마 차림의 아코가 뒤돌아봤다.

"좋은 아침."

"흐아암, 좋은 아침."

"어머, 엄청난 하품이네. —계란말이랑 계란 프라이, 어느 쪽으로 할래?"

"음~, 계란 프라이를 먹고 싶은 기분이네."

아코는 주먹 쥔 손을 불끈 치켜세우고는,

"아싸, 맞혔다! 계란 프라이라고 대답할 예감이 들었으니까 이미 만들기 시작했어."

"역시나 아코네. 내 기분을 예측할 수 있다니."

"슬슬 다 되니까, 얼굴이라도 씻고 와."

눈을 비비며 예이~, 하고 대답한 뒤 세면대로 갔다. 얼굴을 씻고 수염을 깎았다. 식탁으로 가니 이미 테이블 위에는 아침 식사가 차려져 있었다. 씹는 맛이 있을 것 같은 두부나 미역이 들어간 된장국 냄새가 식욕을 돋웠다.

손을 모으고 잘 먹겠습니다, 하고 인사한다.

요리가 맛있다는 것도 있지만, 사랑하는 사람과 대화하며 먹으니 평소에 먹던 아침 식사에 비해 젓가락이 움직이는 속도가 두 배는 빨랐다.

아침을 다 먹고 이를 닦은 뒤 정장으로 갈아입고, 잠깐 동안 TV 앞에서 보냈다.

집을 나설 시간이 되자 케이스케는 현관으로 갔다. 구두를 신은 뒤 아코 쪽으로 돌아섰다.

아코가 눈을 감고 턱을 앞으로 내밀었다.

케이스케는 아코의 등에 손을 감고 입술을 포갰다.

입맞춤을 끝내자 문을 열고 바깥으로 나갔다.

낮에는 따뜻해졌지만, 아침은 아직 차가운 공기가 전신을 감싸고 있었다.

케이스케는 문손잡이를 잡은 채 천천히 뒤돌아봤다.

아코는 케이스케에게 다정한 미소를 보내고 있다.

"아코……."

"왜에?"

"어젯밤에 한 약속, 기억하고 있어?"

아코는 시선을 비스듬히 오른쪽 위로 향하고,

"으음…… 다음에 만날 때는 여느 때 이상의 미소를 보여 달라는 약속이었지."

"그래. 약속, 지켜 줘."

아코는 가슴을 탁 두드리고,

"맡겨 줘. 여자한테 두말은 없어."

케이스케는 싱긋 웃고,

"그럼, 다녀올게."

"잘 다녀와. 사랑해, 달링."

문이 닫히는 그 순간까지, 아코는 눈부실 정도의 미소를 그에게 보내고 있었다.

3월 17일. 오후 10시 반. 아코에게서 전화가 걸려 왔다. 급한 볼일이 생겼기에 데이트를 취소한다는 연락. 그리고 다음에 만날 수 있는 건 26일이라고 말하며, 그녀는 약속 장소를 말하고 전화를 끊었다.

오랫동안 평안했던 케이스케의 마음이 단숨에 흐트러지기 시작했다.

데이트 취소는 저번과 같기에 그것 자체는 상관없다.

케이스케의 불안을 부추긴 것은 아코의 음성이 저번과 마찬가지로 무척이나 차가웠다는 점이다. 감정이 전혀 담기지 않은 듯한 어조였다.

케이스케는 머리를 감싸 쥐었다.

어딘가에서 잘못된 선택을 해 버렸나?

아니, 그럴 리는 없다. 자신의 행동은 전부 플러스로 작용했을 터다. 그의 노력이 보답 받았다는 것은 아코의 말이나 표정이 증명하고 있지 않은가. 차가운 목소리로 들린 건 단순히 기분이 안 좋던 것뿐일지도 모른다. 케이스케와는 무관한 일로 신경이 날카로워진 상태라든가. 그렇게 믿으려고 했지만, 불안감은 완전히 불식할 수 없었다.

지금 그녀가 무슨 생각을 하고 있는지 알고 싶다. 직접 물어보면 분명해진다.

하지만 아무리 전화를 걸어도 아코는 받지 않았다. 그저 메시지로 바쁘니까 이야기할 수 없다는 대답만이 날아왔다.

3월 26일이 가까워짐에 따라 그날의 광경이 뇌리에 어른거리게 되었다. 차가운 눈으로 그에게 이별을 고하는 아코의 모습이 몇 번이고 떠올랐다. 떠오를 때마다 억지로 상자 안에 가두고 있었다.

정서불안인 채 하루하루를 보내고, 그리고 3월 26일을 맞이했다.

케이스케는 그날과 같은 창가 자리에 앉아 아코를 기다리고 있었다. 어젯밤은 한숨도 자지 못했기 때문에 눈 밑에는 진한 다크서클이 껴 있다.

운명을 바꿀 수 있었다는 마음과, 저번과 같은 운명이 기다리고 있는 건 아닐까 하는 불안이 끝없이 줄다리기를 하고 있었다. 조금이라도 긴장을 늦추면 암흑이 희망을 끌고 들어가 버린다. 미칠 것 같은 기분을 느끼면서도 아슬아슬하게 버티고 있었다.

아코가 이쪽을 향해 걸어오는 게 보였을 때, 케이스케의 손은 떨리기 시작했다. 그녀가 어깨에 걸치고 있는 가방은 그가 선물한 것이 아니라, 저번과 같은 갈색 숄더백이었다.

케이스케는 눈을 질끈 감고 하늘에 기도했다.

부디 부탁이니, 두 사람을 갈라놓지 말아 주십시오. 할 수 있는 최대한의 노력은 했다고 가슴을 펴고 말할 수 있습니다. 그러니 제발, 그녀와 함께 인생을 걷게 해주십시오.

계속해서 기도한 게이스케는 천천히 눈을 떴다.

유리창 한 장을 사이에 낀 건너편에 아코가 서 있었다.

케이스케를 보는 그녀의 눈은 지독히 차가웠다.

케이스케는 더는 아무것도 생각할 수 없게 되었다.

아코가 맞은편 자리에 앉고, 점원이 아이스티를 올려놓았다. 그녀는 검 시럽을 넣어 한 모금 마셨다. 테이블 위에 양손을 올리고, 왼손으로 오른손을 문지르는 듯이 만지면서 천천히 입을 열었다.

"해야 할 말은 정리되어 있지만, 어떤 식으로 꺼낼까 그것 하나만 망설이고 있었어. 하지만 이런 건 단도직입적으로 꺼내는 편이 좋겠지. 빙 둘러서 말해도 결국 다다르는 곳은 같으니까."

케이스케의 마음이, 부서져 간다—.

"케이스케, 나랑 헤어져 줘."

"어째서……."

"이제 케이스케와 같이 있고 싶지 않으니까, 헤어져 줬으면 해. 괜찮지?"

"나는 아무것도 잘못하지 않았을 텐데…… 뭐가 문제였던 거야……."

"케이스케가 놀러 데리고 가 주는 곳은 매번 다르지. 올해 들어서는 특히 그랬어. 케이스케는 내가 기뻐할 거라고 생각해서 그러는 거겠지만, 솔직히 익숙하지 않은 곳에만 데리고 가면 정말 피곤해. 나는 세련된 바보다도 퇴근길인 샐러리맨이 잔뜩 있는 선술집을 더 좋아하고, 밥을 먹으러 가는 곳도 내 취향에 맞는 가게에 계속 가고 싶은 타입이야. 쉬는 날에는 꼭 외출하는 것도 마음에 들지 않았어. 2월이랑 3월은 한 번씩 방 안에서 온종일 지냈지만, 그건 내가 제안했기 때문에 그렇게 된 것뿐이고. 나, 사귀기 시작할 때 말했었지. 밖에서만 데이트하는 게 아니라, 가끔은 집 안에서 느긋하게 지내고 싶다고. 케이스케는 나를 즐겁게 해주려고 노력하고 있는 거겠지만, 그런 걸 자기만족이라고 하는 거야. ─애정이 식은 원인은 그 밖에도 있어. 최근의 케이스케는 상당한 빈도로 전화나 메시지를 보내는데, 속박당하고 있는 것 같아서 무척 부아가 치밀었어. 나한테는 내 시간이 있는데, 그런 건 인정하지 않겠다고 말하는 것처럼 연속으로 전화하고 메시지를 보냈지. 애정은 식어 갔고, 마음도 상당히 전부터 멀어지기 시작했어. 케이스케는 나를 자신의 소유물이라고 생각하고 있는 걸까 하고 점점 생각하게 됐어. 자기가 이야기하고 싶을 때만 연락하고, 섹스하고 싶을 때만 만나. 케이스케는 그걸 부정할지도 모르지만, 중요한 건 내 기분이야. 내가 그런 식으로 생각하기 시작하면, 더는 누구도 그걸 막을 수 없어. 그리고 내 마음은 완전히 당신에게서 멀어졌어. ─그러니까 더 이상 케이스케와는 같이 있을 수 없어. 나랑 헤어져 줘."

뭐야, 이건…….

저번에 헤어지자는 말을 듣게 된 이유는 데이트가 매너리즘 느낌이 되었고, 전화나 메시지 횟수도 적어서 사랑받고 있다는 느낌이 들지 않는다는 것이었다. 그래서 이 세계에서는 지적받은 안 좋은 부분을 가능한 한 개선했다. 그러자 이번에는 그 개선한 부분이 잘못됐다고 말하며 다시 헤어지자는 말을 들었다.

대체 뭐냐고, 이건…….

케이스케가 어떤 행동을 취해도 운명은 바꿀 수 없다는 것인가. 두 사람은 반드시 헤어질 운명에 있다는 말인가.

절망이 케이스케를 뒤덮기 시작하고 있었다.

"……대답이 없는데, 그건 받아들였다는 걸로 괜찮겠지."

아코는 일어서더니 지갑에서 천 엔 지폐를 꺼내 테이블 위에 올려놓았다.

"지금까지 고마웠어. 안녕."

인생에서 가장 사랑했던 사람이, 떠나간다.

아코가 문을 열고 가게를 나가려 했을 때, 케이스케는 무의식적으로 일어서서 그녀의 이름을 부르고 있었다.

아주 짧은 시간, 그녀는 움직임을 멈췄다. 하지만 그를 돌아보는 일 없이 그대로 자취를 감췄다.

실이 끊어진 마리오네트처럼, 케이스케는 의자에 주저앉아 깊숙이 고개를 떨궜다.

어둠이 그를 완전히 뒤덮었다.

무의 상태였던 케이스케가 무언가를 느꼈다.

천천히 고개를 들자 원인을 알 수 있었다.

가게 안에 있는 수많은 손님이 그에게 시선을 향하고 있었던 것이다. 조금 전의 광경을 보고 있었다면 그가 지금 어떤 상황에 있는지는 쉽게 상상할 수 있다.

저번에는 더 이상 그곳에 있을 수 없어 가게를 나왔지만, 지금은 아무래도 좋았다. 호기심 어린 눈으로 쳐다봐도, 불쌍히 여기는 듯한 시선을 보내도 그의 안에서 감정이 생겨나는 일은 없었다.

아코…….

이 세계에서 했던 온갖 일들이 헛수고로 끝났다. 무엇을 해도 결국 이렇게 될 운명이었다. 처음부터 전부 정해져 있는 것이다. 분명 그가 다시 태어났을 때부터, 결말은 결정되어 있다. 그것이 운명인 것이다.

자포자기 심정으로 결론을 내고 남아 있던 아이스커피를 쭉 들이켰는데, 문득 이런 생각이 떠올랐다.

두 사람은 헤어질 운명이고, 3월 26일에 반드시 아코 쪽에서 이별을 고한다.

이것이 진실이라고 했을 경우, 아코는 언제 이별을 결단하는 것일까.

물음표가 크게 부풀어 갔다.

케이스케가 무엇을 하든 오늘 반드시 헤어질 운명이라고 한다면, 아코의 마음은 대체 어떤 식으로 변화하고 있는 것일까. 그건 무척이나 중요한 것으로 생각됐다.

저번에도 이번에도, 마음은 상당히 전부터 멀어지기 시작했다고 아코는 말했다.

아귀가 맞지 않는다고 생각했다.

마지막으로 사랑을 나눈 3월 12일. 그때의 그녀는 틀림없이 그녀를 사랑하고 있었다. 그녀의 애무는 사랑이 식은 상대에게 할 법한 것이 아니었다. 그 생각은 절대 착각이 아니다. 그런 식으로 보이는 연기를 하고 있었던 것 아닌가? 하는 생각이 들었지만, 어째서 그런 짓을 할 필요가 있지? 사랑하고 있다고 생각하게끔 연기할 필요성은 없을 터다.

요 2주 동안, 아코는 무엇을 하고 있었던 것일까…….

저번에도 이번에도, 아코와 마지막으로 얼굴을 마주한 건 3월 13일 아침이 마지막. 만약 요 2주 사이에 이별을 결의시키는 무언가가 그녀의 몸에 일어났다고 한다면…….

그런 가능성이 과연 어느 정도 있는 것일지는 알 수 없다.

하지만 한번 생각이 그쪽으로 흘러가자, 요 2주간 아코가 어떤 식으로 지내고 있었는지 몹시 신경이 쓰이기 시작했다.

3월 13일 이후, 아코는 무엇을 하고 있었는가.

알고 싶은 마음이 가속도를 붙여 강해져 갔다.

그곳에 가면, 또다시 과거로 돌아갈 수 있을까?

케이스케는 가게 안의 시계를 봤다.

11시 41분.

심장이 거칠게 뛰기 시작했다.

그 폭주 트럭이 돌진해 오기 직전, 케이스케는 스마트폰으로 시각을 보고 있었다. 확실히, 11시 45분이었을 터.

케이스케는 테이블 위에 놓여 있던 천 엔 지폐를 쥐고 뛰기 시작했다. 계산대에 돈을 놓고 정신없이 뛰어서 가게를 나갔다. 뒤쪽에서 "손님, 잔돈이 있습니다."라는 목소리가 날아왔지만, 개의치 않고 전속력으로 달렸다.

애초에, 어째서 타임리프 할 수 있었던 것인지는 알 수 없다. 그 여자아이를 구하려 한 직후에 의식은 끊겨 있다. 지금부터 하려는 행동이 정답이라는 보증은 어디에도 없다. 하지만 이것밖에 방법은 떠오르지 않았다.

사람으로 붐비는 거리로 나가 오른쪽으로 돌았다. 도중에 누군가와 부딪쳐 욕설을 들었지만 뒤돌아보지 않고 앞만을 보고 계속해서 달렸다.

교차로가 보이기 시작했다. 한층 가까이 다가가자 핑크색 스웨터를 입은 여자아이의 모습도 눈에 들어왔다. 횡단보도 신호가 파란색으로 변하고, 여자아이가 걷기 시작한다. 오른쪽에서 비명과 엄청난 충격음이 울렸다.

늦지 말아 줘!

여자아이가 횡단보도 한가운데에서 멈춰 서서 트럭 쪽을 돌아봤다.

케이스케는 달리던 기세 그대로 여자아이를 끌어안고 앞쪽으로 몸을 날렸다.

직후, 격렬한 충격이 케이스케의 몸을 덮쳤고, 의식은 끊어졌다.

제5장

거짓

저번과 다르게 케이스케는 눈을 뜨자마자 자신의 몸에
일어난 일을 이해할 수 있었다.

침대에서 내려와 TV를 켰다.

눈이 쌓여 있는 신사 앞에서 여성 아나운서가 보도를 하
고 있었다.

프로그램 설명 버튼을 눌렀다. 《2016년 12월 31일》이라
는 표시.

케이스케는 깊은 한숨을 내뱉었다.

지금 그를 감싸고 있는 건 안심이나 기쁨, 공포 중 어느
것도 아니었다. 스스로도 설명할 수 없는, 이루 말할 수
없는 감정이 소용돌이치고 있다.

케이스케는 침대 선반에 놓여 있는 스마트폰을 집어 화

면을 밝게 했다.

미소를 짓고 있는 아코가 화면에 떠올랐다.

케이스케가 아코의 미소를 보는 건 3월 13일이 마지막. 그때의 미소가 거짓이 아니라고 한다면, 3월 13일 이후에 무언가가 일어날 가능성이 높다. 그것이 무엇인지, 진실을 알고 싶었다.

그러고 난 후의 일에 관해서는 지금은 아무것도 판단할 수 없다는 것이 본심이었다. 현 상황에서는 재료가 너무 부족해서 여러 가지를 생각할 수가 없다.

그저, 아코를 생각하는 마음이 그를 충동적으로 움직여 또다시 과거로 돌아가게 했다. 그건 흔들림 없는 사실이었다. 진실이 어떤 색깔을 띠고 있는지는 알 수 없다. 하지만 어둠에 감싸인 길을 빠져나간 끝에, 희망의 빛이 있기를 바랐다.

세면대에서 수염을 깎은 뒤 갈아입기 위해 옷을 벗었을 때, 그의 시선은 오른팔에 못 박혔다.

"뭐야, 이건……."

상반신이 알몸이 된 케이스케의 오른팔에 커다란 상처 자국이 있었다. 손목에서부터 위팔까지 뻗은, 굵은 식칼로 벤 듯한 상처.

퍼뜩 떠올렸다.

첫 번째 타임리프 때는 오른손 손등에 7센티미터 정도
의 베인 상처가 생겨나 있었다. 이번에는 오른손 손등의
상처는 사라졌고, 새롭게 오른팔에 상처가 생겨나 있다.

"타임리프 할 때마다 상처 자국이 커진다는 건가……."

자기도 모르게 중얼거리고 있다.

임팩트가 있는 상처를 본 순간에는 암울한 기분이 들었
지만, 아코를 잃는 마음에 비하면 이런 건 대단치 않다.
마음과는 다르게 상처 자국 같은 건 옷을 입으면 숨길 수
있으니까.

케이스케는 단정하게 차려입고 약속 시각 50분 전에 집
을 나섰다.

중화 거리 문 아래에 도착했다. 이제 다른 자신을 연기
하는 건 그만두자고 생각했다. 진실이 무엇인지는 아직
알 수 없지만, 안 좋다고 지적받은 부분을 고쳐도 의미는
없었으니, 자신을 바꿀 필요는 없다는 말이 된다. 그렇다
면 이 세계에서는 본래의 자신으로 아코를 대하는 편이
낫다.

"으앗!"

슬슬 올 거라고 알고 있어도, 엄청나게 차가운 감촉이 갑자기 뺨에 전해지면 깜짝 놀란다. 이번으로 세 번째라도, 익숙해지지 않는다.

뒤돌아보니 회색 코트를 입은 아코가 둥글게 뭉친 눈을 한 손에 들고 히죽 웃는 표정으로 서 있었다.

"깜짝 놀랐어? 미안, 미안."

저번과 다르게 이번에는 아코의 얼굴을 봐도 기분이 밝아지지는 않았다. 희망을 느끼게 해주는 미래가 보일 때까지는 이 세계에서 진심으로 웃는 일은 없으리라.

"뭔가, 오늘의 케이스케는 평소와 다른 느낌이 들어."

눈동자 속을 들여다보는 것처럼 아코가 얼굴을 쑥 가까이 들이댔다.

"어떤 점이?"

"으음~, 구체적으로 뭐가 그러냐고 물으면 어렵지만, 분위기가 왠지 모르게 여느 때와는 다른 느낌이 들어."

"……꿈을 꿨기 때문일지도 몰라."

"꿈? 어떤?"

"어느 날 갑자기, 아무런 전조도 없이 아코한테 차이는 꿈. 무척 차가운 눈으로 이별을 고하고는 떠나갔어."

아코가 케이스케의 팔에 매달렸다.

"뭐야, 그게. 내가 케이스케를 찰리가 없잖아."

"데이트가 뻔해지는 게 마음에 안 든다고 했었어. 언제나 같은 가게만 데리고 가서 점점 애정이 희미해져 갔다든가, 전화나 메시지를 전혀 해주지 않으니까 사랑받는 느낌이 안 든다든가, 그런 말들."

아코는 정말로 유쾌하다는 듯이 웃었다.

"케이스케가 그 꿈을 믿으면 안 되니까 확실하게 말해둘게. 나는 밥을 먹는 것도, 술을 마시는 것도 매번 가던 가게로 괜찮다고 생각하고, 케이스케한테서의 전화나 메일이 적다고 생각한 적은 단 한 번도 없어. 그 꿈속의 나와 한번 만나서 이야기해보고 싶네. 네가 그렇게 잘났냐고 말이야."

그 말은 분명 본심일 것이다.

역시 더는 연기할 필요는 없는 것이다. 지금까지와 마찬가지로 가자.

"그럼 오늘 점심은 평소 가던 중식당에서 먹고, 밤에 술을 마시는 곳은 아저씨가 많은 선술집으로 괜찮을까?"

"물론이야. 자주 가던 가게가 젓가락도 술술 움직이고 술도 술술 넘어간다구."

케이스케는 고개를 끄덕이고는 아코의 손을 잡고 중화

거리로 걸어가기 시작했다.

아코의 이별 이야기에 모순이 있다고 생각하고 3월 13일 이후의 그녀에게 주목한 것이지만, 그 이전의 그녀에게는 신경을 쓰지 않아도 되는 걸까 하는 생각이 들고 있었다.

애초에, 전혀 단서가 없는 상태다. 자기가 이상하다고 생각하지 않는 것이라도, 온갖 가능성을 생각해서 살필 필요가 있는 것 아닐까.

케이스케와 만나고 있을 때의 아코에게서 이별을 예감하게 만드는 기색은 일절 찾아볼 수 없었다. 그러면, 케이스케와 만나고 있지 않을 때의 아코는 어떨까. 케이스케가 볼 수 없는 곳에서 그녀가 무엇을 하고 있는지, 당연히 모른다. 딱히 뭔가 있다고 그녀를 의심하는 건 아니다. 그저 진실을 알고자 생각했더니 《최후의 2주 동안》만이 아니라 다른 날도 조사하는 편이 좋지 않을까 하고 생각한 것이다.

조사한다는 그 행위에 관해, 평소에 일이 있는 케이스케는 도저히 신경을 쓸 수 없다. 연차를 낼 수는 있지만, 기껏해야 5일 정도일 것이다. 가령 일을 그만두고 모든 시간을 쓴다고 하더라도, 한 번도 놓치는 일 없이 들키지 않고 아코를 지켜보는 곡예 같은 행위를 일반인인 케이스케가 할 수 있을 리가 없다.

그렇다고 한다면, 부탁할 수 있는 인간은 한정 된 다……

"오래 기다리셨습니다."

두 사람이 주문한 요리와 병맥주가 날라졌다. 케이스케의 사고가 중단된다.

시각은 오후 10시. 앞으로 두 시간이면 세 번째 2017년을 맞이한다.

두 사람은 아저씨가 많은 선술집에서 마시고 있었다. 외관도 내부 인테리어도 옛 시절을 떠올리게 하는 모양새였지만, 그 오래된 느낌이 남성을 중심으로 호평인 모양이라 번창하고 있었다. 다들 세련된 가게보다 왁자지껄한 선술집에서 마시는 술을 더 맛있게 느끼는 거라고 아코가 말했기에, 자주 가는 가게였던 이곳에 데리고 온 것이다. 그 이후로 그녀의 단골 가게도 되었다.

"자, 케이스케."

비어 있던 잔에 아코가 맥주를 따라 주었다.

"고마워."

감사를 표하고 마셨지만, 솔직히 그다지 맛은 느껴지지 않았다.

"으응~?"

맞은편에 앉아 있는 아코가 케이스케를 물끄러미 바라보고 있다.

"왜 그래?"

"지금 나랑 눈이 마주쳤을 때, 케이스케가 거북한 표정을 지은 것 같은 느낌이 들었어."

케이스케는 왼손으로 얼굴을 만지며,

"취해서 그런 식으로 보인 거 아닐까."

아코의 시선은 의심하는 듯한 시선으로 변했고,

"정말로~? 뭔가 숨기고 있지 않아?"

"내가 아코한테 숨기는 게 있을 리 없잖아."

케이스케는 그렇게 말하고는 그 시선을 받아들였다.

아코는 납득한 것인지 활짝 밝은 표정을 짓고는,

"그렇지. 케이스케는 그런 타입이 아닌걸."

"……아코는 어때?"

"나?"

"나한테 숨기는 거, 아무것도 없어?"

케이스케는 진지한 얼굴로 그렇게 묻고 있었다.

아코는 뺨을 부풀리고는,

"너무해~. 그거 진심으로 하는 말이야? 내가 케이스케에게 뭘 숨길 리가 없잖아. —앗, 딱 하나 숨기는 게 있었어. 마음이 괴로우니까 줄곧 말하자고 생각했었거든. 섣달그믐날이고 좋은 기회니까 고백할까나."

케이스케의 심장 소리가 조금 빨라졌다.

"어, 어떤 건데?"

"우리가 사귀기 전의 일인데 말이지, 좋아하는 이성 취향 이야기를 할 때, 케이스케가 가슴이 큰 여자가 취향이라는 것 같은 냄새를 풍기는 발언을 한 거야. 그래서 난 허세를 부려서 E컵이라고 말해 버렸어. 하지만 사실은 D컵이거든. 미안해."

케이스케는 웃었다. 이 세계에서는 진심으로 웃을 일은 없을 거라고 몇 시간 전에 생각했었는데, 지금 그는 진심으로 웃고 있었다.

역시 아코와 같이 있는 것만으로도, 그저 그것만으로도 즐거운 기분이 될 수 있다.

"저기, 용서해 줄래?"

"용서하고 자시고, 난 꽤 이른 단계에서 알아차렸어."

"뭐어어?! 정말?"

"정말로."

"어떻게 아는 거야?"

"감정인이니까."

아코의 눈매가 차갑게 바뀌더니,

"뭔가 야해."

"어쩔 수 없잖아, 남자니까."

"사과해서 손해 봤어."

"지금부터 아코가 주문하는 건 전부 내가 살 테니까, 기분 풀어줘."

"오, 통 크셔. 정말로 괜찮아?"

"부디 원하시는 대로."

미소가 돌아온 아코가 점원을 불러 사양하지 않고 주문하기 시작했다.

첫 참배를 한 신사에서는 조금 망설이다가 결국 1만 엔 지폐를 새전함에 넣었다. 또 아코가 놀랐지만, 지푸라기라도 잡는 심정인 건 이번도 변함없다. 부디 진실을 알려주십시오, 하고 신전에서 기도했다.

케이스케 집 맨션에 도착한 건 오전 한 시가 되기 조금 전.

아코에게는 복잡한 감정이 소용돌이치고 있었지만, 그러나라고 할지 역시나라고 할지, 그녀의 부드러운 살결을 만지며 키스하자 엉켰던 실 같은 감정도 순식간에 풀려 욕망이 이끄는 대로 육체를 갈구해 버리고 말았다.

서로 속옷을 벗고 애무하고 있을 때, 아코가 놀란 목소리를 냈다.

"케이스케, 이 상처 어떻게 된 거야?"

아코의 시선은 그의 오른팔로 향해 있다.

오른손 손등에 생겨났던 상처와 달리, 일상생활에서 이 부분에 이렇게 큰 상처가 나는 일은 거의 없다. 변명을 생각해 두지 않았던 것을 후회하면서, 납득시킬 수 있을 만한 이유를 계속 찾았다.

"이건, 그게, 얼마 전에 취해서 돌아갈 때 휘청거리다가 가시철사에 팔이 부딪혀 버렸거든. 그때 생긴 상처야."

가시철사에 부딪혔다고 해서 과연 이런 상처 자국이 될지는 스스로도 심히 의문이었지만, 말한 이상 이걸로 밀고 갈 수밖에 없다.

믿은 건지는 알 수 없지만, 아코는 걱정스러워하는 듯한 얼굴로 상처를 어루만지고 있다.

"어째서 말해주지 않았어?"

"아니, 이런 얼빠진 짓은 못 말하지. 맨 정신이라면 또 몰라도, 취한 상태니까 말이야. 너무 꼴사나워서 아코가 싫어할지도 모른다고 생각했고 말이야."

아코는 걱정스러워하는 듯한 표정 그대로 입꼬리를 올려서는,

"그런 걸로 싫어할 리가 없잖아. 그래도, 다음부터는 조심해. 팔이니까 그나마 다행이지만, 얼굴이었으면⋯⋯."

"이제 괜찮아. 그때는 조금 안 좋은 일이 있어서 과음한 것뿐이니까."

"더는 과음하지 않겠다고 약속해."

"그래, 약속할게."

두 사람은 새끼손가락을 걸고 약속했다.

그러고 나서 서로 절정에 달할 때까지 계속해서 사랑을 나눴다.

먼저 잠에 빠진 아코를 바라보며, 중단했던 사고를 재개시켰다.

아코에게 무슨 일이 일어났는지 조사할 필요가 있다. 하지만 케이스케는 그걸 성공시킬 수 없다. 그렇게 되면 나머지는 그쪽 방면의 프로인 탐정에게 의뢰할 수밖에 없었다.

탐정으로 하여금 사랑하는 사람을 미행시킨다.

기분은 내키지 않는다. 죄악감도 있다.

하지만 알고 싶다는 욕구가 더 웃돌았다.

아코의 잠든 얼굴에 대고 미안하다는 말을 중얼거리며, 케이스케도 눈을 감았다.

【1월 6일 금요일】

탐정사무소 몇 곳을 알아본 결과, 케이스케가 근무하는 회사에서 도보 20분 거리에 전직 형사인 남자가 개업한 탐정사무소가 있다는 것을 알아냈다. 전직 형사라고 해도 실적은 가지각색이라서 가령 형사 시절에 우수했다고 해도 탐정으로서도 우수할지 어떨지는 알 수 없지만, 홈페이지에서 본 《의뢰까지의 흐름》이 알기 쉬웠고, 거기에 적혀 있는 것을 읽고 나니 왠지 모르게 안심이 되는 부분이 있었기에 그 전직 형사인 남자에게 의뢰하기로 결정한 것이었다.

오늘이 면담일이었다. 케이스케는 오후 여덟 시가 되기 조금 전에 탐정사무소가 들어서 있는 빌딩 앞에 도착했다. 계단을 올라가 탐정사무소 앞에 섰을 때, 배덕감이 그를 감싸고 있었다.

아무리 케이스케가 처한 상황이 특수하다고 해도, 칭찬받을 만한 행동이 아니다. 뇌리에는 계속 아코가 어른거리고 있다. 양심이 몇 번이고 되돌아가라고 말하고 있었다.

하지만 이제 돌이킬 수 없었다.

케이스케는 사무소 문을 노크했다. 곧바로 "들어오십시오."라는 굵은 목소리가 돌아왔다.

실례합니다, 하고 말하며 문을 열었다. 정면에는 접수대로 생각되는 책상이 있었지만, 의자에는 아무도 앉아있지 않았다.

책상 뒤쪽에 놓인 검은 칸막이 옆에서 남자 한 명이 나타났다.

50대로 짐작되는 눈빛이 날카로운 남자. 체격이 좋고, 회색 더블 브레스티드 정장이 무척 잘 어울렸다.

"접수 아가씨는 벌써 퇴근해 버려서 말입니다. —미카미 씨 되시죠?"

"예, 그렇습니다."

"저번에는 전화 주셔서 감사했습니다. 제가 이 사무소의 대표인 센도라고 합니다. 이쪽으로 앉으시지요."

안내를 받아 케이스케는 안쪽으로 나아갔다.

10평정도 되는 응접실 중앙에 3인용 소파가 서로 마주 보고 놓여 있다. 케이스케는 자기 쪽에서 봤을 때 오른쪽인 소파에 앉았다. 일단 안쪽으로 사라졌던 센도가 쟁반을 들고 나타나 테이블 위에 차를 올려놓았다. 케이스케는 감사의 말을 표하며 한 모금 마셨다.

맞은편에 앉은 센도는 얼핏 보기에 부드러운 미소를 띠었다. 하지만 소위 말하는 눈은 웃고 있지 않은 미소로, 다가가기 어려운 분위기를 내뿜고 있다. 원래부터 그런 식으로 미소 짓는 것인지, 그게 아니면 오랜 근무로 그런 식의 미소가 되어 버린 것인지는 판단하기 어려웠다.

"담배는 피십니까?"

센도가 물었다.

"아니요, 피지 않습니다."

센도는 가볍게 고개를 끄덕이고 재떨이를 올린 쟁반을 가장자리로 치웠다.

"꽤 긴장하고 계시군요."

정곡을 찔리는 바람에 케이스케는 살짝 웃었다.

"얼굴에 나타나 있습니까?"

"그렇지요. 이마에 진땀도 맺혀 있고 말입니다."

지적받고 그제야 비로소 자신이 땀을 흘리고 있다는 사실을 알았다.

호주머니에서 손수건을 꺼내 땀을 닦았다.

"미카미 씨의 의뢰를 상세하게 듣기 전에, 제 쪽에서 먼저 하나 말씀드릴 것이 있습니다. 이건 어느 의뢰자에게도 반드시 맨 처음에 이야기하는 것이니 기분 상하지 말아 주십시오. 일종의 주의사항이라고 생각해 주시면 좋습니다."

"알겠습니다."

"우리 사무소는 법을 어기는 행위는 일절 하지 않습니다. 조사 대상자에 대한 스토킹 행위나 가정폭력 행위로 이어질 수 있는 조사는 받아들이지 않고 있습니다. 만약 조사 착수 후에 의뢰자로부터 받은 정보에 허위가 있어서 당사에서 부당하다고 판단한 경우에는 즉각 조사를 중지하고, 그때까지 받은 착수금도 반환하지 않습니다. 지금 말씀드린 것은 정식 계약서에도 기재하겠습니다만, 우선은 구두로 전해 드립니다. 이에 납득해 주신다면, 이제부터 미카미 씨의 의뢰 내용을 듣고자 합니다만, 어떠신지요?"

케이스케는 깊이 수긍하고,

"이해했습니다. 제 의뢰는 법에 저촉되는 것이 아닙니다."

센도는 씨익 웃고,

"그러면 미카미 씨의 자세한 의뢰 내용을 듣도록 하지요. 일전의 전화로는 연인의 소행 조사라고 하셨습니다만……."

케이스케는 고개를 끄덕이고 가방 안에서 아코가 혼자 찍힌 사진을 세 장, 케이스케와 같이 찍힌 사진을 한 장 꺼내 테이블 위에 올려놓았다. 그 외에 아코의 근무처인 회사명과 주소, 아코의 집 맨션 주소를 적은 종이도 같이 제출했다.

센도는 사진 네 장을 순서대로 손에 들고는 흠흠, 하는 느낌으로 고개를 끄덕였다.

"만약 괜찮으시다면 어째서 연인의 소행 조사를 의뢰하는지, 그 사정을 들려주실 수 있겠습니까."

진짜 사실은 이야기할 수 없다고 할지, 무엇을 조사해주길 원하는지 케이스케 자신도 잘 모르기에 적당히 지어낸 이야기를 들려주기로 했다.

"그녀와는 가까운 장래에 결혼을 생각하고 있습니다만, 정말 이대로 결혼해도 괜찮은 건지 조금 생각하게 된 바가 있어서 소행 조사를 부탁드리러 왔습니다. 결코 그녀에게 이상한 소문이 있는 건 아닙니다만, 원래 걱정이 많은 성격이라고 할지 제 사고가 조금 마이너스적인 경향이 있기에 그 부분을 완벽하게 정리하고 싶다는 마음이 강합니다."

"흠. 그렇군요."

센도는 케이스케와 사진을 번갈아 보면서 고개를 끄덕였다.

솔직히 말해 만약 자기가 탐정이고, 이런 의뢰를 하는 남자가 찾아오면 경멸하는 눈으로 보고 말지도 모른다. 하지만 케이스케를 보는 센도의 눈에서 경멸의 기색은 찾아볼 수 없었다. 이런 부류의 의뢰에는 익숙한 것인지, 아니면 더욱 추잡한 것을 봐 와서 감각이 마비된 것인지, 그도 아니면 법에 저촉되지 않는다면 뭐든 괜찮다고 생각하고 있는 것인지 속내는 알 수 없었다.

"알겠습니다. 미카미 씨가 괜찮으시다면 제가 조사를 맡고자 합니다."

"예, 잘 부탁드립니다."

"그러면 이제부터 상세한 조사 방법을 결정해 나가지요. 요금에 관해 조금이라도 신경 쓰이는 부분이 있으시다면 질문해 주십시오. 가급적 미카미 씨의 부담이 되지 않는 방식으로 조사하고자 생각하고 있기에."

사전에 알아보았기에 대략적인 예상은 하고 있었지만, 대상자를 하루 조사하게 되면 경비도 포함하여 약 5만 엔이 든다고 했다. 나이에 걸맞은 저축금액은 있고, 나이에 걸맞은 월급도 받고 있지만 그래도 하루 조사하는 데 5만 엔은 상당한 지출이었다.

우선 센도에게는 기간을 정하지 않고 조사를 부탁하고 싶다고 이야기했다. 가장 알고 싶은 건 3월 13일부터 25일까지의 아코의 동향이지만, 온갖 가능성을 고려하여 1월과 2월도 조사하는 것으로 하고, 우선 다음 주 금요일과 토요일의 아코에 대한 조사를 의뢰했다.

사실은 혼자 있을 때의 아코에 관한 전부를 알고 싶었지만, 그걸 의뢰해 버리면 가장 조사해 줬으면 하는 《최후의 2주간》이 되기 전에 케이스케의 전 재산이 없어지고 만다. 그래서 일주일에 이틀을 기준으로 조사해 달라고 할 수밖에 없었다.

"잘 알겠습니다. 우선은 다음 주 금요일과 토요일, 사이다 아코 씨를 조사하도록 하겠습니다."

"그 이틀간의 조사 보고를 16일 월요일에 듣고 싶습니다만, 가능합니까?"

"물론입니다. 미카미 씨가 편하신 시간에 와 주십시오."

아직 이 자리에서 정식 계약서는 작성되지 않았기에, 다음 주 편한 시간에 와서 서류에 사인한다는 약속을 나눴다.

자리를 일어서기 전에, 케이스케는 센도에게 물었다.

"저, 홈페이지에 전 형사라고 적혀 있었습니다만, 오래 근무하셨습니까?"

"예. 저는 31년간 현경(縣警) 조사1과에서 근무하였습니다."

"조사1과입니까……."

형사 드라마에서 자주 듣는 호칭이었다. 현역 시절에는 살인 등 흉악범죄를 조사하는 형사였다는 것인가…….

"여러 부류의 인간을 봐 오셨겠군요. 평범하게 생활했다면 만날 일이 없었을 사람들을."

센도는 옛날을 떠올리는 듯한 눈매가 되어서는,

"그렇군요……. 어지간한 말로는 표현할 수 없는 사람을 이루 헤아릴 수 없을 만큼 봐 왔습니다."

케이스케는 고개를 끄덕이고,

"하나 여쭙고 싶은 것이 있습니다만, 괜찮겠습니까?"

"물론입니다. 무엇이든지."

"제 연인 말입니다만, 이 사진을 보고 어떤 인상을 받으셨습니까? 센도 씨의 경험상, 뭔가 느끼는 것이 있다면 알려 주셨으면 합니다."

센도는 흠, 하고 말하고는 아코의 사진을 물끄러미 봤다. 30초 정도 지나 고개를 들었다.

"솔직히, 생각한 것을 말씀드리면 됩니까?"

"예."

"우선, 무척 미인입니다. 입고 있는 옷도 포함해서 청결감이 넘쳐납니다. 이 미소를 본 것만으로도 밝은 성격의 여성임을 엿볼 수 있습니다. 그것 이외에는…… 딱히 무언가 느껴지는 것은 없습니다."

"그렇습니까. —형사의 감이라는 걸로, 예를 들어 거짓말을 할 듯한 인간으로는 보이지 않는다든가, 남을 속이는 게 능숙할 것 같다든가 하는 건 알 수 없습니까?"

센도는 그 물음에는 분명한 쓴웃음을 띠었다.

"아뇨, 아무리 그래도 사진만으로는 간파할 수 없지요. 시간을 들여서 이야기하면 뭔가 알아낼 수 있을지도 모르겠습니다만."

그걸 들은 케이스케 또한 쓴웃음을 지었다. 그건 그렇다고 자신에게 딴죽을 걸었다. 어떤 민완 형사라도 사진 한 장으로 사람 됨됨이를 판단하는 건 불가능하다. 아코에 관해서 좀 더 알고 싶다는 욕망이 그에게 이상한 질문을 시키고 말았다.

케이스케는 감사의 말을 남기고 탐정사무소를 나왔다.

죄악감은 한층 시꺼매져서 그를 감싸고 있었다.

【1월 16일 월요일】

각오는 하고 있었던 일이지만, 탐정사무소를 찾아간 이후로 아코와 얼굴을 마주하고 이야기를 할 때도, 전화로 이야기할 때도 케이스케의 가슴은 항상 아팠다. 배신하고 있다는 마음이 종종 그녀에게서 시선을 돌리게 만들었다.

정시에 일을 끝낸 케이스케는 걸어서 센도가 있는 탐정사무소로 향했다. 버스로 가는 편이 더 빨랐지만, 차가운 밤바람을 쐬고 싶은 기분이었다.

탐정사무소 문을 열자 케이스케와 나이가 비슷해 보이는 여성이 접수대에 앉아 있었다.

케이스케가 이름을 대자 접수대의 여성은 붙임성이 좋은 미소를 띠고 안쪽으로 들어가 주십시오, 라고 말했다.

케이스케는 가볍게 고개 숙여 인사하고는 응접실로 갔다. 방 끄트머리에 있는 문이 열리고 정장 차림의 센도가 나타났다. 소파에 앉도록 재촉을 받았기에 케이스케는 소파에 앉았다.

센도는 맞은편에 앉았다. 오른손에는 커다란 갈색 봉투가 쥐어져 있었다. 개봉하여 안에 든 것을 꺼내려 했지만, 접수 아가씨가 차를 가져왔기에 일단 손을 멈췄다. 그녀가 없어지자 센도는 갈색 봉투 안에서 많은 사진을 꺼냈다. 대강 봐도 15장 이상은 된다.

"그러면 13일 금요일과 14일 토요일의 조사 결과를 보고하겠습니다."

센도는 케이스케가 사진을 보기 쉽도록 나열해 주었다.

그 사진들을 봤을 때, 심장 고동이 빠르게 뛰기 시작했다.

오늘은 센도에게서 아무 말도 듣지 못할 거라고 예상하고 있었다. 뭔가 중요한 이야기를 듣게 된다면 3월 13일부터 25일 사이에 일어난 사건이리라고 생각했다.

그 예상에 반하여, 지금 케이스케가 보고 있는 사진은 좋지 않은 예감이 들게 했다.

"우선 이 다섯 장의 사진입니다만, 이건 13일 금요일 밤에 찍힌 것입니다. 사이다 아코 씨가 일하는 회사 근처에 있는 선술집에서 마시고 있을 때의 사진입니다."

다섯 장의 사진 전부에 네 명의 남녀가 찍혀 있었다. 한 명은 아코이고, 그 밖에 여성 한 명과 남성이 두 명. 세 명 모두 케이스케가 모르는 얼굴이었다.

"덧붙여서, 이 세 사람은 아는 사람입니까?"

"아뇨, 처음 보는 얼굴입니다."

"그렇습니까. 사이다 아코 씨가 일하는 회사 빌딩에서 네 사람이 같이 나왔기에, 아마도 동료라고 생각됩니다. 네 사람은 오후 7시 반에 선술집에 들어가서, 가게를 나온 것은 9시 5분이었습니다. 사이다 아코 씨는 가게 앞에서 세 사람과 헤어져 그대로 전철로 귀가했습니다. 금요일 낮에는 특별히 아무 일도 없었기에 사진은 찍지 않았습니다. 다음으로, 이쪽이 14일 토요일에 찍은 사진입니다."

이번에는 10장 이상의 사진이 케이스케 앞에 나열되었다.

"사이다 아코 씨는 오전 8시에 자택을 나와 전철에 탔습니다. 간 곳은 시내입니다. 사이다 아코 씨가 약속 장소에 도착했을 때는 전날과 같은 면면인 세 사람은 벌써 그곳에 서 있었습니다. 그날 네 사람이 한 행동은 거리를 어슬

렁어슬렁 돌아다니는 것이었습니다. 잡화점이나 옷가게, 기념관 등을 돌아본다는 느낌으로, 마지막 한 시간은 카페에서 계속 대화를 하고 있었습니다."

센도의 설명대로 아코가 잡화점 안에 있는 모습이나 패밀리 레스토랑에서 식사하는 모습이 찍혀 있다.

케이스케의 눈에 들어온 것은 항상 아코 옆에 있는 남자였다. 서 있을 때의 사진을 보면 180센티미터는 될까. 다소 긴 느낌의 헤어스타일은 가벼운 이미지를 느끼게 했다. 상품을 보고 있을 때나 식사를 할 때, 그 남자는 반드시 아코 옆에 있었고, 무척 친근하게 굴고 있는 듯한 느낌을 받았다.

"사이다 아코 씨는 다섯 시가 지나 세 사람과 헤어진 뒤 전철을 타고 자택 근처의 역까지 이동하여 한동안 역 앞에 서 있었습니다. 이날 마지막으로 찍은 사진이 이쪽입니다."

센도가 사진 한 장을 보여줬다.

거기에 찍혀 있던 건 마중하러 온 케이스케의 차에 타는 순간의 아코였다.

"이상이 요 이틀간의 조사 보고가 됩니다."

이야기를 끝낸 센도는 차를 한 모금 마셨다.

케이스케는 곤혹스러워하고 있었다.

이 사진들은 어떤 식으로 해석하면 좋은 걸까.

타임리프하기 전, 평온한 시간을 보냈을 때 이 사진을 보게 됐다면 분명 이렇게 판단했을 것이다.

휴일인 토요일에 친한 회사 동료와 같이 놀고 있을 뿐이라고.

항상 아코 근처에 있는 친근한 느낌의 이 남자에게는 그다지 좋은 인상은 없지만, 그래도 이 사진만으로 의심하는 일은 절대로 없었을 터다.

하지만, 지금의 케이스케 입장에서 이걸 보게 되면 인상은 크게 변한다.

"저기, 이 남자 말입니다만."

케이스케는 가벼운 느낌이 드는 남자를 손가락으로 가리켰다.

센도가 몸을 앞으로 굽혀 그 남자에게 시선을 향했다.

"사진으로 본 느낌으로는 아코에게 무척 친근하게 구는 것처럼 느껴집니다만, 센도 씨가 보셨을 때 이 두 사람은 어떤 분위기였습니까?"

센도는 미간을 찌푸렸다. 어려운 문제를 풀려고 하는 학생처럼 복잡한 표정을 짓고는 여러 장의 사진을 계속 바라보고 있었다. 이윽고 그의 입이 열렸다.

"납득이 가실 대답은 아니라고 생각합니다만, 가령 이두 사람은 사귀고 있다는 말을 누군가에게 듣고 나서 사이다 아코 씨와 그 남자를 보면 연인 사이로 보일 거라고 생각합니다. 반대로 저 두 사람은 단순한 회사 동료사이라는 말을 들으면, 그런 식으로밖에 보이지 않을 거라고 생각합니다. 제 눈에는 친근하게 이야기하고 있는 것처럼 보였습니다만, 어느 정도 사이인지는 판단하기 어렵습니다."

어느 쪽으로도 보인다.

즉 그 말은, 케이스케에게 안 좋은 쪽의 대답이 진실일 경우도 있다는 뜻이다.

케이스케의 손이 희미하게 떨리고 있었다.

정말로 지금 이 순간까지 그 가능성에 관해 생각한 적은 손톱만큼도 없었고, 머리에 떠오른 적도 없었다. 지금 처음으로 그 두 글자가 떠올랐다.

바람.

말도 안 된다고 생각해도, 의심을 품은 마음은 점점 커져 간다.

만약 아코가 이 남자와 바람을 피우고 있었다고 한다면, 케이스케한테 일어난 일에 대한 설명이 될까…….

어느 광경이 뇌리에 떠올랐을 때, 둔기로 머리를 맞은 듯한 충격을 받았다.

지금, 그는 3월 26일을 기억해 내고 있었다.

헤어지는 이유가 첫 번째와 두 번째 때 각기 변했던, 그 의미.

아코는 줄곧 양다리를 걸치고 있었지만, 케이스케보다도 이 남자를 더 좋아하게 되었다. 케이스케와의 이별을 결심했지만, 사실대로 말하면 일이 복잡해져서 성가셔질 우려가 있다. 그래서 적당한 이유를 만들어 내서 헤어지기로 했다…….

이거라면 첫 번째와 두 번째 때 헤어지는 이유가 180도 바뀐 것에 대한 설명이 된다. 되고 만다. 그전까지는 사랑받고 있는 것처럼 보였는데, 3월 26일이 되자 태도가 표변한 이유도, 양다리가 진실이라면 답으로서는 납득이 되고 만다.

하지만…….

케이스케는 양손으로 머리를 감싸 쥐었다.

아코가 그런 짓을 할 리가 없다. 그런 비정한 짓을 할 수 있는 여성이 아니다. 그건 누구보다도 케이스케 자신이 잘 알고 있을 터다.

의심하는 마음의 목소리를 필사적으로 억누르려 했지만, 믿는 마음의 저항력은 약해져 있었다.

거기에 재차 타격을 주는 것처럼, 새로운 의심이 솟아났다.

1월부터 3월까지의 사이에 아코는 데이트를 몇 번 취소했다.

취소 이유는 친척에게 일어난 불행한 일이나 급한 볼일이었지만, 실제로는 이 남자와 만나고 있었던 것 아닐까.

한번 나쁜 쪽으로 생각하게 되자, 점점 부정적인 파도가 몰려온다. 방파제는 당장이라도 무너질 것만 같았다.

"미카미 씨."

자신의 이름을 부르는 소리에, 케이스케는 고개를 들었다.

센도가 걱정스러운 듯이 그를 바라보고 있었다.

"괜찮습니까?"

"아, 네, 죄송합니다. 괜찮습니다."

케이스케는 찻잔을 손으로 잡고 단숨에 들이켰다.

혼란스러운 머리를 필사적으로 정리하고, 다음으로 센도에게 의뢰해야 할 것을 종합했다.

"또 그녀에 대한 조사를 부탁드릴 수 있습니까."

"예. 미카미 씨께서 희망하시는 대로."

"다음은 20일 금요일과 21일 토요일 이틀간, 아코에 대한 조사를 부탁드립니다."

센도는 메모를 하며 알겠다고 고개를 끄덕였다.

"그리고, 이 세 사람의 이름과 부서만이라도 확인해 주셨으면 합니다만."

"알겠습니다. 그것도 합쳐서 조사해 두겠습니다."

일어서려고 했을 때, 케이스케는 현기증을 느꼈기에 일단 다시 자리에 앉았다. 꼴사나운 모습이라며 자조하듯이 웃었다. 심호흡을 하고 다시 일어서서는, 동정하는 듯한 센도의 시선을 느끼면서 사무소를 뒤로했다.

【1월 21일 토요일】

오후 일곱 시가 지난 시각. 곧 아코가 기다리고 있는 공원에 도착한다.

본심을 말하자면 한동안 아코와 만나고 싶지 않았다. 지금까지와 똑같이 대할 수가 없다고 생각했으니까. 하지만 오늘은 꼭 확인해둬야만 하는 것이 있었다. 아코의 대답에 따라서는 사태가 움직일 가능성이 있다.

케이스케는 공원 앞에서 차를 세웠다. 근처의 공중전화 부스 앞에 서 있던 아코가 하얀 입김을 내뱉으며 잰걸음으로 다가왔다. 케이스케가 문을 열자 아코는 고맙다는 말을 하며 차에 올라탔다.

"고마워~. 자, 여기. 오늘 하루도 일하느라 수고 많았어요."

아코는 그가 좋아하는 브랜드 캔커피를 내밀었다.

케이스케는 고맙다는 말을 하며 한 모금 마시고, 차를 몰기 시작했다.

여하튼 유념한 것은 평소의 자신처럼 대한다는 것이었다. 가능한 한 아코에게 이상한 인상은 안겨주고 싶지 않았다. 아코가 자신의 태도를 수상쩍게 여긴다 해도 이후의 전개가 나빠지는 건 아니라고 생각하지만, 자연스러운 태도로 대함으로써 보이게 되는 것, 아코에게서 끌어낼 수 있는 것이 있을 거라고 생각했다.

도중에 평소랑 분위기가 다른 것처럼 보이는데 무슨 일 있었어? 라고 아코가 물어봤지만, 조금 컨디션이 안 좋다고 얼버무림으로써 별 탈 없이 넘어갔다.

빨간 신호에서 멈췄을 때, 케이스케는 꼭 알아 두고 싶었던 것을 물어봤다.

"참고로, 오늘은 누구랑 놀았어?"

"오늘은 계속 사키랑 놀고 있었어."

아코는 특별히 표정을 바꾸지 않고 그렇게 대답했다.

"아아, 사키 씨랑. 계속 둘이서만?"

"응. 볼링에 노래방에 오락실에, 둘이서 잔뜩 놀았어."

신호가 파란색으로 변했다. 케이스케는 액셀을 밟았다.

아코는 오늘은 사키와 둘이서만 놀았다고 대답했다.

모레인 월요일에 그 말이 진짜인지 어떤지 알 수 있다.

부디 정말이기를 바랐다.

만약 오늘도 저번과 마찬가지로 그 남자랑 놀고 있었던 것이라면…… 아코는 그 사실을 숨긴 게 된다.

"저기, 정말로 괜찮아?"

아코가 걱정스러운 듯한 눈으로 그의 얼굴을 들여다봤다.

"아아, 괜찮아. 기운 나는 걸 먹으면 금방 나아질 거야."

케이스케는 최대한 미소를 지었다.

아코가 한 말이, 부디 사실이기를…….

【1월 23일 월요일】

센도가 기다리는 탐정사무소 문을 열고, 접수대에 있는

여성에게 인사를 한 뒤 응접실로 들어갔다. 저번 주와 마찬가지로 센도가 커다란 갈색 봉투를 들고 안쪽에서 나왔다. 인사를 나눈 뒤 센도는 봉투 안에서 사진 10장 정도를 꺼냈다.

여러 장의 사진을 본 순간에, 케이스케의 마음은 산산이 부서져 있었다.

"우선 20일 금요일입니다만, 이날의 사이다 아코 씨는 일을 끝낸 뒤 편의점에 들렀을 뿐 아무와도 만나지 않고 귀가했습니다. 다음으로 21일 토요일입니다만, 이날은 저번 주와 같은 멤버로 오락 시설에서 놀았습니다. 사이다 아코 씨는 오후 여섯 시가 지나자 가게 앞에서 세 사람과 헤어져 조금 앞쪽에 있는 공원까지 걸어갔습니다. 거기서 마중하러 온 미카미 씨의 차에 올라탔습니다."

케이스케는 테이블 위에 나열된 여러 장의 사진들에 눈길을 향했다.

대부분의 사진에 그 남자가 찍혀 있었다. 볼링장에서는 아코에게 던지는 법을 가르쳐 주고 있는 듯한 광경. 그밖에는 같이 인형 뽑기 게임을 하고 있는 장면이나 나란히 레이싱 게임이나 댄스 게임을 하고 있는 사진이 있었다.

아코는 거짓말을 하고 있었다. 회사 동료인 남자와 놀았던 사실을 숨겼다.

가슴이 괴로워져서 케이스케는 심호흡을 반복했다. 보다 못했는지, 센도가 차를 마시도록 권했다. 그의 말대로 차를 마셨지만, 가슴의 괴로움은 전혀 사라지지 않았다.

"그리고, 저번에 미카미 씨께서 의뢰해 주신 다른 세 사람에 대한 조사입니다만, 이름과 나이, 그리고 부서를 조사하였기에 보고하겠습니다."

케이스케는 가슴을 문지르며 고개를 끄덕였다.

센도는 세 사람이 따로따로 찍힌 사진을 케이스케 앞에 내밀고, 한 명씩 소개해 나갔다.

"우선은 여성부터. 이 여성은 마에다 사키라는 이름으로, 나이는 사이다 아코 씨와 같은 25세. 부서도 사이다 아코 씨와 같은 총무부입니다. 다음으로 이 남자. 미카미 씨의 말을 빌리자면 사이다 아코씨에게 친근하게 구는 것처럼 느껴지는 이 남자의 이름은 마에시로 타케시. 나이는 28세로, 영업부 사람입니다. 또 한 명의 남자 이름은 하라니시 신고, 나이는 28세. 이쪽도 영업부에 소속되어 있습니다."

케이스케는 사진 속의 마에시로 타케시를 물끄러미 쳐다봤다.

아코가 바람을 피우고 있다고 정해진 건 아니다. 확실히 아코는 거짓말을 했지만, 그러나 그것만으로 바람을 피웠다고 단정 지을 수 있는 근거는 되지 않는다. 애매한 단계이지, 확실한 단계는 아니다.

하지만 아코를 믿으려고 하는 마음에는 금이 가 있었다. 쉽게는 수복되지 않을 커다란 금이.

"이제부터 어떻게 하시겠습니까?"

센도의 물음에 앞으로의 일을 생각했다.

진상이 무엇이든 아코가 거짓말을 한 건 사실이어서, 지금 정신 상태로는 도저히 그녀와 만날 기분이 들지 않았다. 그녀 쪽에서 키스를 해오면 고개를 돌려 버릴지도 모른다. 그건 무척이나 두려운 일이었다.

다음 토요일은 만나지 않는 편이 좋다. 그렇게 결론을 내는 데 시간은 걸리지 않았다.

"다음은 27일부터 29일까지의 사흘간, 아코에 대한 조사를 부탁합니다."

"29일 일요일도 말입니까? 그날은 미카미 씨와 데이트를 하고 있을 것 아닌지요?"

"아뇨, 다음 주말은 만나지 않을 것이니 꼬박 하루 동안 조사를 부탁드립니다."

한순간 센도가 뭔가를 말하려던 것처럼도 보였지만, 결국 아무 말도 하지 않고 케이스케의 의뢰를 받아들였다.

다음 주 월요일에 다시 오겠다고 말한 뒤 사무소를 나왔다. 역으로 가는 도중, 다음 주말에 만나지 않는다면 3주 이상 얼굴을 보지 않는 게 되는구나 하고 생각했다. 아코는 틀림없이 2월 4일과 5일의 데이트를 취소할 것이기 때문이다. 그렇게 되면 다음에 만나는 건 아코가 지정하는 2월 12일 일요일이라는 말이 된다. 하지만 마음을 가라앉히기 위해서는 그 정도의 기간을 두는 편이 좋을 것이다.

문득 아코가 2월 4일과 5일 데이트를 취소하는 이유를 떠올렸다.

친척에게 불행한 일이 있어서 장례식에 간다. 아코는 그렇게 말했다.

그건 정말일까?

이유가 이유인 만큼 의심하는 건 최악인 느낌이 들지만, 실제로 그녀는 거짓말을 했으니······.

2월 4일과 5일에 아코가 마에시로와 만난다면······.

그 광경이 뇌리에 어른거리기 시작했다.

그날 밤. 케이스케는 들이붓는 것처럼 술을 마심으로써 추잡한 생각을 억지로 지웠다.

1월 27일 밤. 케이스케는 아코에게 전화를 걸어 급한 볼일이 생겼기에 주말 데이트를 취소하자고 말했다. 케이스케 쪽에서 데이트를 취소한 건 이번이 처음 있는 일이었다. 아코의 음성은 무척 쓸쓸하게 들렸다. 만나지 못하는 것을 아쉬워하는 어조는 도저히 연기를 하는 것처럼 들리지는 않아서, 케이스케를 고민하게 했다.

【1월 30일 월요일】

일을 끝내자마자 케이스케는 뛰어서 탐정사무소로 갔다.

이번에도 수많은 사진이 테이블 위에 나열되었다. 아코와 마에시로가 같이 찍혀 있는 것이 태반이었다.

"우선, 27일 금요일 보고부터입니다. 이날의 사이다 아코 씨는 일이 끝나 회사를 나오자 편의점에 들른 것 이외에는 누구와도 만나지 않고 귀가했습니다. 다음으로 28일 토요일입니다만, 이날은 여느 때의 멤버 네 명이서 유원지에서 놀았습니다. 지금까지라면 다 논 뒤에는 그 자리에서 해산하였습니다만, 이날은 달랐습니다. 마에다 사키와 하라니시 신고는 같은 차를 타고 돌아갔고, 사이다 아코 씨와 마에시로 타케시 두 사람은 역까지 걸어서 갔습니다. 그 도중에 두 사람은 멈춰 서서 무언가를 이야기하고 있었습니다. 시간으로 따져서 5분 정도였다고 생각합니다. 주변은 어두웠고, 저는 발각되지 않도록 두 사람에게서 떨어져 있었기에 대화 내용은 물론, 표정도 확인할 수 없었습니다. 그 후에는 사이다 아코 씨만이 역으로 걸어갔고, 그대로 자택으로 돌아갔습니다. 다음으로 29일 일요일입니다만, 이날은 낮에 근처 편의점에 한 번 간 것 이외에는 줄곧 집 안에서 지냈습니다. ―이상이 요 사흘간의 사이다 아코 씨에 대한 조사 보고입니다."

보고를 들으며 케이스케는 여러 장의 사진을 보고 있었다.

가장 신경 쓰였던 것은 아코와 마에시로가 멈춰 서서 나누고 있던 대화. 무슨 이야기를 한 것일까. 일단 그때의 사진은 찍혀 있지만, 센도가 말했던 대로 어두워서 표정은 보이지 않는다.

케이스케는 그 사진을 손에 들고,

"이 사진 말입니다만, 그때의 분위기는 이러했다고 말할 수 있는 건 없습니까?"

그 질문에 센도는 무척 곤란한 표정을 지었다.

"이야~, 글쎄요. 거기까지는 알 수가 없군요. 정말로
얼굴은 보이지 않았기에."

센도는 그렇게 대답한 뒤, 무언가 짚이는 데가 있는 듯
한 표정을 지었다.

"이건 마에시로와의 대화와 관계가 있을지는 잘 모르겠
습니다만……."

"무엇입니까?"

"마에시로와 헤어진 뒤, 전철에 탔을 때의 사이다 아코
씨의 표정은 어두워보였습니다. 말할 수 있는 거라고 한
다면, 그 정도겠군요."

어두운 표정…….

그것만으로 무언가를 판단하기에는 증거가 부족하다.
이쪽의 형편에 좋게 해석할 수도 있고, 불길한 징조라고
생각하는 것도 가능하다.

케이스케는 한숨을 내쉬고,

"이전에도 비슷한 것을 여쭤봤습니다만, 다시 한번. 센
도 씨가 보기에 이 마에시로라는 남자에게서는 어떤 인상
이 느껴집니까?"

센도는 눈을 가볍게 감고 으음~, 하고 신음한 뒤,

"그러게요, 한마디로 말하자면 가벼운 남자라는 인상이

군요."

"뭐, 그런 식으로 보이지요."

"나머지는…… 글쎄요…… 이건 제가 해야 할 말은 아니라고 생각합니다만……."

"무엇입니까?"

"아뇨, 근거가 있는 건 아닙니다. 어디까지나 제가 받은 인상이라는 것뿐인 이야기입니다만……."

"뭐든 좋으니 알려 주십시오."

"얼핏 보자면 시원시원한 성격처럼 보입니다만, 제 눈에 마에시로는 끈질겨 보이는 남자로 비칩니다. 뭔가 그런 에피소드가 있었던 건 아닙니다만, 첫인상부터 그건 줄곧 변하지 않았습니다."

끈질겨 보이는 남자… 인가…….

케이스케가 보기에는, 전직 형사가 그런 식으로 말한다면 그런 걸지도 모른다는 생각이 들었다.

다만, 그것만으로 무언가를 판단할 수는 없다.

센도가 다음은 어쩌겠냐고 물어봤다.

케이스케는 잠시 생각했다.

저번 주 금요일도 저저번 주 금요일도, 아코는 곧바로 귀가했다. 뭔가 있다고 한다면 토요일, 혹은 일요일이 되는데…….

"다음은 2월 4일과 5일, 아코에 대한 조사를 부탁드립니다."

"알겠습니다. ……이번에도, 일요일은 만나지 않으실 겁니까?"

"예, 뭐어…….."

말을 흐리고, 탐정사무소를 뒤로했다.

과거 두 번과 마찬가지로 2월 3일 오후 10시 5분에 아코에게서 전화가 걸려 왔다. 역시 그녀는 울먹이는 목소리로, 친척에게 불행한 일이 있었기에 데이트를 취소하자고 말했다. 만약 이 울먹이는 목소리가 연기고, 마에시로와 만나기 위한 거짓말이라고 한다면 더는 이 세계의 누구도 믿지 못하게 될 것이다. 하지만 이게 연기일 리가 없다고 소리 높여 말할 수 있을 만한 기력은, 이미 사라지고 없었다.

【2월 6일 월요일】

탐정사무소로 가는 발걸음은 지금까지 중에서 가장 무거웠다. 진실을 알기 위해 계속해서 달리고 있었지만, 갑자기 그걸 아는 것이 무서워졌다. 탐정사무소에 도착하자 커다란 한숨을 내쉬면서 문을 열었다. 평소보다 늦은 시간이기 때문인지 접수대에 여성의 모습은 없었다. 칸막이 옆에서 센도가 나타나 그를 응접실로 불러들였다. 소파에 앉자, 센도가 쟁반 위에 찻잔을 올리고 돌아왔다.

어라? 하는 생각이 들었다. 평소에는 커다란 갈색 봉투가 테이블 위에 있는데, 오늘은 없었다. 두 사람 몫의 찻잔이 있을 뿐.

사진은 찍지 못했다는 것인가…….

그것이 의미하는 바는…….

케이스케가 추리하려고 했을 때, 센도가 입을 열었다.

"이번에는 사진을 찍지 않았습니다. 그 이유는 사이다 아코 씨는 2월 4일과 5일, 온종일 자택 맨션에서 나오지 않았기 때문입니다. 누군가가 사이다 아코 씨를 찾아오지도 않았습니다. 덧붙여, 계속 방에 있었다는 것은 사이다 아코 씨가 몇 번인가 커튼을 여는 모습을 봐서 확인했습니다."

케이스케는 자기도 모르게 목소리를 높이고 있었다.

온종일 집 안에 있었다?

대체, 무슨 말이지?

친척에게 불행한 일이 있어서 장례식에 가기 위해 데이트를 취소하자고 했는데, 한 번도 외출하지 않았다니…….

아코는 거짓말을 하고 데이트를 취소했다. 그렇게 판단해도 될 것이다. 하지만 다른 누군가와 만나기 위한 거짓말이 아니었다. 만약 취소한 이유가 거짓말이었다면 최악의 결말도 예상하고 있었지만, 아무래도 그건 면할 수 있었던 모양이다.

하지만, 그러면 어째서 그런 거짓말을?

바람을 피우는 상대와 만나기 위해 연인에게 거짓말을 하고 데이트를 취소한다는 거라면 이해가 된다. 그런 거짓말은 세상에 얼마든지 넘쳐난다. 그러면, 연인에게 거짓말을 하고 데이트를 취소한 뒤 온종일 집 안에 있는 이유라는 건, 어떤 것을 생각할 수 있을까.

이리저리 생각하고 있었더니, 머릿속에 어떤 짐작이 생겨났다.

케이스케를 만나고 싶지 않다면, 그 거짓말은 유효한 것 아닐까. 그를 만나고 싶지 않으니까 거짓말을 해서 데이트를 취소하고, 딱히 하는 일도 없는데 온종일 방 안에 있었다. 이거라면 설명이 된다.

……하지만 현시점에서 얼굴도 보고 싶지 않을 정도로 싫어하고 있는 거라면, 보통은 곧바로 헤어지자는 말을 꺼낼 것이다. 한 달 이상이나 이별을 미룰 필요는 없을 터다. 달리 설명이 되는 이유를 생각해 봤지만, 아무것도 떠오르지 않았다.

센도가 여느 때처럼 이다음은 어떻게 하시겠냐고 물어봤다.

사고능력은 저하되고, 몸도 마음도 녹초가 되어 있었다.

점점 수렁에 빠지고 있는 듯한 느낌이 들었다.

수수께끼를 풀기 위해 탐정을 고용했는데, 새로운 의문이 추가되어 수수께끼는 깊어져가기만 할 뿐.

하지만 여기까지 왔다면 끝까지 할 수밖에 없다. 반드시 진실에 다다를 것이라고 믿고.

케이스케는 내일인 화요일부터 토요일까지의 조사를 의뢰했다.

뭔가 생각이 있어서 조사 일수를 늘린 건 아니다. 아무것도 알 수 없는 상황이기에 닥치는 대로 조사해 보자고 생각했다. 이 상태로 가면 정말로 무일푼이 될 것 같았지만, 그때는 그때다. 지금은 할 수 있는 최대한의 일을 하자고 결심했다.

2월 12일 일요일. 그날 케이스케는 평상심을 유지하려
고 노력하며 아코와 만나고 있었다. 그녀를 믿고자 하는
마음은 여전히 약해진 상태였지만, 어찌어찌 기분을 떨쳐
일으켜 미소를 짓고 있었다. 한편 아코 쪽은 과거 두 번과
달리 얼굴을 마주하는 것이 3주 만인 것도 있어서 케이스
케를 향한 애정표현은 강하게 느껴졌다. 상태가 이상하다
고 몇 번인가 아코에게 지적받기는 했지만, 트러블로 번
지는 일 없이 넘어갔다.

그게 케이스케에게 좋은 일인지 나쁜 일인지는 금방 판
단이 되지는 않았지만, 월요일에 탐정사무소를 찾아갔을
때 센도는 또다시 갈색 봉투를 들고 있지 않았다. 센도의
입에서 조사 결과만이 보고되었다.

화요일부터 금요일까지 아코는 회사와 집 왕복만을 반
복하는 나날이었다고 한다. 일이 끝나고 누군가와 식사
를 하거나 마시러 가는 일은 없었고, 토요일에 이르러서
는 온종일 방 안에서 지냈을 뿐이라고 했다. 1월은 케이스
케가 알고 있는 것만으로도 마에시로나 다른 사람들과 세
번이나 놀았는데, 2월 들어서부터는 한 번도 만나지 않았

다. 그건 기쁜 일이었지만, 그러면 마에시로는 대체 뭐였던 걸까 하는 생각이 들었다. 자신이 의심의 시선으로 쳐다보고 만 것일 뿐, 그저 사이가 좋은 동료였던 건가. 하지만 그렇게 되면 어째서 단순한 동료와 놀았던 사실을 숨겼는가 하는 의문이 남고 만다.

결국, 무엇 하나 알지 못한 채였다.

그 후로도 케이스케는 토요일을 중심으로 아코에 대한 조사를 계속 의뢰했다. 하지만 아무리 시간이 경과해도 아코가 마에시로와 만나는 사진이 테이블 위에 놓이는 일은 없었다. 아코의 행동 어디에도 불온한 분위기는 감돌고 있지 않았다.

이런 전개가 되면 당초에 예상했던 대로 3월 13일부터 25일까지의 2주 사이에 무언가가 숨겨져 있을 가능성이 높아진다.

케이스케는 센도에게 13일부터 25일까지의 아코를 조사해달라고 의뢰했다. 이 2주 동안이 가장 중요하므로, 어떤 것이라도 절대로 놓치는 일이 없도록 다짐해 두었다. 케이스케의 분위기가 심상치 않음을 느낀 것인지, 센도도 진지한 눈으로 수긍했다.

마지막으로, 케이스케는 센도에게 이런 부탁을 했다.

"지금까지는 월요일에 조사 결과를 들으러 왔습니다만, 다음부터는 무슨 일이 있다면 곧바로 전화를 주셨으면 합니다. 가능하면 그날 중으로, 늦어도 다음 날에는. 부탁드릴 수 있겠습니까?"

"예, 그건 괜찮습니다만 무슨 일이 있다면, 의 무슨 일이라는 건 어떤 것을 가리키는 것입니까?"

그건 케이스케가 대답할 수 없는 내용이다. 아마도 지금부터의 2주 동안 무언가가 일어난다. 이별의 방아쇠가 될 만한 무언가가. 하지만 그 무언가는 이 단계가 되어도 윤곽조차 보이지 않는 상태였다.

"뭐, 과거의 예로 말하자면 남자랑 만나고 있다든가, 여느 때의 그녀와는 다른 행동을 취했을 경우입니다. 센도 씨께서 봤을 때 뭔가 위화감을 느낄 만한 것이 있다면 그것이 아무리 사소하게 느껴지는 것이라도 곧바로 전화를 주셨으면 합니다."

진의를 살피는 듯한 눈빛으로 케이스케의 눈을 들여다보고 있던 센도는,

"알겠습니다. 제가 뭔가 이상하다고 느끼면 곧바로 연락드리겠습니다."

"잘 부탁드립니다."

당신에게 모든 것이 걸려 있다고 말하기라도 하는 것처럼, 케이스케는 지금까지 중에서 가장 깊숙이 고개를 숙였다.

케이스케에게 세 번째가 되는 3월 12일 일요일. 전날인 토요일부터 아코는 몇 번이고 케이스케의 상태가 이상하다며 고개를 갸웃했다. 마음속은 캔버스에 온갖 색깔의 그림물감을 뿌려 놓은 상태처럼 되어 있어, 평소의 자신을 연기하는 것도 한계에 달해 있었다. 솔직히 직전까지 아코와 만나는 걸 망설였기에, 이전처럼 데이트를 취소하자고 한 번은 생각했지만, 과거 두 번에 걸쳐 들었던 '오늘은 마지막까지 같이 있어 줬으면 해'라는 말이 머리에서 떠나질 않아 결국 만나기로 한 것이었다. 최소한 그 말은 진실이길 바랐다.

"정말로, 무슨 일이야?"

섹스를 끝낸 뒤 고개를 갸웃거린 아코가 물어봤다.

"뭔가 이상했어?"

"섹스가 아니라, 케이스케의 분위기가 오늘 온종일 이상하다는 이야기야. 어제도 이상했지만, 오늘은 훨씬 더."

"나는 평소대로라고 생각하는데."

"전혀 달라. 이야기하고 있을 때도 어색한걸. 마음이 딴 데에 있는 느낌이야."

"······일 이야기는 그다지 하고 싶지 않지만, 조금 고민이 있어서 말이지. 그 때문이라고 생각해."

"어? 일 관련으로 고민하고 있는 거야?"

"아니, 뭐, 그것도 머잖아 해결될 거라고 생각해."

"좋은 쪽으로?"

"······그렇게 되기를 바라고 있어."

"그럼 나도 똑같이 기도해 둘게. 다음에 케이스케랑 만날 때는 여느 때와 같은 미소를 보여줄 수 있기를, 하고 말이야."

다시 진심으로 웃을 수 있게 된다면 얼마나 멋질까.

마이너스 감정의 소용돌이에 휘말리기 전의 두 사람으로 돌아갈 수 있다면 달리 아무것도 필요 없다.

아코가 달콤한 말을 중얼거리며 몸을 밀착시켰다. 케이스케는 하얗고 부드러운 육체를 끌어안았지만, 그 손놀림은 어색했다.

순수하게 그녀를 사랑했던 때로 돌아가고 싶다. 바라는 것은 그저 그것뿐이다.

밝은 미래만을 바라보며 걷던 두 사람을 떠올리고 있으

려니, 어느샌가 잠결에 빠졌다.

　하루, 또 하루 시간은 담담하게 지나갔다.

　항상 휴대전화를 만지고 있지 않으면 불안해지고 마는 중독자처럼, 케이스케는 일하는 중에도 빈번하게 스마트폰을 체크하고 있었다. 고객과의 통화가 끝날 때마다 정장 주머니에서 스마트폰을 꺼내 센도에게서 온 연락이 없는지 확인했다. 사고의 대부분은 그걸로 메워져 있어 마음이 편안해지는 때는 없었다.

　센도에게서 연락이 없는 채로 3월 17일 금요일을 맞이했다.

　식사도 제대로 목구멍을 넘어가지 않는 나날이라, 케이스케의 뺨은 조금 여위기 시작했다. 업무 미스도 늘어나고 신상품에 대한 설명을 제대로 하지 못하거나, 클레임에 조금 신경질적으로 받아치고 마는 등 몇 번이고 고객을 화나게 만들어 그때마다 상사에게 주의를 받았다.

　30분만 잔업을 하고 6시 45분에 회사를 나왔다. 동료에게서 술자리 권유를 받았지만, 그럴 기분이 아니기에 거절하고 역으로 갔다.

　오늘은 이 뒤 10시 50분경에 아코에게서 전화가 걸려 온다. 그건 이별을 향한 카운트다운을 알리는 전화.

또 그 차가운 목소리를 듣게 되는 건가, 하고 기분이 우울해진다. 몇 번을 들어도 그 목소리에 익숙해질 일은 없다.

역에 도착했다. 지갑에서 카드를 꺼내고 개찰구로 나아갔다. 통과하려고 했을 때, 주머니 안에서 스마트폰이 격렬하게 진동했다.

케이스케는 방향을 바꾸는 것과 동시에 주머니에서 스마트폰을 꺼냈다. 화면은 센도에게서 온 착신이 있음을 나타내고 있었다. 심장 고동이 가슴을 뚫고 나올 것만 같을 정도로 난폭해졌다. 떨리는 손가락을 밀어 전화를 받았다.

"네, 미카미입니다."

"안녕하세요, 센도입니다. 지금 시간 괜찮으십니까?"

"예. 일은 이제 끝났습니다. 그래서, 저⋯⋯."

"실은 오늘, 사이토 아코 씨를 미행하다가 조금 신경 쓰이는 광경을 목격하였기에 전화하였습니다만⋯⋯."

"뭔가를, 보신 것이로군요? 아코에 관해 신경 쓰이는 무언가를?"

"예에, 뭐어, 그렇습니다. 그저, 미카미 씨의 희망에 부응할 수 있을지는 모르겠습니다."

"괜찮습니다. 지금부터 가도 되겠습니까?"

"예. 기다리고 있겠습니다."

케이스케는 전화를 끊고는 탐정사무소를 향해 달리기 시작했다. 누군가에게 부딪칠 뻔하거나, 지면의 움푹 팬 곳에 발이 채여 비틀거리는 등 자세는 몇 번이고 무너졌지만, 그때마다 다시 일어나 전속력으로 달렸다. 아무 생각도 하지 않고, 그저 앞만을 보고.

계단을 뛰어 올라가 탐정사무소 문을 열었다. 접수대에 여성이 앉아 있었고 뭐라 말을 걸어 온 것 같았지만, 케이스케는 개의치 않고 그대로 안쪽으로 나아갔다.

안쪽으로 통하는 문이 열리고 큼직한 갈색 봉투를 든 센도가 걸어왔다.

어깨를 들썩이며 숨 가빠하던 케이스케는 물끄러미 그 봉투를 바라보고 있었다. 센도의 손에서 빼앗고 싶은 충동에 사로잡혔지만, 꾹 참고 상대의 말을 기다렸다.

"괜찮으십니까? 숨이 가빠보입니다만."

"그 안에, 들어있는 것이지요? 오늘의 아코에 관해, 신경 쓰이는 점이 있다는 증거가."

"예. 오늘 제가 사이다 아코 씨를 보면서 신경 쓰였던 점을 찍은 사진이 들어있습니다."

"보여주십시오."

"알겠습니다. 자, 그럼 앉으시지요."

케이스케가 자리에 앉자 센도는 갈색 봉투 안에 손을 집어넣어 내용물을 꺼냈다.

테이블 위에 늘어놓은 것은 세 장의 사진이었다.

케이스케는 사진을 손에 쥐고 물끄러미 쳐다봤다.

"이건…… 병원……."

첫 번째 사진에는 기장이 긴 스커트를 입은 아코가 병원에 들어가는 모습. 두 번째 사진은 병원에서 나온 모습. 세 번째는 전철 좌석에 앉아 있는 모습을 대각선상에서 찍은 사진이었다.

한 장은 뒷모습이었지만, 다른 두 장은 얼굴이 또렷하게 찍혀 있다. 양쪽 모두, 지금까지 본 적이 없을 정도로 아코의 표정은 어두웠다.

병원. 어두운 표정의 아코. 바로 앞까지 닥쳐온 두 사람의 이별.

세 개의 키워드가 뇌를 강하게 자극하고 있었다.

이 사진에, 진상이 찍혀 있는 건가? 아코가 케이스케와의 이별을 결심하는 결정타가 되는 것이, 이 사진에…….

"미카미 씨. 이번 주에 제가 확인한 사이다 아코 씨의 동향을 말씀드려도 되겠습니까?"

잠자코 지켜보고 있던 센도가 입을 열었다. 케이스케가 고개를 끄덕이자 조사 결과가 그의 입을 통해 이야기되기 시작했다.

"이번 주의 사이다 아코 씨는 월요일부터 수요일까지는 평소처럼 출근하였습니다만, 목요일은 결근하였습니다. 평소 나오던 시간에 나오지 않았기에, 감기라도 걸려 쉬는 걸까 싶어 지켜보고 있었더니, 점심 무렵에 밖으로 나왔습니다. 얼굴을 보니 조금 상태가 안 좋아 보였습니다. 그녀가 간 곳은 약국으로, 구입한 물건은 확인할 수 없었습니다만 그날은 그대로 귀가하여 외출하지 않았습니다. 그리고 다음 날인 오늘도 사이다 아코 씨는 회사를 쉬었습니다. 집에서 나온 것은 오후 두 시로, 간 곳은 집에서 일곱 역 떨어진 종합병원입니다."

센도는 거기서 한번 말을 끊고는, 면목 없다는 듯한 표정으로 바뀌었다.

"이건 저의 미스입니다만, 사이다 아코 씨가 무슨 과에서 진찰을 받았는지까지는 확인하지 못했습니다. 1층에서 접수를 할 거라고 단정 짓고 거리를 두고 있었습니다만, 사이다 아코 씨는 병원에 들어가서 곧바로 엘리베이터에 타버렸습니다. 서둘러 각층을 살피며 돌아봤습니다만, 사이다 아코 씨를 발견할 수가 없었습니다. 정말로 죄송합니다. ―이상이 월요일부터 오늘까지의 조사 보고입니다."

보고를 다 듣자, 뇌를 자극하는 찌릿찌릿한 느낌은 한층 강해져 있었다. 단지, 뭔가가 떠오를 것 같으면서도 떠오르지 않는다. 초조한 감각에 휩싸여 있었다.

"저기, 주제넘은 것 같지만, 오늘 사이다 아코 씨를 보면서 저 나름대로 느낀 것이 있습니다만, 이야기 드려도 괜찮겠습니까?"

가만히 사진을 바라보고 있던 케이스케는 고개를 들고 센도에게 시선을 맞췄다.

"사진으로도 찍었습니다만, 병원을 나온 후부터의 사이다 아코 씨는 계속 새파래진 표정을 짓고 있었습니다. 미행 중인 제가 무심코 말을 걸까 하고 생각했을 정도입니다. ―이건 저의 추측입니다만, 사이다 아코 씨는 뭔가 병에 걸리신 것 아닐까요? 그런 징후는 없었습니까?"

아코가, 병에?

타임리프 이전, 이후, 수백 일에 이르는 아코의 낌새를 돌이켜봤다.

갖가지 상황의 아코가 나타나서는 사라지고, 사라져서는 나타나기를 반복했다.

어떤 광경이 떠올랐을 때, 영상이 딱 멈췄다.

아코의 울먹이는 목소리가 머릿속에 울리고 있다.

2월 3일 금요일. 친척에게 불행한 일이 있어서 데이트를 취소하자는 전화가 아코에게서 걸려 왔다. 나중에 그건 거짓말이었음을 알게 되었지만, 어째서 거짓말을 한 것인지, 왜 울고 있었던 것인지 답은 나오지 않는 채였다.

그 시점에서, 아코는 무거운 병에 걸렸을지도 모른다는 진단을 받았던 게 아닐까. 어떤 병인지 분명하게 확정된 것은 오늘이지만, 그날 울면서 전화를 걸어 온 것은 중병일 가능성이 있을지도 몰라 불안해졌으니까……

그런 식으로 추리를 거듭하고 있자, 이윽고 하나의 가설이 생겨났다.

만약 정말로 아코가 무거운 병에 걸렸다면, 그녀는 케이스케와의 이별을 결단할지도 모른다. 사실을 이야기하면 케이스케는 분명 같이 병마와 싸워 줄 거라고 그녀는 생각한다. 하지만 나을지 어떨지도 모르는 투병 생활에 말려들게 하고 싶지 않다. 그래서 사실을 숨긴 채 그의 곁을 떠났다.

아코의 성격을 고려하면 충분히 생각할 수 있는 전개였다.

이것이 진실이라고 한다면 이별에 관해 납득이 되지 않았던 몇 가지 점도 아귀가 맞게 된다.

어떻게 해서든 헤어져야만 했기에, 그 이유는 무엇이든 상관없는 것이다. 그녀가 봤을 때 아무리 완벽했다고 하더라도, 안 좋은 부분을 적당히 지어낸다. 적의로도 보이는 시선에 내치는 듯한 어조였던 것도, 그에게서 미움을 사고자 취한 행동이라고 한다면 수긍이 간다. 그녀에게 미련을 남기게끔 하지 않기 위한, 절대로 뒤쫓아 오지 않게 하기 위한 연기. 3월 13일까지는 여느 때와 같은 그녀로 보였던 것도, 그날까지는 틀림없이 자신은 사랑받고 있다고 케이스케가 느꼈던 것도 결코 착각이 아니었다.

생각하면 생각할수록, 이 가설이 올바른 것처럼 느껴졌다. 의문이었던 모든 것에, 납득이 간다.

아코를 떠올리며 생각한다.

아코, 이게 진실이었던 거구나…….

그녀를 사랑스럽게 여기는 감정이 오랜만에 북받쳐 올랐다. 누구보다도 소중하며 줄곧 함께 있고 싶다는 마음이, 넘칠 것만 같이 가슴을 가득 채우고 있다.

이제부터 자신이 취해야만 할 행동이 머리에 떠오른다.

아코가 중병에 걸렸다고 하더라도, 자신은 헤어지지 않는다. 병마의 정체가 무엇이든지 간에, 함께 싸운다. 조금의 망설임도 없이, 답은 곧바로 나왔다. 무슨 일이 일어나더라도, 자신은 절대로 그녀에게서 떠나지 않겠다고.

다만, 아코의 결단은 무척 강고할 것이다. 쉽게는 깨부술 수 없을 것이다.

자신이 할 수 있는 일은 단 하나.

언제까지나 함께 있고 싶다는 마음을 전하고, 그녀의 결심이 변하게 만든다.

케이스케는 숨을 크게 내뱉고, 벌떡 일어섰다. 센도도 일어서서, 앞에서 손을 마주 잡았다.

"센도 씨. 오랜 기간 무척 감사했습니다. 알고 싶었던 것을, 겨우 손에 넣었습니다."

"제 조사가 미카미 씨의 의뢰대로 이루어진 것이라면, 저도 만족스럽습니다."

케이스케는 고개를 숙이고 탐정사무소를 뒤로했다.

오후 10시 5분에, 아코에게서 전화가 걸려온다.

감정을 억누른 듯한 어조로, 급한 볼일이 생겼으니 예정했던 데이트를 취소하자고 그녀는 말했다.

가슴이, 아팠다.

아코는 연기를 하고 있다. 이미 이 시점에서 그에게 미움을 사려는 언동을 취하고 있다. 전화 너머에 있는 아코에게 연민의 감정을 품었다. 그런 짓을 할 필요는 없어. 무엇이 진실인지 전부 알았어. 이제 더 이상 마음을 괴롭게 만드는 짓은 하지 말아줘.

그렇게 말하고 싶었지만, 꾹 삼켰다.

그녀를 생각하는 마음 전부를, 3월 26일에 이야기하겠노라고 결심했다.

세 번째의 2017년 3월 26일을 맞이했다.

과거 두 번은 창가 자리에서 아코를 기다리고 있었지만, 이번에는 입구에서 가장 안쪽 자리에 앉아 있었다. 일종의 점을 쳐보는 것이다.

모든 의문이 풀린 지금, 잠들어 있던 그 마음이 뜨겁게 북받쳐 오르고 있었다.

이번에야말로 운명을 바꾸겠어.

이만큼 괴로움을 겪으며 여기에 다다른 것이다. 이 기회를 살리고 싶었다.

아니, 정말로 괴로움을 겪고 있는 건 아코 쪽인가. 육체적으로도, 정신적으로도. 모든 괴로움을 혼자서 짊어지려하고 있다. 그러니 자신이 분명하게 말해 줘야만 한다. 전부 혼자서 짊어질 필요는 없다고. 몸의 고통은 나눌 수 없지만, 마음의 고통은 나눌 수 있다. 그러기 위해서는 아코의 잘못된 선택을 바꾸게끔 만들어야 한다.

하얀 목제 문이 열리는 게 보였다. 차가운 눈을 한 아코가 들어온다. 케이스케가 손을 들자, 그걸 알아차린 그녀가 다가와 맞은편에 앉았다.

제대로 설득할 수 있을까 하는 불안이나 긴장감은 있었지만, 그것보다도 헤어지자는 말을 할 때의 그녀가 케이스케에게서 미움을 받기 위해 연기를 하고 있었던 것이라는 답을 낸 지금, 눈앞에 있는 아코가 미칠 듯이 사랑스럽게 보였다.

아코가 아이스티를 한 모금 마신 뒤, 입을 열었다.

"해야 할 말은 정리되어 있지만, 어떤 식으로 꺼낼까 그것 하나만 망설이고 있었어. 하지만 이런 건—"

케이스케는 아코의 말을 가로막았다.

"아코가 지금부터 무슨 말을 할지, 나는 알아. 나와 헤어지고 싶다고 말하려는 거지. 데이트가 매너리즘에 빠진

게 싫어서 점점 애정이 식어 갔다. 내가 전화나 메시지를 적게 보내는 데도 불만을 느껴서 사랑받고 있지 않은 게 아닐까 하고 생각하게 되었다. 그러니 헤어져 줬으면 한다. 그렇게 말할 생각이었던 거지?"

케이스케가 말을 끝마치자 아코의 차가운 눈에 한순간 빛이 깃든 것처럼 보였다.

그녀는 고개를 숙였다. 마치 표정을 보이고 싶지 않다는 듯이. 왼손으로 오른손을 문지르듯이 만지며, 아무 말도 하지 않고 잠자코 있었다.

역시 자신이 세운 가설은 맞았던 것이라고 확신했다. 이 반응이 그걸 증명하고 있다.

나머지는 그저 자신의 마음을 전할 뿐이다. 분명, 그녀의 굳은 결의를 깨부술 수 있다.

"아코가 나와 헤어지고 싶다는 이유는 전부 거짓말이야. 그리고 나는 어째서 아코가 오늘 이별을 고하는지도 알고 있어. 17일 금요일에 회사를 쉬고 병원에 갔지. 어째서 그걸 알고 있는지는 나중에 말하겠지만, 아코는 거기서 자신이 병에 걸렸다는 것을 알았어. 아마 그건 나을지 어떨지 알 수 없을 정도의 병이라고 생각해. 그래서 나와의 이별을 결의한 거고. 그 이유는 투병 생활에 날 말려들게 하고 싶지 않으니까. 사실대로 이야기하면 분명 헤어지자는 말에 동의하지 않을 거라고 생각해서 거짓 이유를 들어 일방적으로 헤어지자고 결정했어. 비정한 태도로 접하려고 한 것도 내가 뒤쫓아 오지 않도록 하기 위해. 이게 진실인 거지. ─나는 아코를 사랑해. 아코가 어떤 상태가 되었다고 하더라도 나는 떨어지지 않아. 그러니 부디, 진실을 이야기해줘."

케이스케가 이야기를 끝마쳐도 아코는 좀처럼 고개를 들지 않았다.

말을 더 계속할 수는 있었지만, 일부러 잠자코 있었다. 마음은 통했다고 믿고, 묵묵히 아코의 결단을 기다렸다.

이윽고 슬로우 모션처럼 그녀의 고개가 들렸다.

케이스케는 믿었다. 그 눈에 미래에 대한 희망을 느끼게 하는 빛이 깃들어 있을 것을.

희미한 기대는 한순간에 산산이 부서졌다.

아코의 눈동자에서는 아무런 감정도 읽어낼 수 없었다. 차가운 시선이 꿰뚫는 것처럼 그를 향하고 있었다.

"무슨 말을 하는 거야?"

아코는 그렇게 말했다.

"……어?"

"내가 병에 걸려? 투병 생활에 말려들게 하고 싶지 않으니까 이별을 결심했다? 뭐야, 그게?"

"……아닌, 거야?"

"전혀 아니야. 매너리즘에 빠진 게 싫어졌다든가, 전화나 메시지 수가 적으니까 애정이 식어 갔다는 부분은 맞지만 말이야. 병에 관해서는 헛다리도 그런 헛다리가 없네. 나는 지극히 건강한 몸이야."

"하지만, 그러면, 아귀가……."

"뭐야, 아귀라니?"

"……회사를 쉬고 병원에 갔잖아?"

"감기에 걸렸기 때문이야. 병원에 약을 받으러 가면 안 되는 거야?"

"……새파래진 표정이었어."

"열이 40도 가까이 됐는걸. 몸이 나빠 보이는 게 당연해."

"하지만…… 그래도……."

저항하는 말은 더 이상 나오지 않았다.

아코가 천 엔 지폐를 테이블 위에 놓고 일어섰다.

"지금까지 고마웠어. 안녕."

그녀의 모습이 멀어져 간다.

케이스케는 그저 그걸 보고 있었다.

하얀 목제 문을 연 아코가 케이스케 쪽을 돌아봤다.

저번에는 이름을 불러도 뒤돌아보지 않았던 아코가, 그를 보고 있다.

그 눈에 무언가 감정이 깃들어 있었는지, 멀어서 판별할 수 없었다.

다음 순간에 아코의 모습은 사라져 있었다.

머리의 회선이 뚝 끊긴 것처럼, 케이스케의 사고는 정지했다.

운명은 바꿀 수 없다. 그것이 텅 빈 상태의 케이스케가 낸 답이었다.

무엇을 어떻게 하건, 사랑의 힘이 얼마나 강하건, 몇 번 과거로 돌아가건, 이미 결정된 결말을 바꾸는 건 불가능하다. 그걸 이제야 안 거냐, 하고 어디선가 목소리가 들려온 듯한 느낌이 들었다. 무언가에게 비웃음을 사고 있는 듯한 감각도 들었다. 하지만 이제 모든 것이 아무래도 좋았다.

의식 밑바닥에 있는 마음이 무의식적으로 그렇게 시킨 것인지, 테이블 위로 떨구고 있던 시선이 빨려 들어가는 것처럼 위쪽으로 향했다. 시선 끝에 있었던 건 벽시계.

11시 32분.

타임리프했을 때의 시각이 떠올랐지만, 케이스케는 고개를 가로저었다.

그만 됐다. 이젠 지쳤어.

시선이 테이블 위에 놓여 있던 양손에 머물렀다. 소매가 밀려 오른손 손목의 상처가 보인다.

케이스케는 소매를 걷었다. 오른팔에는 커다란 상처 자국. 타임리프 함으로써 생긴 상처.

만약 세 번째 타임리프를 하면 다음은 어떤 상처를 입는걸까.

생각하려다가 금방 멈췄다.

무의미한 추측이다. 세 번째는 없으니까.

소매를 원래대로 되돌리려 했을 때, 케이스케의 뇌리에 어떤 광경이 플래시백 되었다.

아코가 오른손 손등에 생겼던 상처를, 문지르듯이 만지고 있다.

오늘, 아코는, 고개를 숙이고 그의 이야기를 듣고 있을 때, 왼손으로 오른손 손등을 문지르고 있었다. 그녀 자신이 이야기하고 있을 때도, 똑같이 하고 있었다.

딱히 별 이상할 것도 없는 광경으로 보인다. 하지만 어째서인지, 아코의 그 모습이 케이스케를 강하게 자극했다.

오른손의 그 상처는 분명 계단에서 넘어졌을 때 생긴 상처라고 했었다.

오른손의 상처를 문지르는 아코를 뇌리에 떠올리고 있었더니, 그 동작을 보는 건 이번이 처음이 아닌 듯한 느낌에 사로잡혔다.

저번 3월 26일을 떠올렸다. 아코는 이별 이야기를 할 때 오른손 손등을 문지르고 있었던 듯한 느낌이 든다. 분명하게 봤다고 말할 수 없는 게 답답했지만, 그때도 그녀는 테이블 위에 양손을 올려놓고, 오른손 손등을 문지르며 이야기하고 있었던 것 같다.

상처 자국을 만지며 이별 이야기를 한다.

아무것도 아닌 광경일 터인데, 마음에 걸렸다.

손등을 문지르며 이야기를 하는 버릇이 과연 그녀에게 있었는지 어떤지를 돌이켜봤다.

기억이 확실하다면 그런 버릇은 없었다는 답이 나온다.

그렇다면, 그녀는 이별 이야기를 할 때만 상처 자국을 문지르며 이야기를 하고 있었다는 말이 된다.

만약, 거기에 의미가 있다고 한다면…….

지나친 생각이라고 부정하는 목소리가 들려왔지만, 한 번 그런 방향으로 생각하기 시작하자 더는 멈출 수 없었다.

아코의 그 동작, 나아가서는 손등에 생긴 상처에 뭔가 비밀이 숨겨져 있는 것이라고 한다면 그걸 밝혀내야만 한다.

또 같은 결과가 기다리고 있을지도 모른다.

하지만 이렇게 눈앞에 줄이 드리워지면, 그 끝에 희망이 있는 것 아닐까 하고 믿어보고 싶은 마음이 생겨나고 만다. 결국, 아코를 완전히 포기하고 있지는 않은 것이다.

케이스케는 가게를 나와 교차로를 향해 뛰기 시작했다.

자신의 몸에 생겼던 상처가 떠오른다.

첫 번째는 손등. 두 번째는 오른팔 전체.

그러면, 세 번째는?

타임리프 발생 장소가 가까워짐에 따라 공포심은 극한까지 높아져 갔다. 과연 상처만으로 끝날 것인가 하는 마음도 들었다. 최악의 경우 몸 일부를 잃을 수도 있지 않을까. 손발이 떨리기 시작하는 걸 똑똑히 알 수 있었다.

하지만 뛰는 다리는 멈추지 않았다. 공포심보다도 아코

를 생각하는 마음이 더 앞섰다.

　이윽고 교차로가 보이기 시작했다.

　핑크색 스웨터를 입은 여자아이가 횡단보도를 건너기
시작했다—

제6장

진실

눈을 뜬 케이스케는 재빠르게 침대에서 내려와 TV를 켰다.

여성 아나운서가 신사 앞에서 중계를 하고 있다.

케이스케는 크게 숨을 내쉰 뒤, 옷을 걷어 상반신을 물끄러미 쳐다봤다.

오른팔의 상처는 사라져 있었다. 왼팔이나 배에는 새로운 상처는 생기지 않았다.

옷과 속옷을 전부 벗고 몸 구석구석을 살펴봤다.

어디에도 상처는 없었다. 몸 일부를 잃지도 않았다.

세 번째 타임리프에 성공했는데, 어째서 상처가 생기지 않은 것일까.

문득, 거기서 깨달았다. 아직 보지 않은 부분이 있다는 것을.

케이스케는 세면대로 가서 거울을 봤다.

그 순간, 경악했다.

오른쪽 눈의 위아래 5센티미터에, 날붙이로 벤 듯한 상처가 생겨나 있었다.

무심코 상처 자국을 손가락을 훑었다.

어느 정도 각오하고 있었다고는 해도, 이렇게까지 눈에 띄는 상처라면 충격은 꽤 컸다.

"이게 내 얼굴인가……."

무의식적으로 중얼거렸다.

하지만 금방 마음을 고쳐먹고, 어쩔 수 없다며 스스로에게 되뇌기로 했다. 눈에 띄는 상처 정도로 그쳐서 다행이라고 생각해야 하리라. 생각하면 끝이 없고 더욱 심한 상처를 입었을 가능성도 있으니까.

식탁 의자에 앉아 인스턴트커피를 마시며 이 세계에서 자신이 할 일을 생각했다.

아코의 오른손에 언제 상처가 생겼는지, 상세한 일시를 떠올리려 했지만, 분명하게 몇월 며칠이라고는 듣지 못했던 느낌이 든다. 상처에 관해 물어본 건 2월 12일 데이트 때였다. 그 질문에 아코는 분명, 저저번 주 퇴근길에 계단에서 넘어져서 생긴 상처라고 답했다. 그게 사실이라면 그 상처는 1월 30일 월요일부터 2월 3일 금요일까지의 사이에 생겼다는 말이 된다.

이번에는 탐정을 고용하지 않고 자신의 눈으로 확인하자고 결심했다.

이별의 이유를 찾을 수 있다는 확신이 있는 건 아니다. 아무것도 찾지 못할지도 모른다. 단지 무언가가 있든 없든 간에, 여기서부터는 자신의 눈으로 보는 게 중요하다고 생각했다.

아코와 약속한 시각이 다가오고 있다. 케이스케는 준비를 하고 집을 나섰다.

뭉친 눈덩이가 뺨에 닿는 느낌에 케이스케는 뒤돌아봤다.

꽃봉오리가 피는 듯이 환하게 웃던 아코의 표정이 순식간에 굳은 표정으로 변했다.

"케이스케, 그 상처 어떻게 된 거야?"

아코의 하얀 손가락이 뻗어와 케이스케의 얼굴에 생긴 상처를 만졌다.

"어제, 길에서 있는 힘껏 넘어져서 말이야. 편의점에 가는 도중에, 가끔은 뛰어볼까 하고 생각했던 게 문제였어. 넘어진 곳에 운 나쁘게도 뾰족한 돌이 있었거든. 그래서 이 꼴이야."

아코는 애처로운 표정으로 상처를 부드럽게 어루만지고 있다.

"눈은, 괜찮아?"

"응. 다행히 시력에는 문제없어. 그게 그나마 위안이야."

아코는 뭔가 대꾸를 하려던 것 같지만, 아무 말도 하지 않고 상처를 계속 어루만지고 있다.

"미안해. 남자친구가 이런 얼굴이라서야, 같이 걷기 힘들겠지."

"아냐. 그렇지 않아."

"수술로 없앨 수 있는 상처라면 좋겠는데. 다음에 알아볼까."

"케이스케가 그 상처를 지우고 싶다면, 나도 할 수 있는 건 최대한 할게."

"그때는 잘 부탁해."

아코의 표정에 조금 기운이 돌아오고, 케이스케의 오른팔에 안겨들었다.

케이스케는 아코의 오른손 손등에 시선을 향했다.

상처는, 아직 없다.

"아코……."

"왜에?"

"아니, 아무것도 아니야."

"아, 그런 식으로 말하려다가 그만두는 거, 엄청 신경 쓰이거든요."

"아니, 줄곧 이대로 함께 있을 수 있다면 좋겠다고 생각했어."

아코가 얼굴을 확 가까이 가져다 대고, 조그만 장난꾸러기 악마 같은 미소를 띠었다.

"케이스케, 그렇게나 내가 좋아?"

"좋아해. 가끔 미칠 것만 같은 느낌이 들 때가 있을 정도로."

"그렇게까지 나를 생각해 주고 있다니, 감격이야. —괜찮아. 우리는 언제까지나 함께이니까."

"정말로?"

"정말이야. 나는 거짓말을 안 하니까. 적어도, 케이스케한테는 말이지."

"……그래도, 가슴 사이즈는 거짓말을 하고 있지 않아?

E가 아니라, D맞지."

아코의 얼굴이 놀라움으로 가득 찼다.

"어? 어어? 어라? 어째서 그걸? 언제부터 알고 있었어?"

케이스케는 진심으로 즐거운 듯이 웃었다.

이런 식으로 계속 서로 웃고 싶다…… 그저 그것뿐인데…….

아코의 미행을 개시하기 일주일 전에 유급 휴가 신청을 냈다. 만약 일손이 부족하니까 휴가는 쓸 수 없다는 말을 들으면 회사를 그만둘 각오였지만, 문제없이 닷새간의 유급 휴가를 받을 수 있었다.

【1월 30일 월요일】

누군가를 미행하는 건 초등학생 때 이후로 처음이었다. 그때는 상대도 어린애였기에 들키지 않았지만, 어른을 미행하는 건 사정이 달랐다. 아코에게 들키지 않도록 하는 건 물론이고, 주위에도 수상한 사람이라고 여겨지지 않도록 해야만 한다. 케이스케에게 행운이었던 건 아코가 사는 맨션을 내다볼 수 있는 장소에 공원이 있었던 점이다. 7시 전에 도착해서는, 벤치에 앉아 커피를 마시고 스마트폰을 만지며 그때를 기다렸다. 문득, 센도도 여기서 그녀를 지켜보고 있었던 것일지도 모르겠다고 생각했다.

아코가 7시 20분에 감색 여성용 정장이라는 옷차림으로 맨션 계단을 내려왔다. 케이스케는 벤치에서 일어나 신중하게 미행하기 시작했다. 역 구내에 들어갔을 때 아코의 모습을 한 번 놓쳤지만, 어느 전철에 타는지는 알고 있기에 금방 따라잡았다. 얼굴이 보이는 것을 막기 위해 아코와는 다른 차량에 올라탔다.

흔들리는 전철에 몸을 맡기길 40분. 지옥철 상태인 차량에서 해방되어 역 승강장으로 나왔다. 계단을 올라가는 아코를 확인하고, 잰걸음으로 뒤를 쫓았다. 그대로 10분 정도 걸어 회사에 도착했다, 그녀가 일하는 회사 앞까지 오는 건 제법 오랜만이었다. 어딘가 시간을 때울 수 있는 장소는 없을까 싶어 케이스케는 주변을 둘러봤다. 하지만 보이는 범위에는 편의점 하나와 라면집 정도밖에 없다. 나머지는 오피스 빌딩뿐. 여기에 우두커니 서서 열 시간 이상이나 기다릴 수는 없는 노릇이기에 그 자리를 벗어나 음식점을 찾기로 했다.

조금 떨어진 곳에 카페나 패밀리 레스토랑이 몇 군데 있었기에 두 시간이 경과할 때마다 가게를 바꿔 시간을 때웠다. 점심 전에 한 번, 아코가 점심을 먹기 위해 밖으로 나오지 않을까 싶어 회사 앞에 있는 편의점에서 지켜보고 있었지만, 그녀의 모습을 확인할 수는 없었다.

아코가 퇴근하는 시간은 빠르면 6시, 늦으면 9시라는 정보를 가지고 있었기에, 케이스케는 5시 50분에 회사 앞 편의점에 들어가 아코를 지켜보기로 했다. 서서 잡지를 읽는 것에 시끄러운 편의점이라면 금방 점원에게 주의를 받겠지만, 이 가게는 딱히 그런 것도 없어서 케이스케 말고도 서서 잡지를 읽는 사람이 항상 세 명 이상 있었기에 형편이 좋았다.

주변은 완전히 어둠으로 뒤덮여 있다. 서서 잡지를 읽고 있는 케이스케의 얼굴이 유리창에 반사되어 바깥을 보기 힘들어졌다. 회사 앞 거리에는 가로등이 같은 간격으로 설치되어 있기에 빌딩에서 나온 사람을 식별하는 데는 충분했지만, 만에 하나 놓칠 우려도 있기에 밖으로 나와 지켜볼까 하고 생각했더니, 마침 아코가 나오는 게 보였다. 아코는 그대로 역 쪽으로 걸어갔다. 내일 이후로도 신세를 질지도 모르기에, 케이스케는 마실 것과 빵을 사서 편의점을 나왔다.

조금 뛰자, 아코의 뒷모습이 보이기 시작했다. 케이스케는 뛰는 걸 멈추고 주스를 마시며 미행을 계속했다. 당연히 이 위치에서는 오른손의 상처는 확인할 수 없다. 아직 상처가 없다면 괜찮지만.

가로등이 많은 거리를 빠져나간 순간, 어두운 길로 들어갔다.

아침 미행 때는 아무것도 느끼지 못했지만, 역으로 이어지는 이 폭 좁은 길은 남자인 케이스케가 봐도 조금 걷기 힘든 길이었다. 아코의 하이힐 소리가 오른쪽에 있는 벽에 반사되어 울리고 있다. 케이스케는 멈춰 서서 조금 거리를 두기로 했다. 기척을 느껴 뒤돌아보는 것도 곤란하지만, 이런 어두운 길에서 뒤쪽으로부터 발소리가 들려오면 무서울 거라는 생각이 들었기 때문이다. 어느 정도 거리가 벌어지자, 케이스케는 다시 걷기 시작했다.

역에 도착하여 개찰구를 빠져나갔다. 케이스케는 아코의 옆 차량에 올라탔다. 아코는 자리에 앉아 가방에서 소설을 꺼내 읽기 시작했다. 그제야 겨우 그녀의 오른손 손등을 볼 수 있었다.

상처가 없었다. 하얗고 깨끗한 피부 그대로다.

전철에서 내린 아코는 역 앞 편의점에 들른 뒤, 집 맨션으로 돌아갔다. 아코의 방 불빛이 켜진 것을 확인하고 케이스케는 발걸음을 되돌렸다.

다음 날인 화요일부터 목요일까지, 월요일과 똑같은 전개가 계속되었다. 아코는 매일 아침 같은 시간에 집을 나와, 같은 시간의 전철에 타고, 거의 같은 시간에 회사에 도착했다. 퇴근 시간에는 편차가 있었지만, 누구와도 식사하지 않고 편의점에 들른 뒤 귀가하는 나날. 그녀가 계단에서 넘어지는 모습은 볼 수 없었고, 멀리서 확인한 것이기는 하지만 아직 오른손 손등에 상처는 나지 않은 듯했다. 그리고 2월 3일 금요일을 맞이했다.

시각은 오후 일곱 시 반이 되어 있었다. 연일 계속된 장시간의 서서 읽기. 오늘은 한 시간 반 이상이나 잡지 매대 앞에 진을 치고 있다. 등에 느끼는 점원의 시선도 역시나 날카로워진 듯한 느낌이 들었다. 주의를 받기 전에 마실 것을 사서 가게를 나왔다.

빌딩과 빌딩 사이에 끼인 듯한 꼴로, 케이스케는 아코가 일하는 회사 빌딩에 시선을 향했다. 핫 커피를 마시며 왠지 모르게 과거를 돌이켜 보고 있었다. 뇌리에 떠오르

는 영상에 맥락은 없었다. 첫 번째 타임리프 직후의 광경
이나 아코에게서 두 번째로 헤어지자는 말을 들었을 때의
광경, 처음으로 아코와 스키장에 갔을 때의 추억 등 과거
의 다양한 정경이 떠올랐다.

영상이 과거의 2월 3일로 바뀌었다. 아코의 울먹이는
목소리가 되살아난다.

"어라……."

케이스케는 자기도 모르게 목소리를 내고 있었다.

그랬다. 2월 3일이라고 하면 과거에 세 번, 아코가 울면
서 전화를 걸어 왔던 날이다.

지금 이 순간까지 잊고 있었던 게 신기할 정도로, 오늘
밤에 아코가 울면서 전화를 건다는 사실이 무척 중요하게
생각되기 시작했다.

현재까지 판명된 것을 머릿속으로 정리했다.

맨 처음, 아코가 전화 너머에서 울고 있는 건 친척에게
불행한 일이 있었기 때문이라고 믿고 있었다. 하지만 저
번에 탐정한테 조사를 의뢰함으로써 그것이 거짓말임을
알았다. 그 뒤, 무거운 병에 걸렸을지도 모른다며 불안해
졌으니까 울면서 전화를 건 것이라는 답을 냈지만, 아코
에게 부정당하고 말았다. 결국, 어째서 아코가 그런 거짓

말을 했는지, 어째서 울면서 전화를 걸었는지, 양쪽 다 알지 못한 채다.

인제 와서 말해 봤자 늦은 것이지만, 센도에게 2월 3일의 아코도 미행해 달라고 말했어야만 했는지도 모른다. 생각해야만 하는 것이 너무나 많아서 그 사실에 미처 머리가 돌아가지 않았다.

생각하면 생각할수록, 오늘이라는 날이 무척 의미가 있는 날처럼 느껴졌다.

만약 오늘, 아코의 오른손에 상처가 난다고 한다면……울면서 그에게 전화를 거는 것과 관계가 있다고 한다면…… 계단에서 넘어져서 생긴 상처라는 것이 거짓말이었다면…… 오늘, 아코의 몸에 일어나는 일이라는건…….

검은 예감이 솟아나기 시작한 그때, 빌딩에서 아코가 나오는 게 보였다. 케이스케는 일정한 거리를 두고 아코의 뒤를 걸었다.

케이스케의 팔에 소름이 돋아 있었다. 양손도 떨리기 시작했다.

만약 아코가 케이스케에게 이별을 고한 이유와 오른손 상처가 연관되어 있다면…….

계단에서 넘어져서 생긴 상처라면 당연히 이별로는 이어지지 않는다. 하지만 다른 원인으로 오른손에 상처가 생겼다고 한다면…… 그게 이별로 이어져 있다고 한다면…….

하지만…… 상처가 그렇게 난다는 건…….

지금 머리에 떠오른 그 광경을, 케이스케는 떨쳐냈다.

설령 상상이라도 그런 아코의 모습을 떠올리고 싶지 않다.

아코가…… 그런…… 말도 안 된다…… 그런 일을 겪는다는 건…….

가로등이 많은 거리를 빠져나가, 폭이 좁은 어두운 길로 들어갔다.

아코의 하이힐 소리가 잘 울린다. 지금까지와 마찬가지로, 뒤쪽을 걷는 케이스케는 50미터 이상 거리를 두고 있다.

아무 일도 없이 무사히 귀가해 달라고 케이스케는 빌었다. 조금 전 뇌리에 떠오른 악몽이 현실이 될 바에야, 단서 따위 없어져도 좋다고 생각했다. 이별을 저지하는 것보다도, 아코가 무사한 것이 더 소중하다.

부디 이대로, 아무 일도 없이…….

아니, 지켜보기보다 지금 여기서 말을 걸까. 이곳에 있는 이유에 대한 설명 같은 건 어떻게든 된다. 자신이 아코 옆을 나란히 걷는 편이 안전하지 않을까.

전방에 역의 불빛이 보였을 때, 아코에게 말을 걸기 위해 케이스케는 빠른 발걸음으로 움직였다.

그러자 그때, 아코가 지나쳐 간 전봇대 그늘에서 검은 것이 튀어나온 것처럼 보였다. 자세히 보니, 그 검은 물체는 확실히 아코 바로 뒤에 있었다.

그것이 사람임을 알아차렸을 때는 이미 검은 그림자는 아코를 덮치고 있었고, 그대로 왼쪽으로 사라졌다.

한순간 시간이 멈춘 것 같은 착각을 느꼈다.

조금 전에 뇌리에 떠오른 악몽과 지금 본 광경이 겹쳤을 때, 그의 시간은 움직이기 시작했다.

"아코!"

케이스케는 뛰어나갔다.

설마 이런 일이 일어났었다니…… 이게 시작이었던 건가…… 두 사람의 이별로 이어지는 발단인 사건이 이것이었나…… 아코…….

아코의 모습이 사라진 장소에서 한 번 멈춰 섰다. 왼쪽에는 민가 외에 건설 중인 5층짜리 건물이 있었다. 케이스케는 밧줄을 넘어 부지 안으로 들어갔고, 주위를 둘러보며 귀를 기울였다.

건물 안에서 희미하게 소리가 들려왔다.

케이스케는 입구로 짐작되는 쪽으로 나아갔다. 문은 설치되어 있지 않았다. 그대로 안으로 들어갔다. 공사 도구 같은 것이 발에 걸려 넘어질 뻔했지만, 곧바로 자세를 바로잡고 안쪽으로 나아갔다.

통로를 빠져나와 넓은 공간으로 나왔을 때, 오른편 안쪽에 움직이는 그림자가 둘 보였다.

"아코한테서 떨어져!"

케이스케가 소리치자, 낮은 위치에서 움직이고 있던 그림자 중 하나가 기세 좋게 일어섰다.

"케, 케이스케?"

그 목소리는 아래쪽에 있는 그림자에서 들려왔다.

"그래. 나야. 이제 괜찮아."

일어선 남자가 뭔가 말을 내뱉은 것 같았지만, 알아들을 수 없었다.

이 녀석이 모든 일의 원흉이었던 것이다.

케이스케는 얼굴이 보이지 않는 그 남자를 노려봤다.

뿔뿔이 흩어져 있던 단편이 하나로 합쳐졌다. 아코의 몸에 무슨 일이 일어난 것인지, 그리고 어째서 이별을 결의한 것인지, 지금 모든 것을 이해했다.

과거의 세계에서 아코는 이 남자에게 강간당한 것이다. 오른손에 난 상처도 이 녀석한테 입은 것이리라. 케이스케에게 전화를 걸었을 때 울고 있던 것도, 그것이 원인이었다. 2월 4일과 5일의 데이트를 취소한 건 얼굴을 마주할 수 있는 정신상태가 아니었으니까. 다음에 만날 때까지의 2주 동안은 마음을 정리하기 위해 필요한 시간이었던 것이다. 그러고 나서 약 한 달, 분명 아코는 두 사람이 줄곧 함께 있을 수 있는 미래를 상상하고 있었을 터다. 그러나 헤어질 수밖에 없는 이유가 생기고 말았다. 그건 아마도, 임신이었으리라. 병원에서 임신 사실을 알게 된 아코가 그에게 이별을 고하기까지의 짧은 시간 동안 무엇을 느끼고, 생각했을지는 알 수 없다. 결과적으로 아코가 선택한 것은 이별이었다. 아코가 남자에게 강간당했다는 것을 알아도, 케이스케는 절대로 그녀를 저버리지 않았을 것이다. 그녀의 몸과 마음을 걱정할 뿐, 애정이 희미해지는 일은 없었으리라고 단언할 수 있다.

하지만, 아코는 그렇게 판단하지 않았다.

스스로 물러난 것이다. 케이스케를 생각해서.

3월 26일의 광경이 뇌리에 떠올랐다.

사실을 알게 된 지금, 떠나가는 아코의 뒷모습은 무척이나 슬퍼 보였다.

케이스케 안에서 분노가 끝없이 증폭되어 갔다.

이 세계의 아코는 구할 수 있었다.

하지만 과거 세 번의 세계에서, 아코는 이 남자에게 강간당하고 원치 않는 임신을 했다.

원수를 갚아주고 싶다는 마음이 커져 갔다.

자신의 손으로 이 남자를 죽여도 좋다.

지금 분명하게, 살의가 싹텄다.

무기가 될 물건은 없나…… 어둠 속에서 양팔을 움직였다.

왼손에 무언가가 닿았다.

남자에게서 시선을 돌리지 않고 그걸 붙잡았다.

끝부분에 달린 것을 바닥에 부딪쳤다. 소리로 판단하건대, 아무래도 삽인 듯했다.

어둠에 눈이 익숙해지고 있었다. 얼굴까지는 확인할 수 없지만, 남자는 모자를 쓰고 있다. 키 173센티미터인 케이스케보다도 조금 작아 보인다. 오른손에 뭔가를 들고 있는 걸 알 수 있다. 아마도 칼일 것이다.

케이스케는 삽을 들어 올리고 남자에게 한 걸음 다가갔다.

"케이스케, 조심해! 저 사람 칼을 가지고 있어!"

"그래. 위험하니까 아코는 구석에 붙어 있어."

남자가 조금씩 왼쪽으로 이동하고 있다.

도망치려 하고 있는 것인지, 그게 아니면 거리를 재고 있는 것인지는 판단할 수 없었다.

"도망치지 마라, 쓰레기 자식아. 죽여줄 테니까 이리 덤벼."

케이스케가 내뱉듯이 말하자, 남자의 움직임이 딱 멈췄다.

남자가 또 뭔가 말을 했지만, 주절주절 중얼거리는 듯한 소리였기에 알아들을 수가 없다.

케이스케는 조금씩, 남자와의 거리를 좁혀 갔다.

앞으로 조금만 더 가면 삽이 닿을 위치까지 접근했을 때, 갑자기 남자가 고함을 지르면서 돌진해 왔다.

생각하는 것보다도 빠르게, 몸은 반응하고 있었다.

케이스케는 양손으로 쥔 삽을 있는 힘껏 남자의 머리에 내리쳤다.

둔한 소리가 울려 퍼지고, 남자는 요란한 소리를 내며

뒤쪽으로 쓰러졌다.

케이스케는 남자 쪽에 섰다. 그리고 삽을 머리 위로 들어 올렸다.

살의는 가라앉지 않았다.

이런 인간은 죽어야만 한다는 목소리가 들려온다.

그래! 이 녀석은 죽어도 싼 인간이다!

사형이 된다면 교도소로 보내주겠지만, 그렇게는 되지 않을 것이다. 아코에 대한 강간도 이번에는 미수로 끝났다. 금방 교도소를 나올 게 분명하다. 과거에 아코를 강간한 죄는 케이스케의 손으로 청산되어야만 한다.

케이스케는 남자의 얼굴을 향해 삽 끝을 내리치려 했다.

그 순간,

"죽이면 안 돼!"

아코의 외침이 메아리쳤다.

아슬아슬한 데서, 케이스케는 팔을 멈췄다.

"케이스케, 그런 짓 하면 안 돼. 그런 인간이라도, 죽여서는 안 돼."

아코는 울고 있었다.

케이스케는 삽 끝부분을 남자의 얼굴 바로 앞에서 멈춘 채,

"그래도…… 이 녀석은, 아코를……."

"만약 죽여 버렸다간, 케이스케가 교도소에 들어가게 될 거야. 그런 건 싫어. 나는 그런 건 바라지 않아. 그런 녀석은 잊고, 내일도 모레도 즐겁게 데이트하자. 응?"

이 녀석을 죽여 버리면 아코와 헤어지게 되고 만다.

그래서는 뭘 위해 몇 번이나 타임리프 한 것인지 알 수 없어진다.

겨우 진실에 다다라 아코를 구할 수 있었다. 자신은 이 세계에서 아코와 언제까지나 함께 살아가는 거다.

그렇게 자각했을 때, 케이스케 안의 살의가 스륵 사라졌다.

삽을 내던지고 아코가 있는 곳으로 갔다.

케이스케는 쪼그려 앉아 아코의 어깨를 끌어안았다. 그녀는 떨고 있었다.

"다친 데는 없어?"

"응. 오른손 손등을 조금 베였지만, 괜찮아."

"무서운 일을 겪게 해서 미안. 더 빨리 아코한테 말을 걸었으면 좋았을 텐데."

"저기, 케이스케. 어째서 여기 있었던 거야?"

"일이 빨리 끝나서, 조금 놀래 주려는 생각에 회사 앞에서 기다리고 있었어. 잠깐 눈을 뗐더니 아코가 꽤 앞에서 걸어가는 게 보였어. 그래서 쫓아가고 있었더니, 저 남자가 아코를 끌고 들어가는 게 보인 거야."

"그랬구나. 나, 케이스케한테 아무리 고마워해도 모자라. 만약 케이스케가 구하러 와주지 않았다면, 난……."

"이제 끝났어. 생각하는 건 그만두자."

"응……."

케이스케는 스마트폰을 꺼내 경찰에 신고했다. 연인인 여성이 남자에게 강간당할 뻔하여 그녀를 구했다. 남자는 근처에서 쓰러져 있다. 그리고 지금 있는 장소의 주소를 전하고 전화를 끊었다.

"이걸로, 전부 끝난 거야."

아코를 구할 수 있었다는 안도감으로, 케이스케는 무의식적으로 중얼거리고 있었다.

"전부 끝나?"

"아, 아니, 경찰에 신고했으니까, 나머지는 저 녀석을 체포해서 끝이라는 말이었어."

"여러 가지로 사정 청취 받겠지?"

"나는 오래 질문 받을지도 모르지만, 아코의 경우엔 자세하게 묻는 건 내일이 되지 않을까. 정신적인 측면을 고려해서. 만약 길어질 것 같으면 내가 오늘은 빨리 돌아갈 수 있도록 말해 볼게."

"나 오늘은 계속 케이스케랑 같이 있고 싶어. 내일도, 모레도."

"아코가 원한다면, 언제까지든 옆에 있을게."

케이스케는 떨고 있는 아코의 몸을 강하게 끌어안았다.

순찰차 여러 대의 사이렌이 들려왔다. 점점 가까이 다가오고 있다.

"어라, 케이스케, 그 남자는?"

아코의 말에, 케이스케는 뒤를 돌아봤다.

남자의 자취가 사라져 있었다.

오싹했다.

칼을 든 남자가 어둠 속에서 이쪽을 살피고 있는 느낌이 들었다.

"아코, 벽 쪽으로 가."

아코를 일으켜 세워 벽 쪽에 붙게 했다. 케이스케는 등 뒤에 아코를 숨기는 모습으로, 주머니에서 스마트폰을 꺼내고는 촬영할 때 쓰는 플래시를 켰다.

하얀빛을 좌우로 향했다.

……남자의 모습은 어디에도 없었다. 조금 전까지 남자

가 쓰러져 있던 곳에, 은색으로 빛나는 칼이 떨어져 있었다.

"젠장! 그 녀석, 도망쳤어. 쫓아가서 찾아야 해."

달려 나가려 한 케이스케의 팔을 아코가 강하게 붙잡았다.

뒤돌아보니, 아코가 고개를 가로젓고 있었다.

"여기서부터는 경찰한테 맡기자. 케이스케의 몸에 무슨 일이 일어나면, 나 견딜 수 없어."

눈물을 흘리는 아코를 보고 케이스케는 그녀의 말에 따르기로 했다.

곧 몇 대의 순찰차가 건물 앞에 멈춰, 적색등으로 두 사람을 비췄다.

【3월 19일 일요일】

"정말로 감사합니다."

마지막 짐인 화장대 운반을 끝낸 이사 업자를 향해 케이스케와 아코는 감사의 말을 건넸다. 방 안에는 골판지 박스가 몇 단이나 쌓여 있다.

"미안해~, 짐이 많아서."

아코가 박스를 열면서 말했다.

"실제로 이렇게 보니 역시나 두 사람 몫의 짐을 두기엔 내 집은 좁네."

"나도 필요 없는 건 정리해야 하려나."

"뭐, 그래도 이 좁은 공간도 둘이서 산다는 느낌이 들어서 이건 이것대로 괜찮겠어."

"아~, 그러네. 역시나 케이스케. 좋은 말 하잖아."

과거 세 번의 세계에서는 결코 아코와 얼굴을 마주하지 않았던 오늘, 둘이서 이사 뒷정리를 하고 있었다. 이사라고 해도, 새로운 집으로 옮긴 것이 아니라 아코가 케이스케 집으로 이사 온 형세다.

그날, 괴한에게 습격당한 이후로 아코는 혼자 집에 있을 수 없게 됐다. 그래서 계속 케이스케 집에 살고 있었지만, 거주하지 않는 아코 집의 집세를 계속 내는 건 아깝다는 이야기가 나와 그러면 이참에 동거하자는 것으로 결론이 나서 조금 전에 아코의 짐을 전부 운반한 참이었다. 넓은 집으로 이사할까도 싶었지만, 당분간은 케이스케 집에서 동거 생활을 계속하게 될 것 같았다.

정리가 일단락되자, 아코가 앞치마 차림으로 부엌에 서서 요리를 만들기 시작했다. 행복해서 살이 찐다는 건 이런 것일까. 요 한 달 동안 케이스케의 몸무게는 3킬로그램이나 늘어났다. 아코가 손수 만든 요리가 너무 맛있어서, 몸무게 증가는 아직도 멈출 것 같지 않았다. 그 이야기를 그녀에게 했더니, 둘이서 다이어트 운동을 할 수 있으니까 마침 잘됐다는 말을 듣고 말았다.

또 체중이 늘어날 것 같은 요리가 테이블 위에 차려졌다. 손을 모아 잘 먹겠다는 인사를 한 뒤 먹기 시작했다.

즐겁게 이야기하며 먹는 아코의 얼굴에 그날의 그림자는 남아 있지 않다. 단지, 상처가 완전히 치유된 건 아니었다. 아코는 밤길을 혼자서 걸을 수 없게 되었고, 회사에서 돌아올 때는 반드시 택시를 타고 귀가하고 있었다. 그런 아코를 신경 써서, 케이스케도 가능한 한 빨리 집에 돌아오도록 힘쓰고 있었다.

아코가 분명히 그렇게 말한 건 아니지만, 그녀가 밤에 떨고 있는 이유 중 하나에는 그 남자가 아직 체포되지 않았다는 것도 연관되어 있다는 생각이 들었다. 그날, 경찰이 도착했을 때 케이스케는 곧바로 사정을 설명하고 수사를 요청했지만, 한 달 이상 지난 지금도 범인의 행방은 알 수 없었다.

케이스케는 몇 번이고 생각했다.

그 남자는 과연 아코를 노리고 그 장소에 숨어 기다리고 있었던 것일까. 아니면 여성이면 덮칠 대상은 누구라도 상관없었고, 아코가 어쩌다 그곳을 지나간 것뿐일까. 전자와 후자는 의미가 크게 달라지기 때문에, 그걸 아는 건 무척 중요했다.

하지만 아무리 고찰해도 그 남자의 목적이 어느 쪽인지는 알 수 없었다. 그걸 알 방도는 본인의 입에서 듣는 것 말고는 없을 것이다. 그래서 케이스케는 후회하고 있었다. 그 남자를 놓치고 만 것을. 좋지 못한 표현이 되어 버리기는 하지만, 그 남자의 목적이 여성이라면 강간할 상대는 누구라든 상관없었다는 것이라면 다소는 안심할 수 있다. 그 경우, 그 남자는 아코의 신원을 모른다고 생각할 수 있기에 아코를 노리고 있을 걱정을 하지 않아도 된다. 하지만 만약 그 남자의 목적이 아코를 덮치는 것이었다면, 그 녀석이 체포되기 전까지 한시라도 긴장을 늦출 수 없는 나날이 계속 이어지게 된다. 케이스케는 그 가능성도 생각해서 항상 주위에 신경을 쓰는 생활을 계속하고 있었다.

일단 현재로서는 수상한 사람을 주위에서 목격하는 일은 없었다. 이 이상 아코가 상처받을 일은 일어나지 않았으면 한다. 그것만을 바라고 있었다.

"오늘은 이대로 집에서 보내고, 다음 주 일요일은 어디에 놀러 갈래?"

아코가 그렇게 물어봤기에, 케이스케는 다음 주의 일을 의식했다.

다음 주 일요일은 3월 26일. 과거에 세 번이나 아코에게서 헤어지자는 말을 들었던 날.

하지만 이제 더 이상 그녀에게 차일 일은 없다. 그 원인을 제거했으니까.

긴 여정이었지만, 케이스케는 훌륭하게 운명을 바꾼 것이다.

문득, 일의 시작을 떠올렸다. 이렇게 운명을 바꿀 수 있었던 건, 과거에 돌아갈 수 있었던 덕분이다. 모든 건 타임리프에서부터 시작된 것이다.

뇌리에 핑크색 스웨터를 입은 여자아이가 떠올랐다.

……전부 끝났다고 생각했지만, 아직 남은 일이 있었다.

폭주 트럭으로부터 그 여자아이를 구해야 한다. 그 아이의 목숨을 구할 수 있는 건, 이 세계에 케이스케밖에 없다.

그 여자아이가 트럭에 치일 뻔할 때, 즉 타임리프가 발생하는 시각은 오전 11시 45분경. 그 시간을 넘어감으로써 완결되는 것이라고 생각했다. 반복되어 온 타임리프를 멈춤으로써, 새로운 세계에 발을 내디딜 수 있다. 구할 수 있는 생명을 구하고, 사랑하는 사람과 함께 새로운 세계로.

　"어디 가고 싶은 곳은 있어?"

　케이스케는 그렇게 되물었다.

　"으음~. 딱히 여기라 할 만한 곳은 없는데……."

　"그럼 따뜻한 바람을 쐬면서 드라이브라도 어때?"

　"오, 좋네. 찬성."

　"그럼 다음 주 일요일은 드라이브하는 걸로. 오전에 잠깐 할 일이 있으니까 바다가 보이는 카페에 들러도 될까?"

　"응. 괜찮아. 중요한 볼일이야?"

　"맞아. 무척 중요한 볼일."

【3월 26일 일요일】

　지난번과 지지난번, 불안 속에서 아침을 맞이했던 것과

는 달리 오늘은 무척 상쾌하게 눈을 뜬 아침이었다. 케이스케가 일어났을 때, 아코는 아직 옆에서 편안히 잠든 얼굴을 보여주고 있었다. 그녀의 얼굴에 걸려 있던 머리카락을 살며시 귀에 걸쳤다. 앞으로도 쭉, 이런 멋진 아침을 맞이할 수 있다고 생각하니 그것만으로도 마음은 가득 채워졌다.

전조 없이, 아코의 눈이 뜨였다.

직후에 시선이 교차했다.

"으응…… 케이스케……."

"좋은 아침이야."

"으응…… 케이스케도…… 앗, 잠깐만."

아코는 부끄러운 듯이 베개에 얼굴을 묻었다.

"계속 내 자는 얼굴 보고 있었어?"

"계속은 아니야. 10분 정도."

"아니, 그것도 길다구."

"가끔은 일찍 일어나는 것도 좋네."

"그렇게 물끄러미 보지 마. 부끄러워."

"귀여운 얼굴이야. 쭉 보고 있을 수 있어."

"다음부터는 이렇게 엎드려서 잘까나."

케이스케는 아코의 몸을 회전시켜 얼굴이 보이는 상태

로 만들었다.

"딱히 엎드려서 자도 상관없어. 내가 일어나면 이렇게 얼굴이 보이게 할 거니까."

"심술쟁이."

케이스케는 가볍게 뺨을 부풀린 아코의 입술에 키스했다. 아코의 표정이 미소로 바뀌고, 케이스케를 힘껏 끌어안았다.

바다가 보이는 카페에 도착한 건 오전 10시 반이었다.

이별을 저지할 수 있었다고 확신했을 때, 3월 26일이 되면 반드시 여기에 오고 싶다고 생각했다. 세 번이나 헤어지자는 말을 들었던 장소에서 미래의 이야기를 하면서 차를 마신다. 몇 번이고 괴로운 경험을 했던 그이기에 맛볼 수 있는, 멋진 정경이었다.

"역시 여기의 블루마운틴은 각별하네. 다른 가게에서 마시는 것보다도 확실히 맛있어."

과거 세 번의 3월 26일에서는 아이스티를 주문했던 아코였으나, 오늘은 블루마운틴을 마시고 있었다.

"커피콩을 그라인딩 하는 방법이 좋은 걸지도 모르겠네. 그것만으로도 차이가 나오는 것 같으니까 말이야."

"숙련된 기술인가. —그러고 보니 케이스케는 커피를 좋아하는데, 직접 원두를 사서 내려 마시진 않네?"

"내 혀는 커피라면 뭐든 맛있게 느끼니까, 그다지 구애받지는 않아. 너무 단 건 꺼려지는 정도일까. 가게에서 마시는 커피도, 집에서 마시는 인스턴트커피도 솔직히 구분이 가지 않는 게 사실이야."

"과연. 케이스케다워."

"……그건 칭찬하는 거야?"

"겉꾸미지 않는다는 점이 좋다는 의미야. '나는 고급 원두로 내린 커피밖에 안 마셔'라는 대사는 케이스케답지 않고 말이지."

케이스케는 웃으면서 말했다.

"아아, 그건 확실히 나한테는 어울리지 않는 대사네."

커피에 관한 대화가 끝나자, 아코가 화장실에 가고자 자리에서 일어났다.

벽시계에 시선을 향했다.

11시 5분.

매번 이 정도 시간에 아코가 헤어지자는 말을 꺼냈던가. 그러고 나서 10분 정도 지나 아코는 떠나간다. 이제 괜찮다는 걸 알고 있어도, 그때의 광경을 떠올리면 가슴이 욱

신거리며 아팠다.

아코가 돌아와 자리에 앉았다.

"있지, 드라이브 도중에 들렀으면 하는 곳이 있는데―."

아코의 이야기를 들으며 케이스케는 다른 생각을 하고 있었다.

자신이 타임리프 한 것을 아코에게 이야기할 것인가, 이야기하지 않을 것인가. 계속 망설이고 있었다.

대부분의 사람은 타임리프 같은 건 믿지 않는다. 케이스케를 신뢰해 주는 아코조차 아마도 믿어주지 않을 것이다.

하지만, 타임리프 했다는 증거를 보이면 믿어줄 터.

증거가 되는 것이 그 여자애였다.

'요 앞에 있는 교차로에서 11시 45분경에 빨간 신호를 무시하고 돌진해 오는 대형 트럭이 핑크색 스웨터를 입은 다섯 살 정도 되는 여자아이를 치려고 한다. 그러니 나는 이제부터 그 애를 구할 것이다.'

지금 여기서 그렇게 말하고, 실제로 그 현장을 보여주면 아코는 그가 타임리프 했다는 것을 믿을지도 모른다.

딱히 털어놓아야만 하는 사정이 있는 건 아니고, 숨기고 있는 걸 참지 못하는 성격인 것도 아니다. 단지, 만약 타임리프의 비밀을 이야기한다면 그 기회는 단 한 번, 이때 밖에 없었다. 그래서 망설이고 있었다.

아코와 대화를 하며, 어느 쪽을 선택하는 것이 최선인지를 계속 생각했다.

시계의 바늘이 머잖아 11시 15분을 가리키려고 했을 무렵, 케이스케는 답을 정했다.

타임리프에 관한 것은 평생 비밀로 해두자.

아직 아코의 상처는 완전히 낫지 않았다. 이 상황에서 정신을 불안정하게 만드는 이야기는 그다지 하지 않는 게 좋다는 결론에 이르렀다.

그렇게 되면, 아코를 타임리프가 발생하는 장소로 데리고 갈 수는 없다.

"어라, 그러고 보니 케이스케, 오늘은 드라이브하기 전에 뭔가 볼일이 있다고 하지 않았어?"

"그거 말인데, 조금 기다려 주지 않겠어? 50분쯤에는 돌아올 테니까."

"나야 괜찮지만…… 30분 이상이나 뭘 하는 거야?"

"이 근처에 친구가 살고 있는데, 걔 말고 또 다른 친구 결혼식 일로 조금 이야기하고 싶은 게 있어. 결혼식 피로연에 관한 이야기인데 말이지. 그 녀석이 많이 바빠서 오늘 정도밖에 만날 시간이 없거든."

여자애가 폭주 트럭에 치일 뻔하게 되는 건 45분쯤이지만, 만일을 위해 20분 이상 빨리 현장에 가기로 했다. 아무런 근거도 없고, 뭔가 신경 쓰이는 일을 체험한 것도 아니지만, 케이스케가 운명을 바꾼 영향이 나와 여자애가 지금까지보다도 빨리 횡단보도를 건널 가능성도 있지 않을까 하고 생각한 결과였다. 아마 괜찮겠지만, 목숨이 걸려 있다. 사소한 것까지 충분히 주의를 기울여 두고 싶었다.

"알았어. 그럼 난 차에서 기다려도 돼?"

"괜찮아."

케이스케는 아코에게 자동차 키를 건넸다.

"계산은 마쳐 둘 테니까, 케이스케는 친구한테 가."

"그래, 고마워. 그럼 잘 부탁할게."

"나중에 들려줘."

"어?"

"피로연에서 뭘 할까 하는 이야기. 결혼식에는 나도 흥미가 있으니까 말이야."

아코의 눈은 반짝반짝 빛나고 있다.

그러고 보니, 지지난번 세계에서는 두 달 뒤인 5월에 아코한테 프러포즈를 하려고 결심했었다. 이 세계에서, 그걸 실행에 옮기자.

"친구 이야기도 좋지만, 나중에 우리의 장래에 관해서도 이야기를 나눌까."

"우리의, 장래……."

그렇게 중얼거린 아코의 눈동자 속 반짝임이 한층 강해진 느낌이 들었다.

케이스케는 자리에서 일어나 싱긋 웃고는,

"그럼, 나중에 보자."

하고 말하며 걷기 시작했다.

가게를 나설 때, 한 번 뒤돌아보니 아코가 미소를 띠고 손을 흔들고 있었다. 케이스케도 손을 흔들어 주고 밖으로 나왔다.

자, 그럼 그 여자애를 어떻게 구한다. 그 애가 횡단보도를 건너지 못하게 하는 게 제일 확실한 방법이지만, 그렇게 되면 말을 걸 필요성이 생긴다. 수상한 사람이라고 여겨지지 않을까. 그 애의 부모님은 주위엔 없었을 터이지만, 예를 들어 그 애가 방범 버저를 가지고 있고, 말을 건 케이스케를 수상한 사람이라고 간주하면 버저를 울릴지도 모른다. 말도 안 되는 이야기는 아니었다. 아이의 목숨이 걸려 있으니까 그런 걱정을 하는 건 도량이 작은 일일지도 모르지만, 이 세계에서 살아가게 되었으니 가급적 원만하게 끝내고 싶었다. 다음으로 머리에 떠오른 구출 방법은, 그 애가 횡단보도를 건너기 시작했을 때—.

뒤쪽에서 엄청난 충격음이 났다.

직후, 여러 명의 비명이 울렸다.

케이스케는 뒤돌아봤다.

바다가 보이는 카페 입구에 조금 전에는 없었던 커다란 물체가 있었다.

주위에 있는 사람들이 비명을 지르며 달려가고 있다. 가게 안에서도 속속 사람들이 나오고 있었다.

케이스케는 무의식적으로 뛰고 있었다.

가까이 다가감에 따라 그 커다란 물체가 무엇인지 알게 됐다.

그건 가게 위에 걸려 있던 거대한 간판이었다.

그게 위에서 떨어진 것이다.

"여자가 밑에 깔렸어!"

누군가가 외쳤다.

"빨리 구해야 해!"

누군가가 소리쳤다.

가게 앞으로 돌아간 케이스케는 인파 속에서 아코의 모습을 확인하려 했다.

……없었다. 어디에도 아코의 모습은 보이지 않았다.

"아코!"

이름을 불렀지만, 대답은 없다.

설마 그런…… 말도 안 돼…….

케이스케는 간판을 잡고,

"도와줘!"

라고 있는 힘껏 외쳤다.

수많은 사람들과 같이 간판을 들어 올렸다.

……머리에서 피를 흘리고 있는 아코가, 거기에 있었다.

이곳저곳에서 비명이 일어나는 와중에, 케이스케는 간판 밑으로 들어가 아코의 몸을 만졌다.

아코는 꿈쩍도 하지 않는다. 맥박은 완전히 멈춰 있었다.

케이스케는 머리를 감싸고 절규했다.

아코가 죽고 말았다…….

어째서?

설마…… 운명을 바꿨기 때문에 아코는 죽은 건가?

그걸 부정할 수 없었다. 도저히 이게 우연한 사고라고는 생각되지 않았다.

구급차의 사이렌이 들려왔을 때, 케이스케는 일어나서 달리기 시작했다.

아직 끝이 아니다.

타임리프한 뒤, 뭘 하면 좋을지 전혀 알 수 없었다. 돌아가도 승산이 없는 것 아닐까 하는 마음도 생겨나 있었다.

그렇더라도 이 세계에 남을 수는 없다. 아코가 없는 세계에서 살아간들, 무슨 의미가 있다는 것인가.

이윽고 핑크색 스웨터를 입은 여자아이가

나타났다―

제7장

안녕, 사랑하는 사람

아코의 목소리를 듣고 싶다. 눈을 뜬 케이스케가 가장 먼저 한 생각이다.

스마트폰을 손에 들고 아코에게 전화를 걸었다.

신호음이 세 번, 네 번 이어졌지만 아코는 받지 않는다. 아직 자고 있는 것일까.

머리에서 피를 흘리며 꿈쩍도 하지 않는 아코의 모습이 뇌리에 떠올랐다.

이 세계의 운명은 아직 바꾸지 않았다. 그러니 아코는 평범하게 살아있을 터다.

부탁이야, 아코. 받아줘……

일곱 번째 신호음이 울리고 있을 때, 전화가 연결됐다.

"아코!"

케이스케가 이름을 외치자,

"으으응…… 어어, 왜 그래, 케이스케?"

막 잠에서 깬 아코의 목소리가 들려왔다.

"아코, 거기에 있지?"

"거기라니, 어디? 지금 침대 위야."

"거기에 있다면 됐어. 아코……."

"후아암, 무슨 일이야아, 아침부터 엄청나게 기운 넘치네에."

케이스케의 눈에서 눈물이 흐르기 시작했다.

다행이다…… 아코…… 정말로 다행이야…….

"아코, 깨워서 미안. 목소리를 좀 듣고 싶어져서 전화 걸었어."

"그렇구나아, 미안해애, 막 일어나서 칠칠치 못한 목소리라아."

"아냐, 목소리를 들을 수 있어서 다행이야. 그럼, 일단 끊을게. 나중에 보자."

"응. 나중에 봐아."

조금 전에 체험한 일을 다시 한번 생각해 봤다. 아코의 죽음은 필연이었던 것인가, 아니면 우연이었던 것인가.

어떤 각도에서 고찰해도, 그런 식의 죽음이 우연이라고

는 생각되지 않았다. 그런 거대한 간판이 쉽게 떨어질 리가 없고, 아코가 가게를 나온 순간에 마침 직격하다니, 인간의 지혜를 넘어선 힘이 간섭하고 있다고 보는 게 자연스럽다.

하나 더, 아코의 죽음이 필연이었다고 생각되는 것이 있었다.

그건 아코가 죽은 시각이다.

11시 15분경이라는 시간은 과거 세 번에 걸쳐 아코가 케이스케 앞에서 모습을 감춘 시간과 같았다.

그 사실에는 강한 메시지성이 있다고 생각했다.

케이스케는 일어서서 부엌에 가 물을 끓여 인스턴트커피를 탔다. 선 자세로 마시며, 자신이 이 세계에서 무엇을할 수 있을지를 생각했다.

운명을 바꾼 것이 원인이 되어 아코가 죽고 말았다고 한다면, 그건 즉 아코가 죽지 않도록 하려면 그녀가 괴한에게 덮쳐지는 것을 가만히 보고 있어야 한다는 말이 된다.

케이스케는 주먹을 꽉 쥐고 테이블을 강하게 내리쳤다.

웃기지 말라고. 그런 짓은 절대로 할 수 없다. 사랑하는사람이 울면서 도움을 요청하는 것을 무시한다니, 그런게 가능할 리가 없다.

하지만 괴한에게서 아코를 구하면, 그녀는 죽고 만다.

케이스케는 아랫입술을 깨물었다.

아코를 괴한에서 구하면서도 죽지 않도록 하는 방법이 과연 있을까.

사람의 힘이 미치지 않는 운명이라는 거대한 존재를 앞에 두고 무력감에 휩싸일 것 같았지만, 반드시 아코를 구할 방법이 있을 거라며 스스로를 떨쳐 일으켰다. 어쨌든 생각하는 게 중요하다. 무리한 방법이라고 생각되어도, 여러 가지를 고려해 봄으로써 거기서 좋은 아이디어가 파생될지도 모른다.

우선 《기한》에 관해서 생각했다.

케이스케가 운명을 바꿨을 경우 아코는 계속해서 죽음의 위험에 노출되는 게 아니라, 2017년 3월 26일 오전 11시 15분 전후까지가 죽음의 기한이 되어 있는 게 아닐까. 아코가 그에게 이별을 고하고 사라지는 시간과 아코가 죽은 시간이 거의 같았던 것이 그 근거다.

양쪽 모두에 공통된 것은 이별이다. 그러니 그 시간을 넘겨도 아코가 살아있다면, 운명은 더 이상 그녀를 죽이려 하지 않는 것 아닐까. 낙관적인 가설일지도 모르지만, 희망이 없다면 앞으로 나아갈 수 없다. 그러니 그런 전제로 사고를 진행시켜 나갔다.

케이스케가 아코를 괴한에게서 구했을 경우, 운명은 3월 26일 오전 11시 15분 전후에 아코를 죽이려 할 것이다. 이 추리가 옳다고 한다면, 그 시간에 아코를 어딘가 안전한 장소로 피난시킬 수 없을까. 위에서 물건이 떨어지지 않는 장소. 차에 치이지 않는 장소. 무차별 살인마에게 습격당하지 않는 장소. 그러한 외부에서의 공격을 받지 않는 안전한 장소에 몸을 의탁할 수 있다면, 아코는 살 수 있지 않을까.

아니, 하지만…….

숙고한 끝에, 이 방법으로는 아코를 구할 수 없다는 답이 나왔다.

분명 운명은 이 세계에 있는 어떤 것이라도 조종할 수 있을 터다. 건물 안이라면 가스 폭발이라도 일으킬 수 있을 테고, 화기가 없다면 그 건물 자체를 붕괴시키는 것도 가능할 터다. 어쩌면 아코의 심장을 갑자기 멈추는 것 역시 가능할지도 모른다. 뭐든 가능하다. 그렇게 생각하면, 이 세계에 안전한 장소 따위 없다는 말이 된다.

그러면, 달리 어떤 유효한 수단이 있을까.

케이스케는 온갖 각도에서 돌파구를 찾으려 했다.

하지만 좀처럼 이렇다 할 만한 방법이 떠오르지 않았다.

애초부터 조각이 부족한 퍼즐을 맞추고 있는 듯한 기분이 들었지만, 마음이 약해질 때마다 아코를 떠올리며 사고를 계속해 나갔다.

아코가 습격당한 날은 2월 3일이라는 것을 알고 있다. 그 남자가 숨어서 기다리는 장소도 알고 있다. 그걸 유리하게 이용할 수 있지 않을까. 아코가 덮쳐지기 전에 남자를 쓰러뜨린다…… 혹은 수상한 사람이 있다고 경찰에 신고하여 조사토록 한다…….

안 된다. 저번에 케이스케가 취한 행동과 크게 다를 바가 없다.

침착해라, 냉정해지라며 자신에게 되뇌면서 보다 깊이 생각해 나갔다.

운명을 바꾸면 아코는 죽고 만다. 운명을 바꾸지 않으면 아코는 죽지 않지만, 남자에게 강간당하여 임신하고 만다.

이 두 문언을 몇 번이고 몇 번이고 수도 없이 머릿속에서 주문처럼 계속 외웠다.

그 방식에 특별히 의미가 있었던 건 아니다. 그저 반복하여 외움으로써 뇌를 자극하여 단단한 문을 조금이라도 열 수 있다면 좋겠다고 생각한 것이다.

그리고 어느 순간에, 케이스케는 그 생각에 다다랐다.

운명을 바꿨으니까 아코는 죽고 말았다. 그런 결론을 냈다.

그건 틀리지는 않았을 것이다.

하지만 엄밀하게는, 케이스케가 운명을 바꾼 부분은 두 군데가 있었다.

하나는 아코가 남자에게 강간당하는 운명. 다른 하나는, 두 사람이 헤어지는 운명.

평범하게 생각하면, 그 둘은 이어져 있는 것처럼 보인다. 아코를 괴한에게서 구한 시점에서 두 사람이 헤어질 터였던 운명도 변경되는 것이니까.

여기서 관점을 확 바꿔봤다. 예를 들어 아코가 괴한에게 습격당하기 전에, 케이스케 쪽에서 이별을 고하면 어떻게 될까? 혹은 아코를 괴한에게서 구한 뒤 케이스케 쪽에서 이별을 고하면, 아코는 죽지 않고 그칠까?

만약 《운명의 핵》이 되는 것이 《두 사람의 이별》만이라고 한다면, 괴한에게서 아코를 지키는 것 자체는 운명의 역린을 건드리지 않는 것 아닐까.

몇 번이고 검증할 수 있다면 분명 답에 가까워질 수 있겠지만, 이 이상 타임리프를 반복하게 되면—.

"아!"

케이스케는 황급히 일어서서 옷을 벗었다.

목부터 밑에는 상처가 나 있지 않았다.

……그렇다는 건, 또 얼굴의 상처인가.

케이스케는 속옷 차림 그대로 세면대로 향했다.

얼굴을 가리지 않으면 밖에 나갈 수 없을 정도의 상처가 생겨나 있을지도 모른다.

케이스케는 심호흡을 하고 거울 앞에 섰다.

"……어라?"

오른쪽 눈 위아래 5센티미터에 걸쳐 생겼던 상처는 사라지고 없었다. 새로운 상처 역시 어디에도 나지 않았고, 원래의 깨끗한 얼굴로 돌아가 있었다.

이건 어떻게 된 거지. 타임리프 할 때마다 몸에 상처가 났던 건 틀림없다. 횟수를 거듭할 때마다 상처는 심해져 갔다. 그런데도, 네 번째 타임리프를 한 지금, 상처는 어디에도 없다. 이건 어떻게 해석하면 좋은 걸까.

그러자 그때, 집 전화가 울렸다.

과거엔 이날에 집 전화가 울린 적은 없었다.

안 좋은 예감이 전신을 타고 내달렸다.

케이스케는 잰걸음으로 거실에 돌아가 수화기를 들었다.

"아, 케이스케니?"

어머니의 목소리였다.

"아, 응. 어머니. 무슨 일이에요?"

"조금 전에 네 아버지가 차에 치이셨어. 곧바로 달려갔지만, 말을 걸어도 전혀 반응이 없어서. 지금 병원에서 걸고 있는데, 아버지는 머리 수술을 받고 계셔. 저기, 오늘 돌아올 수 있겠니?"

케이스케의 전신에서 핏기가 확 가셨다.

순식간에 이해했다.

이건 네 번째 타임리프의 대가임을.

자기 때문에, 아버지가 목숨과 이어지는 부상을 입고 말았다.

"어머니, 괜찮아요? 마음 단단히 다잡고 계세요."

"그래……."

"신칸센 타고 돌아갈게요. 지금부터 역에 갈 테니, 표 사면 또 전화 드릴게요."

"그래, 부탁해."

수화기를 내려놓은 뒤, 스마트폰을 손에 들어 아코에게 전화를 걸었다.

아버지가 교통사고를 당해 중태이기에 본가로 돌아가야

만 한다고 이야기하고, 그전에 만나고 싶다고 전했다. 그런 모습의 아코를 본 뒤다. 건강한 그녀를 두 눈으로 봐두고 싶었다.

택시를 타고 아코네 집 맨션 앞까지 갔다. 그녀는 밖에서 기다려 주고 있었다. 움직이는 모습을 보고 안도했다. 케이스케는 운전사에게 조금만 기다려 달라고 말한 뒤, 택시에서 내렸다.

"케이스케, 아버님 괜찮으셔?"

"지금은 머리 수술을 받고 있다고 들었어."

"그런……."

"언제 돌아올 수 있을지 몰라. 미안."

"내 신경은 쓰지 않아도 돼. 아버님 곁에 있어 드려."

"그래. ─아코."

"왜?"

"아니, 아무것도 아니야. 그럼 갔다 올게. 진정되면 전화할 테니까."

"조심해."

다시 택시를 타고 역으로 향했다.

창구에서 표를 사고 신칸센에 올라탔다. 앉을 수 있는

자리가 없었기에 통로에 계속 서 있기로 했다.

흘러가는 풍경을 바라보며 케이스케는 하늘에 빌었다.

부디 아버지의 목숨을 구해주길 바란다고. 타임리프는 이번을 마지막으로 할 테니, 부디 아버지를 무사히 돌려보내 주었으면 한다.

그 말은 본심이었다. 케이스케는 이 세계에서 결판을 짓겠다고 결심했다.

이유는 간단하다.

과거 세 번, 타임리프의 대가는 자신이 상처를 입는 것만으로 끝났다. 충격을 받기는 해도, 견딜 수 있다. 하지만 그 대가가 케이스케가 아닌 다른 사람에게 향한다면 이야기는 별개다. 아코와 비교해서 어느 쪽이 소중한가 하는 문제가 아니다. 자신의 행동 때문에 누군가가 다치는 건 도저히 견딜 수 없는 일이다. 최종적으로 아버지가 어떻게 될지는 알 수 없지만, 가령 다섯 번째 타임리프를 하면 더욱 처참한 결과가 되리라는 건 명백했다. 그래서 케이스케는 이 세계에서 끝을 내겠다고 결심했다.

가설을 검증하는 건 불가능하다. 그렇다면 아코를 구할 가능성이 가장 높다고 생각되는 방법을 선택할 수밖에 없다.

케이스케의 이상은 아코와 헤어지지 않고 줄곧 함께 있는 것. 그것만을 목표로 삼아 지금까지 행동해 왔다. 그녀를 향한 마음을 끊어내는 데는 상당한 각오가 필요하다.

하지만 아코가 죽는 모습을 보고 만 지금, 무엇보다도 우선해야만 하는 건 그녀를 지키는 것이라는 쪽으로 의식이 굳어져 있었다. 아코의 존엄과 목숨을 지켜줄 수 있는 건 이 세계에 케이스케밖에 없는 것이다.

망설이는 것조차 허락되지 않을 정도로, 남겨진 시간은 적다.

그렇게 되면, 달성하기 어려울 거라 생각되는 소망은 배제해야만 했다.

케이스케는 지금 이 순간, 아코를 향한 미련을 끊었다.

이제부터는 어떻게 하면 그녀를 구할 수 있을지에 전념하여, 더욱 깊이 생각해 나갔다.

조금 전에 집에서 생각한, 케이스케 쪽에서 이별을 고한다는 방법.

유효할 것 같은 느낌도 들지만, 반면에 미적지근한 느낌도 든다. 확신을 가질 수 있을 정도의 수단은 아니라는 것이 솔직한 생각이었다.

헤어지는 것 자체는 쉽다. 하지만 다시 이어질 가능성을 조금이라도 남기는 식으로 헤어진다면, 아마도 3월 26일에 아코는 죽고 만다. 운명을 속이는 것은 절대로 불가능하다. 그러니 운명이 봤을 때 이 두 사람은 두 번 다시 연인 사이가 될 일은 없을 것이라고, 그렇게 판단하게 될 만한 이별을 해야만 한다. 바꿔서는 안 되는 운명이 두 사람의 이별이라면, 이 생각이 정답일 터다. 케이스케한테는 자신이 있었다.

하지만 과연 그런 방법이 있을까. 누가 보더라도 케이스케와 아코가 다시 합쳐지는 일은 절대로 없으리라는 생각이 드는 이별법이.

창밖으로 바다가 보였다. 차가운 하늘에 떠오르는 태양이 덧없는 느낌으로 바다를 빛내고 있다.

문득, 아코가 죽은 모습이 플래시백 되었다.

동시에, 그 생각에 이르렀다.

있었다. 누가 보더라도 두 사람이 재차 만나는 일은 두 번 다시 없으리라고 생각하게 만들 수 있는 이별이.

사별이라면, 운명을 납득시킬 수 있지 않을까.

지금까지 떠오른 방법 중에서는 이게 가장 아코를 구할 수 있는 가능성이 높은 느낌이 들었다.

그의 목숨을 희생함으로써, 아코를 구한다…….

그 수단은 위화감 없이 케이스케 안에 녹아 들어가 있었다.

죽음을 의식해도 신기하게 공포심은 없었다. 어떻게 해도 아코와 함께 있을 수 없다면 죽어도 상관없다는 부정적인 마음이 공포심을 희석하고 있다는 점도 부정할 수 없었지만, 무엇보다도 아코를 지키고 싶다는 마음이 웃돌고 있었다.

실패는 용납되지 않는다.

계획을 면밀하게 다듬기 위해 케이스케는 생각에 잠겨갔다―.

【2월 2일 목요일】

회사 빌딩에서 아코가 나오는 게 보였다. 이쪽을 향해 걸어온다. 가로등 밑에 서 있는 케이스케와 시선이 교차하자, 아코는 조금 놀란 표정을 지어 보였다.

"어라, 케이스케. 어쩐 일이야?"

케이스케는 가볍게 손을 들고는,

"일이 빨리 끝났으니까 같이 저녁이라도 먹을까 해서."

"그랬구나. 한순간 쏙 빼닮은 다른 사람인 줄 알고 깜짝 놀랐어. 메시지 보내줬다면 좋았을 텐데."

"놀라게 해줄까 싶어서 말이지."

"놀라게 하는 건 내 전매특허니까, 케이스케는 따라하면 안 된다구."

"배는 고파?"

아코는 배를 문지르면서,

"그거야, 응."

"자주 갔던 곳일지도 모르지만, 요 근처에 좋은 레스토랑을 찾았으니까 지금부터 가자."

"사주는 거야?"

"저번 달 월급은 아직 남았으니까, 원하는 만큼 먹어도 돼."

"야호~."

아코는 손뼉을 짝짝 친 뒤 케이스케의 팔에 안겨들었다.

"회사 사람이 보고 있을지도 몰라."

"그래도 상관없어~."

그 후 10분 정도 걸어서 목적지인 가게에 도착했다.

아코가 가게 외관을 찬찬히 바라보면서,

"잠깐만, 케이스케. 여기 비싼 가게인데?"

"응. 본격 이탈리안 레스토랑이야. 자주 왔었어?"

"설마."

"다행이네. 그럼 들어가자."

조금 긴장한 표정인 아코와 팔짱을 끼고 가게에 들어갔다. 예약했던 미카미라고 이름을 대자, 웨이터가 자리로 안내해 주었다. 자리에 앉자, 두 사람에게 메뉴판이 건네졌다.

곧바로 아코가 얼굴을 가까이 대고,

"잠깐, 케이스케. 이 메뉴판 가격 안 적혀 있어."

"괜찮아, 그걸로. 봐, 내 쪽에는 가격 적혀있으니까."

케이스케는 그렇게 말하고 자신의 메뉴판을 보여줬다.

"아, 진짜다."

"이런 부류의 고급 레스토랑은 커플로 가게에 왔을 경우, 남자 쪽 메뉴에만 가격이 적혀 있다는 걸 인터넷에서 봤어. 사실이었네. 그러니까 신경 쓰지 않아도 돼."

"……아니, 그렇지만 전부 다 비싼걸."

"데이트할 때마다 매번 여기서 식사했다가는 나도 저금이 사라져 버리겠지만, 가끔이라면 괜찮아. 그 왜, 요새 데이트할 때 전혀 돈을 쓰지 않았으니까 솔직히 말해서 돈은 꽤 여유가 있어."

아코는 웃고서는,

"그래? 그럼, 호의에 기대볼까나."

"얼마든지. 사양 마."

각자 선호하는 요리를 고르고, 웨이터를 불러 주문했다. 애피타이저가 나오기 전에 샴페인을 가지고 와 달라고 부탁했다.

"아아, 이런 세련된 가게에 올 걸 알고 있었다면 좀 더 예쁜 차림을 하고 왔을 텐데."

아코는 주위 손님들을 본 뒤, 자신의 옷을 보며 말했다.

"정장 차림 아코는 충분히 아름다워. 게다가 이 가게 안에서 아코가 제일 미인이야."

케이스케는 진지한 얼굴로 그렇게 말했다.

아코는 조금 쑥스러운 표정이 되어서는,

"뭔가, 오늘의 케이스케는 평소랑 다르네."

"어떤 느낌으로?"

"으음~, 평소보다 침착한 느낌이 들어. 어른 남성이라는 느낌."

케이스케는 싱긋 웃으면서,

"그래서야 마치 내가 평소에는 어린애 같다는 말처럼 들리는데."

"아니, 그런 건 아니지만 말이야. —무슨 일 있었어?"

"아니. 딱히 별일 없어. 이런 고급 레스토랑 안에 있으니까, 자연스럽게 마음이 긴장된 걸지도 몰라."

"그렇구나."

웨이터가 샴페인을 가지고 왔다. 서로 가볍게 잔을 맞추고, 입을 댔다.

아코가 작은 목소리로,

"당연하지만, 요 근처의 가게에서 파는 샴페인하고는 맛이 전혀 다르네. 무척 맛있어."

"정말이다. 이건 맛있어."

샴페인을 반쯤 마신 뒤, 케이스케는 정장 주머니에서 포장된 상자를 꺼냈다.

"자. 아코한테 선물."

케이스케가 내민 선물을, 아코는 기쁜 듯이 양손으로 받아 들었다.

"어? 괜찮아?"

"뭐가 들어있을지는, 돌아간 뒤의 즐거움으로 남겨 둬."

"기뻐. 고마워."

아코는 정말로 기쁜 듯이 빨간 리본으로 묶인 상자를 보고 있다.

"하지만 오늘, 아무 기념일도 아니지?"

"연인의 생일이나 기념일 말고도, 선물은 해도 괜찮잖아?"

"응. 그건 내 입장에서는 무척 기쁘지만 말이야. —고마워. 소중히 할게. 다음에 나도 뭔가 선물해야겠네."

아냐, 라고 말하려다가,

"그래. 기대하고 있을게."

라고 고쳐 말했다.

애피타이저가 왔기에 맛을 음미하면서 먹었다.

무척 맛있는 요리였지만, 맛이나 가게의 분위기 같은 것은 솔직히 말해 상관없었다. 눈앞에 있는 아코가 즐겨 준다면 충분하다. 밝은 표정을 짓고 있는 그녀를 눈에 새겨두고 싶다. 케이스케의 바람은 그것뿐이었다.

"아, 참. 다음에 만났을 때 말하려고 생각했었는데."

아코가 그렇게 말했다.

"뭘?"

"산꼭대기의 공원이 철거된대. 들어갈 수 있는 건 3월 말까지인 것 같아. 대신에 요양 시설이 세워진다고 신문에 나 있었어."

야경을 한눈에 내다볼 수 있는 산꼭대기 공원. 케이스케가 아코에게 고백한 장소.

이 이야기는 처음 듣는 사실이었다. 아마도 과거의 세계에서는 내일 괴한에게 덮쳐지고 말기에, 아코는 케이스케에게 그 이야기를 하는 걸 잊고 말았던 것이리라.

"그렇구나. 그건 몰랐어."

"케이스케한테서 고백을 받은 추억의 장소니까, 철거되기 전에 한 번 가보고 싶다고 생각했거든."

좀 더 빨리 그 이야기를 들었다면 마지막 기념으로 가봤겠지만, 이미 늦었다. 그래도 케이스케는 미소를 지으며,

"응. 철거되기 전에 가서 사진을 찍어 두자."

아코는 기쁜 듯이 고개를 끄덕였다.

주문한 요리를 다 먹고 식후 와인을 마시고 있을 때, 아코가 케이스케의 아버지에 관해 물어봤다.

"아버님, 그 뒤로는 별고 없으셔?"

"응. 재활 훈련도 순조로워. 아직 한 달밖에 지나지 않았으니까 다소의 후유증은 있겠지만, 시간이 지나면 후유증도 없어질 거라고 의사가 확실하게 말해줘서 어머니도 안심하고 계셔."

"그렇구나. 다행이다."

아코는 자기 가족 일처럼, 안도하는 표정을 띠고 있었다.

섣달그믐날에 교통사고를 당해 머리 수술을 받았던 아버지는 간신히 목숨을 건지고, 사흘 뒤에는 의식을 회복했다. 머리 수술의 후유증은 있지만, 지금 아코에게 이야기했던 대로 차츰 좋아질 거라는 말을 의사에게서 듣고, 케이스케도 어머니도 안심한 참이었다.

애처로운 모습으로 잠든 아버지를 봤을 때, 케이스케는 자신을 원망했다. 모르고 한 일이라고는 해도, 아버지가 이런 모습이 되고 만 건 자신의 책임이다. 아버지 앞에서 다시금, 이 세계에서 모든 걸 끝내겠다고 맹세했다.

케이스케는 손을 들어 점원을 부르고 계산을 부탁했다. 곧바로 웨이터가 전표를 끼운 바인더를 가지고 왔다. 지갑에서 요금에 딱 맞는 지폐를 꺼내 바인더에 끼우고는 웨이터에게 건네고 가게를 나섰다. 그 직후,

"5만 2천 엔어치나 먹고 마셨다니, 깜짝 놀랐어!"

아코가 그렇게 말했다.

그녀 모르게 돈을 끼웠다고 생각했지만, 보이고 만 모양이다.

"한 사람 몫이면 2만 6천 엔이니까, 그리 생각하면 그렇게까지 비싸지는 않아."

"아니, 비싸지!"

"그래도, 그 가격에 걸맞은 맛이었지?"

"응. 그건 정말로 그래. 몇 개 정도 챙겨서 집에 가고 싶었는걸."

"하하하. 그런 서비스가 있다면 이용할까."

"저기, 정말로 괜찮아?"

"지갑 사정 말이야?"

"응."

"괜찮대도. 이렇게 보여도 저금한 돈도 그럭저럭 있어."

"……있지, 오늘 같은 데이트에 고집하는 건 있어?"

"고집?"

"예를 들어서, 마지막까지 자기가 돈을 내지 않으면 안된다거나 뭐 그런 거."

"아니, 그런 건 딱히 없는데."

"그럼, 돌아가는 길 택시비 정도는 내가 내게 해줘."

"응, 뭐 그건 괜찮지만."

길가에 붙어 아코가 손을 들었다. 곧바로 택시가 섰다. 아코, 케이스케 순서로 올라탔다. 운전사에게 목적지를 말하기 전에,

"지금부터 우리 집 올래?"

아코가 그렇게 물었다.

본심으로서는 이대로 아코의 방에 가서 그녀를 안고 싶었다.

하지만 그렇게 해버리면, 기껏 봉인해 놓은 그녀를 향한 미련과 이 세계에 머물고 싶다는 마음이 강해질 것 같은 불안감을 느꼈기에 꾹 참았다.

"아니, 오늘은 가볼게. 내일 또 일이 있으니까."

"그래……."

아코는 조금 아쉬운 듯한 표정을 지었다.

케이스케는 시선을 돌렸다.

오늘은, 쓸쓸해 보이는 얼굴의 아코는 보고 싶지 않았다.

내일 마지막으로 눈을 감았을 때, 밝은 표정을 지은 아코를 볼 수 있도록…….

아코는 먼저 케이스케 집으로 가도록 운전사에게 목적지를 말했다.

케이스케 집 맨션에 도착할 때까지 두 사람은 계속 손을 잡고 있었다.

케이스케는 첫 번째 타임리프에서부터 지금까지의 일을 돌이켜봤다.

우여곡절은 있었지만, 모든 건 이걸 위해 있었던 일이라는 생각이 들었다. 아코와 헤어지고 싶지 않다는 일념으로 타임리프를 반복하고, 그 도중에 진실을 알게 되어 결과적으로 함께 있을 수는 없다는 것을 깨달았다.

두 사람 사이에 있는 운명은, 이별이었다.

이렇게나 아코를 사랑하고 있는데, 그리고 그녀도 케이스케를 사랑해 주고 있는데도 함께 있는 것을 용납하지 않는 운명이라는 건 무척이나 잔혹하다고 생각했다.

하지만 타임리프하기 전의, 진실을 모른 채 그 세계에서 살아가는 것에 비하면 지금 세계가 단연코 좋았다. 그건 거짓 없는 본심이다. 진상을 알 수가 있어서 진심으로 감사하고 있었다. 사랑하는 사람을 자신의 손으로 지킬 수 있었으니까. 아코가 평생 고민하고 괴로워하며 살아가는 세계보다, 그녀가 웃으며 살아갈 수 있는 세계가 더 좋다. 설령 그곳에 케이스케가 존재하지 않는다고 하더라도.

택시가 맨션 앞에서 멈췄다.

평소라면 택시 안에서 키스 같은 건 절대 하지 않지만, 마지막이 될 키스 정도는 해도 되리라.

케이스케는 아코의 입술에 입을 맞췄다. 아코도 거부하지는 않았다.

"그럼, 잘 자."

케이스케는 택시에서 내렸다.

"응. 잘 자. 모레 또 봐."

그 말에는 아무런 대꾸도 하지 않고, 케이스케는 그저 아코에게 손을 흔들었다.

문이 닫히고, 택시가 달리기 시작했다.

그 모습이 보이지 않게 되자, 케이스케는 크게 숨을 내쉬고는 집으로 가는 계단을 올라갔다.

다음 날 금요일. 시곗바늘이 오후 7시 40분을 지났을 무렵, 아코가 빌딩에서 나왔다. 케이스케는 일정한 거리를 두고 그녀 뒤를 걸었다. 걸으면서, 오늘 가장 중요한 물건을 빠뜨리진 않았는지 확인했다. 안쪽 주머니에 느껴지는 단단한 칼의 감촉. 괜찮다. 제대로 있다.

섣달그믐날 시점에서 자신의 목숨을 희생하여 아코를 구한다는 커다란 방향성은 정해졌지만, 어떤 식으로 사별하는 것이 최선인지는 요 한 달 동안 계속 생각했었다.

어떤 방법을 떠올려도, 마지막까지 마음에 걸렸던 것이 괴한의 정체였다.

만약 그 남자가 아코를 덮치기 위해 거기서 숨어 기다리고 있었던 것이라면, 사별한다고 해서 모든 것이 해결되는 건 아니다.

생각에 생각을 거듭한 결과, 이러한 불확정 요소는 최악의 경우를 가정하여 계획을 짜는 편이 좋다는 결론에 다다랐다.

그 남자는 아코를 노리고 강간하려 했다. 그렇게 가정하고 최선의 방법을 계속해서 찾았다. 미카미 케이스케가 사라진 세계에서도 아코가 안심하고 살 수 있도록, 생각할 수 있는 모든 나쁜 싹은 제거해 둘 필요가 있다.

긴 궁리 끝에, 어떻게 사별하는 것이 최선인지 답이 나왔다.

그 남자와 자신이 서로 찌르고 죽는다.

둘 다 그 자리에서 죽는 게 이상적이었지만, 이건 불확정 요소가 강하다. 케이스케가 해야 할 일은 아무리 못해도 상대에게 심대한 데미지를 주는 것. 그 남자를 움직이지 못하는 상태로 만들 수만 있다면, 케이스케가 죽어도 아코가 덮쳐질 일은 없고, 그 후에 경찰에 체포되면 교도소행이다. 더는 아코에게 손을 댈 수 없다. 그녀는 안전하게 살 수 있다.

괴한에게 찔려서 죽지 못한 경우의 일도 제대로 생각해 놓았다. 그때는 최악의 방법인 자살을 선택할 수밖에 없다. 중요한 건 사별이라는 형태니까, 이래도 문제는 없다. 3월 26일을 맞이해도, 아코가 운명의 손에 죽는 일은 없을 터다.

단지, 《운명의 핵》이 되는 것이 《아코가 괴한에게 덮쳐진 데다 케이스케에게 이별을 고한다》는 것이라면 노력은 수포로 돌아가고 만다.

케이스케의 생각이 정확했는지, 아니면 운명이 그를 비웃을지는 죽게 될 케이스케는 알 수 없다. 부디 자신의 가설이 정답이기를 빌었다.

아코가 가로등이 많은 거리를 지나 어둡고 좁은 길로 들어갔다.

케이스케는 스마트폰을 꺼내고는, 경찰에 전화했다. 전화가 연결되자 지금부터 아코가 괴한에게 덮쳐질 장소의 주소를 말하고, 지금 거기서 여성이 남자에게 강간당하고 있다고 전한 뒤 전화를 끊었다. 경찰은 금방 온다. 이걸로 만에 하나라도 아코가 강간당할 일은 없어졌다.

모든 준비는 갖추어졌다.

나머지는 계획을 실행에 옮기는 것뿐이다.

100미터 정도 앞에 있는 전봇대 그늘에서 남자가 튀어나와, 아코를 건설 현장 쪽으로 끌고 들어갔다.

케이스케는 달려가서 두 사람을 쫓았다.

건물 안에 들어가자마자 안쪽을 향해 빠른 걸음으로 어둠 속을 나아갔다.

두 그림자가 겹쳐져 있다. 케이스케가 고함을 지르자, 아코를 덮치고 있던 위쪽의 남자가 떨어졌다.

"케, 케이스케?"

"그래, 나야, 아코. 이제 괜찮아."

저번과 마찬가지로 또 남자가 뭔가를 말했지만, 목소리가 작아 알아들을 수 없었다.

남자의 오른손에 칼이 쥐어져 있는 걸 확인하고 나서 케이스케는 정장 안쪽 주머니에서 칼을 꺼내 손을 뒤로 돌려 감췄다.

케이스케가 여기서 죽을 경우, 경찰은 어째서 그가 칼을 가지고 있었는지 조사할 것이다. 아코한테도 사정을 물어보겠지만, 그에 대한 답은 누구도 알 수 없다. 아코가 진실을 알게 되는 건 조금 뒤의 일이다.

남자가 조금씩 왼쪽으로 이동하고 있다.

저번에는 도망치려는 건지 거리를 재고 있는 건지 알 수 없었지만, 이 뒤에 남자는 칼을 세우고 돌진해 온다. 케이스케 입장에서는 칼을 찌르는 게 너무 빨라도, 너무 늦어도 안 된다. 목적을 달성하려면 찌르는 타이밍이 무척 중요해진다. 심호흡을 하고 그 순간에 온 신경을 집중했다.

어둠 속에 보이는 남자의 윤곽에서 시선을 돌리지 않고, 아코의 기척을 느꼈다.

이런 식으로 끝나게 되었지만, 그녀를 만날 수 있어서 다행이었다고 지금 새삼스럽게 생각했다. 이렇게나 진심으로 사랑할 수 있는 사람을 만나고, 농밀한 시간을 공유할 수 있었다. 결과적으로 헤어지는 형태가 되었어도, 자신에게 아코는 운명의 사람이었다. 분명히 그렇게 말할 수 있다.

"아코, 지금까지 고마웠어. 안녕."

케이스케가 중얼거림을 끝낸 것과 동시에 남자가 돌진해 왔다.

케이스케는 등 뒤에 감춰뒀던 칼을 앞으로 꺼내 자세를 취했다.

어느 쪽 칼이 꽂히는 게 빨랐는가—.

케이스케의 가슴에 칼이 꽂혔다. 그렇게 인식한 직후, 손에 상대에게도 칼을 꽂은 감촉이 전해져 왔다. 남자가 신음하는 소리가 또렷하게 들렸다.

격렬한 고통이 케이스케를 덮치고 온몸이 뜨거워졌지

만, 그것도 한순간에 사라졌다.

의식이 멀어져 간다.

열심히 눈을 움직여 아코 쪽을 향했다.

아코의 그림자만이 보였다.

아코……

케이스케의 뇌리에 어제 봤었던 미소 짓는 아코가 떠올랐다.

사랑하는 사람에게 최후의 말을 건네려던 순간, 의식은 완전히 끊어졌다.

제8장

커다란 결단

누군가가 자신의 어깨에 손을 올려놓는 느낌에, 아코는 자신의 이름이 불리고 있었다는 것을 깨달았다.

"사이다 씨, 내 말 들려?"

뒤돌아보니 총무부에서는 가장 베테랑 사원인 나가미네가 서 있었다. 조금 어이없다는 표정으로 이쪽을 보고 있다.

"아, 네, 죄송합니다. 조금 생각을 하고 있는 바람에."

"그래⋯⋯. 뭐, 됐어. 이 견적서 말인데, 지금 하고 있는 작업이 끝나고 나서라도 괜찮으니까, 어제랑 마찬가지로 처리해 줘."

"네. 알겠습니다."

나가미네한테서 견적서를 받아든 뒤, 부장의 호출을 받

앉기에 아코는 자리에서 일어났다.

"네, 부장님. 무슨 일이신가요?"

"조금 전에 자네가 제출한 보고서 말인데, 몇 군데 미스가 있어서 정정해 주었으면 하네."

"알겠습니다. 곧바로 정정하겠습니다. 죄송합니다."

아코를 보는 부장의 눈에는 연민의 기색이 떠올라 있었다. 자리에 돌아가는 아코를 본 동료의 눈에도 비슷한 감정이 떠올라 있을지도 모른다.

케이스케를 잃고 나서, 한 달 이상이 지났다. 마음의 상처는 완전히 낫지 않았다. 일을 하고 있어도, 밥을 먹고 있어도, 자고 있을 때도 케이스케의 얼굴이 머리에 떠올랐다. 눈을 감으면 어둠 속에 떠오르는 건 케이스케가 괴한의 칼에 찔려 쓰러지는 광경이었다.

점심 식사 시간이 되자, 사키가 근처 패밀리 레스토랑에서 밥을 먹자고 권했다. 최근에는 계속 편의점 빵 한 개로 점심 식사를 끝내고 있었지만, 그걸 보다 못한 것인지 사키가 반쯤 억지로 아코의 손을 잡고 걷기 시작했다.

샐러리맨과 OL로 바글바글한 패밀리 레스토랑에 도착하자, 5분 정도 기다린 뒤 입구 부근 자리에 안내를 받아 앉았다. 식욕은 없었지만, 눈앞에 신경 써 주는 사람이 있기에 햄버그스테이크 세트를 주문했다.

"저기, 아코. 신고 씨랑 이야기했는데, 다음에 어디 놀러 가지 않을래?"

"신경 써 줘서 고마워. 하지만 난 아직 그럴 기분은 들지 않아."

"그래……. 그럼, 내키면 언제든 좋으니까 나한테 말해줘. 아코 덕분에 신고 씨랑 사귈 수 있었던 거니까, 이번에는 내가 아코를 도울 차례야. 내가 할 수 있는 게 있다면 뭐든지 할 테니까."

사키는 그렇게 말하고는 가볍게 가슴을 두드렸다.

아코는 아주 살짝 입꼬리를 올리고는 그 배려에 고마움의 표시를 했다.

연인을 잃은 아코를 누구보다도 걱정해 준 건 사키였다. 회사에 들어가고 나서부터 알고 지내게 된 사이라 같이 지낸 건 아직 3년 정도지만, 지금에 와서는 대학이나 고등학교 시절 친구보다도 친한 사이가 되어 있었다.

그런 상대에게 걱정을 끼칠 만한 일은 하고 싶지 않았지만, 이 상실감에서 언제 빠져나올 수 있을지 아코 자신도 전혀 알 수 없었다.

점심을 다 먹고 패밀리레스토랑을 나와 회사로 이어지

는 길을 걷기 시작했다. 그 도중에, 누군가가 뒤에서 말을 걸었다. 뒤돌아보니 사키의 연인인 하라니시 신고와 동료인 마에시로 타케시가 서 있었다. 아코는 하라니시 신고에게는 눈을 마주치고 인사했지만, 마에시로 타케시에게는 약간 고개를 숙인 채 인사하는 데 그쳤다. 사키와 하라니시 신고가 앞을 걷고, 그 뒤를 아코와 마에시로 타케시가 나란히 걸었다. 회사에 도착할 때까지 하라니시 신고는 몇 번인가 아코 쪽을 뒤돌아보며 빨리 기운을 차리라며 말을 걸어 주었다. 사키와 마찬가지로 자신이 할 수 있는 일이 있다면 뭐든 하겠다면서. 아코는 고맙다는 말을 하고 고개를 숙였다.

빌딩에 들어가 엘리베이터를 기다리고 있을 때, 그때까지 줄곧 말이 없었던 마에시로가 입을 열었다.

"내가 할 수 있는 일 같은 건 없을지도 모르지만, 만약 조금이라도 힘이 될 수 있다면 하라니시나 마에다 씨를 통해서라도 괜찮으니까 말해줘. 사이다 씨가 빨리 기운을 차려줬으면 하는 마음은 나도 마찬가지니까."

아코는 거기서 오늘 처음으로 마에시로의 눈을 봤다.

사키나 신고와 마찬가지로, 그 또한 애절한 표정을 띠고 있었다.

그런 표정을 지을 수도 있구나 하고 아코는 내심 생각했다. 사이다 씨라고 성으로 불린 것도 이게 처음이었다.

"네. 감사합니다."

아코가 대답했을 때, 엘리베이터가 도착했다. 하라니시 신고와 마에시로 타케시는 3층에서, 아코와 사키는 5층에서 내렸다.

총무부가 있는 플로어로 들어가자 사키가 아코의 등을 탁 치며,

"자, 야근하지 않아도 되도록 오후 업무도 팍팍 정리해버리자."

그렇게 말을 걸고는 자리에 앉았다.

고마워, 사키. 아코는 마음속으로 말하며 자기 자리에 앉았다.

전철에서 내려 역 앞 편의점에서 물건을 샀다. 내일부터 사흘 연속 연휴였지만, 어디에도 갈 예정은 없기에 물건을 사 두기로 했다. 그렇다고는 해도, 여전히 식욕은 솟지 않았기에 차나 탄산음료 등, 마실 것만을 사서 가게를 나왔다. 집으로 돌아가서 편의점 봉투에 든 물건을 냉장고로 옮겼다. 그러고 나서 실내복으로 갈아입고, 케이스케

의 사진을 장식해 놓은 선반 앞에 앉았다.

"케이스케……."

아코는 손가락을 뻗어 케이스케를 살며시 어루만졌다.

괴한에게 습격당한 날의 일을 떠올렸다.

그날 밤, 남자가 뒤에서 칼을 들이밀며 건물 안으로 끌려 들어갔을 때, 한 번은 저항했지만 오른손을 베인 고통과 공포로 몸이 움직이지 않게 되어 그대로 강간당하는 것을 각오했다.

하지만 거기에 케이스케가 나타났다. 어째서 케이스케가 그 장소에 있었는지는 지금도 알 수 없다. 더욱 알 수 없는 건, 케이스케가 칼을 들고 있었던 점이다. 케이스케는 괴한을 칼로 찔렀지만, 그 자신도 찔리고 말았다. 구급대원이 달려왔을 때는 케이스케는 이미 죽은 상태였다. 나중에 괴한 쪽도 죽었다는 게 알려졌고, 얼굴을 확인하게 되었지만 전혀 모르는 사람이었다.

케이스케의 행동에는 그밖에도 의문을 갖게 되는 부분이 있었다.

그 사건이 일어나기 전날, 갑자기 나타난 케이스케는 그녀를 고급 레스토랑으로 데리고 갔다. 그때는 의문을 느끼지 않았지만, 지금 돌이켜 생각해보면 이해할 수 없는 부분이 있었다. 자주 가던 가게라면 부자연스럽다고는 생각하지 않았을지도 모르지만, 사건 전날에 예고도 없이 그만한 고급 레스토랑에 그녀를 데리고 갔다는 것이 의문으로 남아 있었다. 그리고 그날, 케이스케가 선물해 줬던 펜던트. 바로 얼마 전에 조사하여 알게 된 것이지만, 그 펜던트의 가격은 135만 엔이나 한다는 것을 알게 되었다. 지금까지 그런 고가의 물건을 받은 적은 없었고, 당연히 조른 적도 없었다. 아무런 기념일도 아닌 날에, 어째서 그런 고가의 물건을 선물한 것인가.

몇 가지 의문과 부자연스러운 점을 늘어놓고 아귀가 맞을 것 같은 답을 찾아 나갔더니, 마치 케이스케는 2월 3일에 그녀가 괴한에게 습격당할 것을 알고 있었으며 죽을 각오를 하고 그 장소에 있었던 것이 아닐까 하는 생각이 들기 시작했다.

하지만 도저히 그 추리를 받아들일 수가 없다.

가령 케이스케가 어떠한 이유로 그녀의 몸에 위험이 닥친다는 것을 알고 있었다면, 우선 그 사실을 전할 것이다. 일부러 위험한 다리를 건너면서 자신의 손으로 괴한을 격퇴할 필요는 없을 터다.

경찰한테서는 몇 번인가 사정 청취를 받았다. 두 번째

사정 청취에서 '당신의 연인은 평소부터 칼을 가지고 다녔던 것 아닌가'라는 말을 들었을 때, 아코는 그 형사를 노려봤다. 그것만은 절대로 아니라고 단언할 수 있다. 그렇기 때문에 어째서 케이스케가 칼을 가지고 있었는지를 더더욱 알 수 없게 된 것이다.

"케이스케, 진실은 뭐야?"

물어봤지만, 대답은 돌아오지 않는다. 케이스케의 목소리를 들을 일은 이제 두 번 다시 없었다. 그 차가운 현실이 또다시 아코를 슬픔에 잠기게 했다.

다음 날인 토요일. 오전 아홉 시에 대학교 때 친구에게서 오랜만에 전화가 걸려 왔지만, 스마트폰을 손에 들지는 않았다. 정오가 되어도 아무것도 먹을 생각이 들지 않았기에 오렌지주스만을 마셨다. 창문으로는 봄의 햇빛이 내리비치고 있었지만, 기분이 나아지는 일은 없었고 그저 방 안에 앉아 있었다.

시곗바늘이 오후 한 시를 가리켰을 때, 초인종이 울렸다.

종교 권유나 방문판매일거라 생각하고 아코는 시선을 현관에 향했을 뿐 일어서지 않았다.

다시 초인종이 울렸다. 그리고 여성의 목소리가 들려왔다.

"안녕하세요. 미카미 케이스케 님께서 사이다 아코 님께 보내는 소포입니다."

미카미 케이스케라는 이름을 들었을 때, 아코는 거의 무의식적으로 일어나 현관을 향해 달려가고 있었다.

현관문을 열자, 유니폼을 입은 서른 살 정도의 여성이 서 있었다. 가슴에 달린 휘장에는 광고에서 몇 번인가 본 적 있는 회사 이름이 들어가 있었다. 확실히, 여성만의 심부름센터였다고 기억하고 있다.

여성은 아코를 보자 싱긋 미소 지은 표정으로 인사한 뒤, 회사 이름을 말했다. 아코의 기억대로 심부름센터였다.

"사이다 아코 님께 이쪽 물건을 전달해 달라는 의뢰를 미카미 케이스케 님으로부터 받았기에, 오늘 가지고 왔습니다."

심부름센터의 여성은 두꺼운 봉투를 내밀었다. 별 특색 없는 A4 크기 봉투.

받아든 아코는 여성과 봉투를 번갈아 보면서,

"저기, 그 사람이 이 봉투를 여기에 전해 달라고 의뢰한

날은 언제인가요?"

여성은 잠시만 기다려주세요, 라고 말한 뒤 허리에 찬 파우치 안에서 종이를 꺼냈다.

"미카미 케이스케 님으로부터 의뢰를 받은 것은 2월 1일입니다."

"2월 1일……."

케이스케가 죽기 이틀 전…….

"오늘 전달해달라고 하던가요?"

"네. 미카미 케이스케 님으로부터 오늘인 3월 18일 토요일에 전달해 달라는 의뢰를 받았습니다. ―수령하였다는 사인만, 해주실 수 있을까요."

아코는 펜을 받아 사인을 한 뒤 방으로 돌아가 케이스케의 사진 앞에 앉았다.

"케이스케, 혹시 이 안에 진실이 있는 거야?"

아코의 심장 고동은 격렬해져 있었다.

"열게."

사진 속의 케이스케에게 중얼거리고, 아코는 조금 떨리는 손으로 봉투를 열었다.

안에는 A4 크기 종이가 10장 이상 들어있었다. 맨 앞에 《사랑하는 아코에게》라고 글자가 인쇄되어 있다. 아코는 집중하여 케이스케에게서 온 편지를 읽기 시작했다.

　사랑하는 아코에게

　마지막 편지가 될 테니 손으로 쓰는 편이 좋을까 싶었지만, 글씨를
그렇게 잘 쓰지도 않고, 무척 중요한 정보를 전해야만 하니까 인쇄된
걸 보내기로 했어.

　이 편지를 쓴 이유는 단 하나. 어떤 어린아이 한 명을 구해줬으면 하
기 때문이야. 내가 죽은 지금, 그 아이의 목숨을 구할 수 있는 건 이 세
계에 아코밖에 없어. 그래서 이 편지를 쓰고 있어.

　부탁을 들어주기에 앞서, 무척 어려운 문제가 있어. 어째서 내가 그
아이의 목숨을 구해주길 바란다고 아코에게 부탁하는 것인가. 그리고
어째서 그 아이의 목숨에 위험이 닥친다는 것을 알고 있는 것인가. 모
든 것을 이야기하지 않으면 아코는 뭐가 뭔지 알 수 없을 거야. 하지만
모든 걸 밝혀 버리면 분명 아코는 혼란에 빠지게 돼. 솔직히 이 문제에
관해서는 마지막의 마지막까지 고민했어. 진실을 완곡하게 감싸 숨긴
채 어떻게든 그 아이만을 구해달라고 할 수는 없을까 하고 말이야. 하
지만 아무리 생각해도 묘안은 떠오르지 않았어.

　그래서 진실을 쓰기로 했어.

　3월 8일인 지금, 아코가 이 편지를 읽고 있다는 건 내가 2월 3일에
죽었다는 의미겠지. 아코는 요 한 달 이상 몇 가지 의문을 품은 채 지

냈을 거야. 아코가 괴한에게 습격당한 그날, 어째서 내가 그 장소에 있었는지, 어째서 칼을 가지고 있었는지 하고 말이야.

분명 곧바로는 믿을 수 없을 테고, 편지를 다 읽어도 믿을 마음이 들지 않을지도 몰라. 하지만 이걸 이야기하지 않으면 앞으로 나아갈 수 없으니, 진실을 털어놓을게.

나는 이 세계에 오기까지 네 번의 타임리프를 반복했어.

아코는 지금 타임리프라는 글자에 몇 번이고 시선을 맞췄을 거라고 생각해. 무슨 말을 하는 건지 모르겠다, 이해할 수 없다는 생각을 하고 있을 거야. 반대 입장이었다면 나 역시 분명 같은 생각이 들었을 거야. 하지만 이건 사실이야.

가급적 간결하게, 순서대로 설명해 나갈게.

우선, 타임리프하기 전의 이야기를 할게.

아코는 편지에 떨구고 있던 시선을 들어 케이스케의 사진을 봤다.

그의 얼굴을 보면서 타임리프라는 말의 의미를 떠올렸다.

영화나 소설에서 몇 번인가 본 적이 있다. 분명, 과거나 미래로 시간 이동할 수 있다는 의미였을 터다.

케이스케는 시간 이동을 반복하고 있었다?

그녀가 만나고 있던 건 다른 세계에서 온 케이스케?

혼란스러워지기 시작한 머리로, 아코는 편지에 적힌 다음 내용을 읽었다.

어째서 타임리프를 하게 된 것인가. 어째서 네 번이나 타임리프를 반복한 것인가. 각각의 세계에서 무엇을 하고 있었는가. 그것들이 상세하게 A4용지 10장에 쭉 적혀 있었다.

내용을 요약하면 다음과 같다.

2017년 3월 26일, 케이스케는 그녀에게서 돌연 헤어지자는 말을 듣게 되었다. 그리고 돌아오는 길에 폭주 트럭으로부터 여자아이를 구하려다가 의식을 잃었고, 눈을 뜨니 2016년 섣달그믐날로 돌아가 있었다. 그 세계에서도 다음 세계에서도 이유를 알지 못한 채 아코에게서 헤어지자는 말을 듣게 되지만, 세 번째로 타임리프한 세계에서 진실을 알게 된다. 과거의 세계에서 그녀는 남자에게 강간당하여 바라지 않는 임신을 하여 스스로 케이스케 곁을 떠난 것이었음을. 그 세계에서는 괴한을 물리치는데 성공했지만, 그녀는 간판에 깔려 죽고 만다. 두 사람의 이별은 결정되어 있고, 그 운명을 바꾸면 그녀는 죽고 만다는 답을 낸 케이스케는 괴한을 쓰러뜨린 뒤에 사별하면 그녀를 구할 수 있다는 가설을 세우고 이 세계에서 그걸 실행에 옮겼다—.

편지는 아직 계속되고 있었지만, 읽는 것을 멈추고 다시 케이스케 사진에 눈길을 향했다.

여기에 적혀 있는 내용은 좀처럼 믿기지 않는 것이었다. 순순히 믿는 사람은 없지 않을까.

하지만…….

그러면 이 편지에 적혀 있는 내용이 거짓말이라 생각하냐고 묻는다면, 거짓말이라고는 생각되지 않는다는 대답이 나왔다. 케이스케는 그런 짓을 할 사람이 아니다. 그건 그녀가 가장 잘 알고 있다.

이 편지에 적혀 있는 대로, 만약 괴한에게 강간당한 데다 바라지 않는 임신을 했다면, 자신은 어떤 행동을 취했을까 하고 자문자답했다.

……분명, 이 편지속의 그녀와 같은 선택을 했을 것이다. 진실을 숨긴 채, 케이스케의 곁을 떠났을 터다.

이 편지를 믿는다면, 사건 당일에 케이스케가 칼을 지니고 그 장소에 있었던 것이나 그 전날에 고급 레스토랑에 데리고 간 것, 135만 엔이나 하는 펜던트를 선물한 것 등 납득할 수 있는 부분은 잔뜩 있었다.

편지에는 그 외에도 탐정의 조사로 아코가 마에시로를

비롯한 회사 동료들과 함께 놀았던 사실을 알게 되었다고도 적혀 있었다. 동료이자 친구이기도 한 사키 이야기는 몇 번이나 했지만, 마에시로의 이름은 한 번도 꺼낸 적이 없다. 마에시로가 친근한 느낌으로 아코를 대하고 있던 까닭에 바람을 의심하고 말았다고도 적혀 있었는데, 그 남자가 친근하게 굴었다는 건 실제로 현장을 보거나 그때의 사진을 본 사람밖에 알 수 없는 일이다.

어느 것이고, 어림짐작으로 쓴 내용이 아니다.

하지만······ 타임리프를 반복했다는 이야기를 믿는 건······.

아코는 편지에 시선을 떨구고 남은 문장을 읽었다.

3월 26일 오전 11시 15분경이 지나도 아코가 살아있다면, 내가 세운 가설이 옳았다는 것이 증명돼. 분명 괜찮을 거야. 부디 내 묘 앞에서 무사하다는 보고를 해줘.

몇 번이고 가설을 검증할 수 있었다면, 어쩌면 더 좋은 결과를 낼 수 있었을지도 몰라. 하지만 그게 불가능한 상황이 되어버렸어. 타임리프 할 때마다 대가가 필요했거든. 횟수를 거듭해 나가면 비례해서 대가도 커져. 첫 번째부터 세 번째까지는 내 몸에 상처가 날 뿐이었지만, 네 번째가 되자 우리 아버지가 차에 치여 중상을 입고 말았어. 만약 내가 다섯 번째 타임리프를 하면 더욱 처참한 결과가 되리라는 건 명백해. 그래서 나는 이 세계에서 결판을 지어야만 했어.

나는 아코의 성격을 잘 알고 있다고 생각하지만, 최종적으로 아코가 이 이야기를 믿을지 어떨지는 알 수 없어. 일단 믿어준다 치고 이야기하는 거지만, 내 결단을 신경 쓰고 속으로 앓을 필요는 없어. 아코가 괴한에게 습격당하는 걸 못 본체하고 지나치면 우리 둘 다 죽지 않고 끝났겠지만, 그래서는 사랑하는 사람을 구했다고는 할 수 없어. 그러니 내 선택이 최선이었던 거야. 내게 있어 아코는 운명의 여자였어. 널 만나게 되어서 다행이었다고 진심으로 말할 수 있어. 그러니 부디 빨리 기운을 차리고, 앞을 보며 걸어가 주길 바라.

서두가 길어졌지만, 본론은 여기서부터야.

타임리프가 발생하는 장소에 있는 여자아이를 폭주 트럭으로부터 구해줬으면 해. 사고가 일어나는 상세한 시각도 알고 있어. 여자아이는 3월 26일 오전 11시 45분경에 나타나. 교차로가 있는 장소는 바다가 보이는 카페에서 걸어서 5분 정도 거리에 있지만, 지도로 보는 편이 알기 쉬우니까 종이에 따로 인쇄해 뒀어. 여자아이의 특징을 적어 둘게. 나이는 다섯 살 정도고, 어깨까지 오는 긴 검은 머리에 핑크색 스웨터를 입고 있으니까 금방 알 수 있을 거야.

내 이야기를 믿지 못해도 좋아. 하지만 부디 당일에 그 교차로에는 가줬으면 해. 여자아이가 횡단보도를 건너지 않도록 해준다면, 그걸로 충분해. 나의 마지막 부탁이야.

쓰려고 마음먹으면 계속 쓸 수 있지만, 아코를 향한 미련이 생겨날 것 같으니까 이쯤에서 그만둘게.

아코, 나와 사귀어줘서 고마워.

세상에서 제일 사랑했어. 안녕.

편지를 다 읽은 아코는 일어나서 창문을 열고 신선한 공기를 방에 들였다. 토요일의 한가로운 풍경을 바라보며, 빠르게 고동치고 있는 심장을 진정시키기 위해 심호흡을 되풀이했다.

이 편지의 내용을 전면적으로 믿는 건 어렵다. 하지만, 거짓말이라고도 생각되지 않는다. 현시점에서는 어느 쪽이라고도 할 수 없다는 게 솔직한 심정이었다.

지금은 아무리 생각해도 답은 나오지 않는다. 모든 건 3월 26일에 알 수 있다.

그날, 이 편지에 적힌 내용이 진실임을 알게 된다면 자신은 어떻게 해야 하는 걸까.

케이스케의 소원을 받아들여 여자아이를 구하고 끝?

문득 생각했다. 이게 진실이라면, 혹시 자신도 타임리프 할 수 있는 걸까 하고.

만약 과거로 돌아갈 수 있다면…… 그 세계에서는 케이스케가 살아있다는 말이 된다.

이 세계에서는 이제 두 번 다시 만날 수 없는 케이스케를, 다시 만날 수가 있다. 이야기를 할 수 있다. 계속 함께 있는 것 역시 가능할지도 모른다.

그 광경을 상상하자, 아코의 몸은 크게 떨렸다.

케이스케는 그녀가 타임리프 하는 것을 바라지 않으리라. 그런 가능성조차 생각하지 않고 이 편지를 썼을 터다. 이 편지의 취지는 어디까지나 여자아이의 목숨을 구해주길 바란다는 것이다.

하지만 만약 그 순간이 되면, 자신이 어떤 행동을 하게 될지 예측할 수 없다. 여자아이를 구하고 끝을 낼 것인가, 아니면 타임리프를 시도할 것인가.

"케이스케, 나……."

자신도 깨닫지 못하는 사이에 아코는 타임리프를 믿기 시작하고 있었다.

【3월 26일 일요일】

아코는 바다가 보이는 카페에 와 있었다. 시곗바늘이 오전 11시 15분을 가리켰을 때, 아코는 하얀 목제 문을 열고 밖으로 나갔다. 손발은 떨리고 있었다. 이제는 완전히 케이스케의 이야기를 믿고 있었다.

……아무 일도 일어나지 않는다.

머리 위를 쭈뼛쭈뼛 올려다봤다.

간판은 거기에 있었다. 떨어지려는 낌새는 없다.

아코는 크게 숨을 내쉬고, 가방 안에서 인쇄한 지도를 꺼내고는 목적지인 교차로를 향해 걷기 시작했다. 5분 정도 걸려 지정된 교차로에 도착했다.

이 교차로에는 네 개의 건널목이 있지만, 지도에는 바로 앞쪽 편의점이 있는 지점에 ×표시가 되어 있었다. 아코는 그 건널목 앞에 섰다.

만약 그 여자아이가 나타나면 자신은 어떻게 할지 아직 답을 내지 못하고 있었다.

시곗바늘이 곧 11시 45분을 가리킨다.

아코는 주변을 둘러봤다. 해당하는 여자아이는 어디에도 없다.

그 편지에 적혀 있는 내용은 잘못된 것이었을까. 그게 아니면, 케이스케가 운명을 바꿈으로써 이전과는 다른 세계가 된 것일까.

갑자기 아코의 마음이 들끓고, 가슴이 뜨거워졌다.

만나고 싶다. 다시 한번 케이스케와 만나 이야기를 하고 싶다.

그것이 어떤 방법이든 다시 한번 케이스케를 만날 수 있고, 함께 살아갈 기회가 있다고 한다면 희생을 치러서라도 그 길을 나아가고 싶다. 설령 몸에 커다란 상처를 입게 된다고 하더라도, 아코의 마음은 지금 확실하게 굳어졌다.

단 한 번만 기회를 주세요. 케이스케와 다시 시작할 기회를.

하늘을 올려다보며 기도하고 있던 아코가 시선을 수평으로 되돌렸을 때, 오른쪽 아래에 어린아이가 있는 게 보였다.

시선을 밑으로 향했다. 핑크색 스웨터를 입은 다섯 살 정도의 여자아이가 서 있었다.

심장 고동은 거칠게 뛰기 시작했고, 경련인가 싶을 정도의 떨림이 아코를 덮쳤다.

정말이었다…… 편지에 적혀 있던 내용은 진실이었다…….

아코의 뇌리에 상냥하게 미소짓는 케이스케가 떠올랐다.

횡단보도 신호가 파란색으로 바뀌었다. 여자아이가 걷기 시작했다.

아코는 차도로 시선을 옮겼다.

대형 트럭이 이쪽을 향해 맹렬한 속도로 달려오는 게 보였다. 정차된 차와 부딪쳐도 속도를 떨어뜨리지 않고 돌진해 온다.

아코는 뛰어나가 횡단보도 한가운데에 멈춰 서있던 여자아이를 안아 올렸다.

트럭이 바로 앞까지 닥쳐와 있다.

반사적으로 몸이 움직였다.

충격을 느낀 순간, 의식은 끊어졌다.

제9장

또 하나의 가설

아코는 눈을 떴다.

자신도 놀랄 정도로, 그녀는 냉정했다.

상체를 일으키고 주변을 둘러봤다.

곧바로 자신의 방임을 이해했다. 무척 춥다. 침대에서 내려와 커튼을 걷었더니 집들의 지붕이 하얗게 물들어 있는 게 보였다. 리모컨을 손에 들고 TV를 켰다. 여성 아나운서가 신사 앞에 서서 이야기를 하고 있다. 프로그램 설명 버튼을 누르자 2016년 12월 31일이라고 표시되어 있었다.

"케이스케…… 정말이었구나…… 목숨을 걸고, 나를 구해줬어……."

이 세계에, 케이스케는 살아있다. 그렇게 생각하니, 아코의 가슴은 몹시 뜨거워졌다.

스마트폰을 손에 들고 케이스케에게 전화를 걸었다.

……신호음이 10번 울린 뒤, 부재중 전화로 바뀌었다.

"어째서 안 받는 거야……."

아코는 한번 전화를 끊었다가 다시 걸었다. 하지만 또다시 부재중 전화로 연결되고 말았다.

"케이스케, 어떻게 된 거야……. 여기는 케이스케가 있는 세계가 아닌 거야?"

당황하는 아코의 머릿속에 케이스케한테서 온 편지에 적혀 있던 내용이 되살아났다.

타임리프에는 대가가 필요하다. 그리고 횟수가 늘어나는데 비례하여 대가도 커진다. 확실히 그렇게 쓰여 있었다.

아코의 이 타임리프는 어떤 식으로 카운트되고 있는 걸까. 케이스케부터 세어서 합쳐 다섯 번째가 되는 걸까, 아니면 새롭게 첫 번째로 카운트되는 걸까. 후자라면 대가는 작을 터. 하지만 전자라면…….

아코는 파자마를 벗어 던지고 속옷 차림이 되었다. 자신의 몸을 구석구석까지 확인했다.

……없다. 상처는 어디에도 나 있지 않았다.

세면대로 달려가 거울을 봤다. 얼굴에도, 머리에도 상처는 없었다.

일단 안심했지만, 아코는 어떤 생각을 품었다.

케이스케가 네 번째 타임리프를 했을 때, 그 부작용은 자신이 아니라 가족을 향했다. 케이스케의 아버지에게 일어난 사고는 아코 자신도 알고 있다.

만약 이번에도 그와 똑같이 불행이 아코의 가족을 향했다면…… 혹은 케이스케의 몸에 무언가가 일어났다면…….

아코는 떨리기 시작한 손으로 우선 어머니에게 전화를 걸었다.

"무슨 일이니, 아코. 이런 시간에."

"엄마, 괜찮아?"

"괜찮냐니, 뭐가?"

"몸 말이야. 다친 데라든가 없어?"

"다치다니? 딱히 별일 없는데. 어째서 그런 걸 묻니?"

"괜찮다면 됐어. 아빠는?"

"그 사람이 다칠 리가 없잖니. 2층 지붕에서 떨어졌을 때도 아무렇지도 않았던 사람이니까. 지금도 기분 좋은 듯이 쿨쿨 자고 있어."

"그래. 그렇다면 다행이고."

"섣달그믐날 아침에 이상한 전화를 다 하고, 무슨 일 있니? 너야말로 괜찮아? 뭔가 걱정되는 일이라도 있어? 다정한 엄마가 들어줄게."

아코는 적당히 대답하고 전화를 끊었다. 다음으로 언니에게도 전화해 봤지만, 이쪽도 무사하다는 걸 확인할 수 있었다. 케이스케에게 세 번째 전화를 걸었지만, 또다시 부재중 전화로 바뀌었다.

아코는 서둘러 옷을 갈아입고는 택시를 타고 케이스케 집으로 향했다. 그동안 아코는 눈을 감고 케이스케가 무사하기를 열심히 빌었다.

택시에서 내리자마자 잔달음질로 계단을 올라가 그 기세 그대로 케이스케 방의 초인종을 누르려 했지만, 손가락이 불현듯 멈췄다.

무서웠다. 그녀 안에서 솟아나고 있는 안 좋은 예감이 현실이 되는 게 아닐까 하고.

아코는 심호흡을 하고 케이스케가 웃는 얼굴로 문을 여는 이미지를 머릿속에 그렸다.

괜찮아. 문이 열리면 그 너머에 건강한 케이스케가 있어. 그리고 미소를 보여줄 거야.

아코는 초인종을 눌렀다.

……안에서 소리는 들리지 않는다.

다시 한번 초인종을 누른 뒤, 문을 노크했다.

"케이스케. 나야. 부탁이니까 나와 줘."

반응은 없다.

절망적인 기분에 지배되어 눈앞이 새까매졌을 때, 갑자기 안에서 소리가 들려왔다. 그게 발소리임을 이해했을 때, 문이 열렸다. 눈앞에 나타난 것은 틀림없이 아코가 사랑하는 사람이었다. 잠이 덜 깬 눈으로 그녀를 보고 있다.

"으음―, 아코. 미안, 자고 있었어. 어라? 약속한 시각은 11시 아니었던가? 지금 몇 시지?"

"케이스케!"

아코는 케이스케한테 있는 힘껏 안겨들었다. 그가 놀란 목소리를 내며 뒤로 넘어질 뻔할 정도로.

"어, 어어엇. 왜 그래, 아코?"

"만나고 싶었어, 케이스케. 어째서, 어째서 그런….."

"만나고 싶었다니…… 그저께 만났잖아…….."

달칵 소리가 나며 옆집 문이 열렸다. 30대 후반 정도의 남녀가 아코와 케이스케 쪽을 호기심 어린 시선으로 쳐다보고 있다.

"아코, 일단 안에 들어갈까."

케이스케한테 안긴 모습인 채로, 아코는 방 안으로 들어갔다.

테이블 앞에 나란히 앉았다.

"저기, 아코. 왜 그래? 무슨 일 있었어?"

"……무서운 꿈을 꿨어. 케이스케와 헤어지게 되는 꿈. 묘하게 현실적이었으니까, 그래서 나도 모르게."

케이스케는 살짝 웃고는,

"아코가 달려올 정도니까, 상당히 현실감 있는 내용이었나 보네. 어떤 꿈인지는 모르겠지만 괜찮아. 나는 어디에도 가지 않아."

"……응."

"잠깐 기다려 줘. 따뜻한 커피 내올게."

케이스케는 그녀의 머리를 부드럽게 쓰다듬고는 주방으로 향했다.

안도감과 행복감이 아코를 감싸고 있었지만, 그것도 길게는 이어지지 않았다. 자신이 처한 상황을 다시금 이해했을 때, 차츰 공포감이 더 커졌다.

무사히 케이스케가 있는 세계로 돌아올 수는 있었지만, 이제부터 두 사람은 어떻게 되는 걸까.

케이스케가 보낸 편지에 의하면 두 사람 주위에서 일어나는 사건은 매번 같은 모양이었다. 즉 이 세계에서도 그녀는 2월 3일에 괴한에게 습격당할 운명이라는 말이다.

그 운명에 어떻게 저항하면 좋을까…….

"기다렸지."

케이스케가 커피 컵을 테이블 위에 올려놓았다.

"조금 전에 옆집 부부한테 보여 버렸는데, 지금쯤 분명 우리 얘기를 하고 있을 거야."

유쾌한 듯이 웃는 케이스케를 보고, 아코는 이 미소를 지키고 싶다고 간절히 생각했다. 이전 세계의 케이스케도 분명 마찬가지 마음을 품고 있었던 것이리라.

이전 세계에서는 케이스케가 목숨을 던져 구해주었다. 아코가 타임리프 함으로써 그 마음을 일시적으로 헛되게 만들어 버렸을지도 모르지만, 이 세계에서 함께 살아갈 수 있다면 케이스케의 희생도 보답 받게 된다.

불현듯 아코 안에서 어떤 생각이 들었다.

눈앞에 있는 그는 언제의 케이스케일까.

타임리프 하기 전의 케이스케? 그게 아니면, 타임리프 한 후의 케이스케?

확실히 편지에는 첫 번째는 오른손 손등, 두 번째는 오른팔 전체, 세 번째는 얼굴에 상처가 났다고 적혀 있었다. 눈앞에 있는 케이스케한테는 어디에도 상처가 나 있지 않다. 본가에 있는 그의 아버지가 무사하다면, 그는 타임리프 하기 전의 케이스케라는 말이 된다.

만약 타임리프를 체험한 뒤의 케이스케였다면 해결책을 찾는 데 유리하게 작용했겠지만, 어쩔 수 없다.

케이스케와 이야기를 하면서 밝은 미래를 손에 넣을 방법을 계속 생각했다.

자기가 참는 것만으로 해결된다면, 얼마나 좋을까 하고 생각했다.

다른 세계의 사이다 아코는 괴한에게 강간당하고 원치 않는 임신을 한 것이 원인이 되어 케이스케한테 이별을 고했다. 하지만 특수한 상황에 있는 이 세계의 그녀라면 그 비정한 현실에도 견딜 수 있다. 자기만 참아서 해결된다면, 그걸로 케이스케와 함께 있을 수 있다면 기꺼이 그 길을 나아갈 것이다.

하지만 굴욕에 견뎠다고 하더라도 케이스케와는 함께 있을 수 없다. 헤어지는 운명을 바꾸어 버린다면, 그녀는 3월 26일에 죽고 마니까…….

어라, 하고 아코는 생각했다.

지금, 가슴에 위화감을 느꼈다. 뭘까, 이 개운치 않은 감각은.

무척 소중한 것을 머리에 떠올린 느낌이 드는데…….

"아코, 슬슬 갈까."

케이스케가 일어섰다. 아코도 뒤따라서 일어섰지만, 의식은 다른 쪽을 향해 있었다.

맨션 계단을 내려가 둘이 나란히 역으로 향했다.

"아코, 조금 전부터 복잡한 표정인데, 뭔가 생각 중이야?"

그렇게 지적받고, 아코는 미소를 지었다.

"아, 아니. 별것 아니야. 그 왜, 2016년도 오늘로 마지막이니까, 올해 있었던 일을 돌이켜보고 있었어."

"올해도 많은 일이 있었지."

"응. 여러 일이 있었어."

"내년도 또 좋은 한 해로 만들고 싶네."

"그러게. 올해 이상으로 좋은 한 해로 만들고 싶어."

"내년도, 내후년도, 그다음도 줄곧 아코랑 함께 있고 싶네."

"어?"

아코는 케이스케의 눈을 가만히 들여다봤다. 줄곧 함께

있고 싶다는 말이, 이전 세계의 그가 하는 말처럼 들렸다.

하지만 이건 놀랄 만한 일은 아니다. 왜냐면 동일 인물이니까. 케이스케는 언제든 그녀와 줄곧 함께 있고 싶다고 생각해 주었던 것이다.

"있지, 케이스케. 지금 한 말, 프러포즈처럼도 들렸어."

케이스케는 조금 쑥스러운 듯이 웃고는,

"아, 저기, 뭐어, 그렇지. 머잖아…… 그 왜, 아직, 아무 준비도 하지 않았고."

그렇게 말하며 몇 번이고 어물거렸다.

하얗게 물든 세계에서 케이스케의 귀만이 조금 빨개져 있다.

진심으로, 케이스케를 사랑스럽다고 느꼈다.

그리고 이 세계에서 그에게 프러포즈를 받고 싶다고 생각했다.

그걸 실현할 수 있을지 어떨지는 아코의 어깨에 달려 있었다.

역 앞의 보행자 신호가 마침 파란색으로 바뀌었다. 횡단보도 중간쯤까지 나아갔을 때, 엄청난 충격음이 들렸다. 어디선가 들은 적 있는 소리였다. 직후, "위험해!"라며 어디선가 목소리가 날아들었다. 충격음이 난 쪽으로 돌아보자, 녹색 4WD 자동차가 멈춰 있는 차들과 부딪치면서 아코와 케이스케가 있는 쪽으로 달려오고 있었다.

그걸 인식했을 때는 이미 아코의 눈앞에 4WD 자동차가 육박해 있었다.

"아코!"

케이스케의 외침과 함께, 그녀는 강한 힘에 밀쳐져 나가 떨어졌다.

그 직후, 소름이 오싹 돋는 것만 같은 둔탁한 소리가 울렸다.

아코는 상체를 일으켜 앞쪽을 봤다.

4WD 자동차는 가드레일에 처박혀 멈춰 있었다. 그 왼쪽 옆에 케이스케가 쓰러져 있었다.

"케이스케!"

아코는 케이스케 곁으로 달려갔다. 쓰러진 케이스케의 머리에서 피가 흘러나오고 있었다. 아코의 뇌리에 그날의 악몽이 플래시백 되었다.

"케이스케! 죽지 마! 부탁이야! 날 혼자 두지 마!"

아코의 부름에 케이스케는 눈을 뜨지 않았지만, 그날과 달리 희미하게 호흡하고 있는 것을 확인할 수 있었다.

아코는 주머니에서 손수건을 꺼내 출혈 부위에 갖다 댔

다. 비어 있는 쪽 손으로 스마트폰을 조작하여 119에 전화를 걸었다. 케이스케의 상태를 말하고, 구급차를 요청했다.

살 수 있다. 케이스케는 반드시 살 수 있어. 그렇게 기도하며, 구급차가 도착할 때까지 아코는 케이스케의 몸을 줄곧 지켰다.

케이스케가 수술실로 옮겨지고 얼마나 지났을까. 아직 수술등은 켜진 채다. 케이스케의 부모님께는 조금 전에 연락을 드렸다. 다른 현에 살고 있기에 도착할 때까지 다섯 시간 정도 걸린다고 했다.

케이스케가 차에 치인 건 우연인가 필연인가. 생각할 나위도 없었다.

이건 그녀가 타임리프 한 대가인 것이다.

아코의 몸은 계속 떨리고 있었다. 무서워서 견딜 수 없었다.

아무 생각도 할 수가 없다. 지금은 그저, 손을 모으고 케이스케가 무사하기를 기도할 수밖에 없었다.

이윽고 수술등이 꺼지고 문이 열렸다.

수술을 담당한 것으로 보이는 집도의가 이쪽을 향해 걸

어온다. 아코는 떨리는 몸으로 그 앞에 섰다.

"저기, 선생님. 케이스케는?"

"수술은 끝났습니다. 하지만 예단할 수 없는 상태이기에, 집중치료실로 옮겨서 상태를 지켜보게 될 겁니다."

"그런……."

온몸에서 핏기가 가시고, 아코는 휘청거렸다. 쓰러질 뻔한 것을 의사가 부축해 주었다.

"괜찮습니까?"

"네. 죄송합니다."

"저희가 할 수 있는 일은 최대한 하겠습니다. 부디 마음을 굳게 가져 주십시오."

"네……."

의사가 떠나간 뒤, 수술실에서 케이스케가 나왔다. 팔에는 삽관이 되어 있고 얼굴에는 산소마스크가 부착되어 있었다.

"케이스케……."

아코는 손을 뻗었지만, 사랑하는 사람은 그녀 앞을 지나쳐가서 모습을 감췄다.

집으로 돌아와도 아코의 정신은 불안정한 채였다.

혼자 덩그러니 남겨지자, 마음이 불안과 공포에 지배당했다. 이제부터 어떻게 되는 걸까. 예상할 수 없는 전개가 되어 버려 마음이 꺾일 것만 같았다.

그대로 한없이 깊게 가라앉을 것만 같았다…….

「아코.」

누군가가 이름을 부른 듯한 느낌이 들어 아코는 고개를 들었다.

실내에는 아무도 없다. 하지만 분명히 지금, 그의 목소리가 머릿속에 울렸다.

케이스케…… 마음이 약해져서는 안 된다고 말해 준 거야?

아코는 눈을 감고 머릿속으로 미래를 그렸다. 희망으로 가득 찬 길을 걷는 두 사람의 모습을.

이 세계에서 케이스케에게 프러포즈를 받겠다고, 방금 결심했잖아. 자신에게 그렇게 되뇌고는 마음을 떨쳐 일으켰다.

차츰 생각할 기력이 돌아왔다. 그녀는 바닥이 보이지 않는 수렁으로부터 아슬아슬한 찰나에 생환했다.

지금 케이스케는 살아있다. 결코, 목숨을 빼앗긴 게 아니다. 그 사실을 좋은 쪽으로 해석하기로 했다. 두 사람이 살아나는 길이 반드시 어딘가에 있다. 그렇게 믿고 추리해 나갔다.

편지에도 적혀 있던 대로, 케이스케는 온갖 각도에서 타개책을 생각했을 터다. 다른 사람이었다면 얼른 포기했을 방책이라도 어떻게든 살려낼 수 없을지, 시간을 들여 궁리했을 터다. 케이스케와 마찬가지로 어떤 사소한 점이라도 결코 쓸데없는 것으로 생각하지 않고, 공들여서 조사해 나가는 것이 중요해진다. 유연한 발상도 중요할 것이다. 케이스케가 한번 답을 냈던 것에 관해서도, 어쩌면 그건 잘못된 것이 아닐까 하는 관점을…….

아코는 순간 깨달았다.

오늘 케이스케의 방에서 생각하고 있을 때 가슴에 위화감을 느꼈는데, 지금 또 비슷한 감각을 느꼈다.

지금 자신이 어떤 생각을 하고 있었는지를 떠올렸다.

……케이스케가 낸 답은 잘못되었을지도 모른다.

그 말이 아코를 강하게 자극하기 시작했다.

어째서 자신은 케이스케가 세운 가설이 옳다고 믿었던 것일까. 지금 이 순간까지, 티끌만큼도 의심하지 않았다.

이전 세계에서 3월 26일 오전 11시 15분경을 넘겨도 죽지 않았으니까?

하지만 단 한 번의 현상으로 그 가설이 옳다고 단언하는
건 성급하지 않을까.

케이스케가 목숨을 걸고 낸 답이니까, 하고 맹목적으로
신용해서는 안 된다고 생각했다. 그가 온 힘을 기울였던
일이기에 더더욱 철저하게 파고들어 생각해야만 한다.

케이스케가 세 번째 타임리프를 한 세계에서 아코는 죽
었다. 케이스케는 그 이유를 두 사람이 헤어질 예정이었
던 운명을 바꾸어 버렸기 때문이라고 결론지었다.

여기서 발상의 전환.

그 세계에서 아코가 죽은 건 두 사람이 헤어지지 않았기
때문이 아니라, 다른 원인이 있다고 한다면.

분명 케이스케도 그것에 관해 숙고했을 터다. 하지만 결
국 다른 답을 찾지 못했고, 다음 세계에서는 사별을 선택
했다. 그 결과 아코는 죽지 않았다.

그것만을 놓고 보면 케이스케가 낸 답은 옳은 것처럼 생
각되지만…….

어딘가에 놓친 것은 없나. 《다섯 번째 타임리프》를 한
그녀이기에 발견할 수 있는 것은 없을까.

계속해서 추리하고 있었더니, 어떤 생각 하나가 뇌리에
떠올랐다.

이전 세계에서 아코가 죽지 않았던 것은 두 사람이 헤어졌기 때문이 아니라, 먼저 케이스케가 죽었기 때문이라고 한다면…… 그런 관점으로 볼 수도 있는 것 아닐까…….

이별이 아니라, 죽는 방식이 중요하다고 한다면….

문득, 어떤 생각에 이르렀다.

두 사람이 헤어지지 않더라도 부정적인 사건은 일어나지 않지만, 괴한에게 습격당하는 운명을 회피해 버리면 대가가 필요해진다. 그 경우 죽을 운명에 있는 건 아코이지만, 희생양으로서 다른 누군가가 죽으면 그녀는 죽지 않고 그친다.

아코가 죽은 세계와 케이스케가 죽고 아코가 죽지 않았던 세계를 생각하니, 이 가설도 충분히 성립할 수 있다는 느낌이 들었다.

더 깊이 생각해 나가자, 어째서 괴한에게 습격당하는 운명을 회피하면 역린을 건드리게 되는지, 그 이유로 짐작되는 바가 있다는 것을 알아차렸다.

괴한에게 습격당한 세계에서 아코는 임신했다. 하지만 괴한에게 습격당하지 않았던 세계에서는 배에 깃들 터였던 생명은 무(無)가 되었다. 존재했던 세계에서 존재 자체가 없었던 세계로 바꾸는 건 중대한 개변(改變)이다.

원치 않는 임신을 했던 세계의 자신이 배에 깃든 생명을 최종적으로 어떻게 했는지는 알 수 없다. 배 속의 아이에게 죄는 없다고 판단하고 낳았을지도 모른다. 혹은 그럴 기력은 없고, 낙태했을지도 모른다. 어느 쪽을 선택했는지 지금의 자신은 답을 낼 수가 없다. 같은 사이다 아코라도 눈에 비치는 상황은 전혀 달랐을 테니까.

어느 쪽이건, 이 배에 깃들 터였던 생명을 사라지게 했기 때문에 운명의 분노를 샀을 가능성이 있다. 그 분노를 가라앉히기 위해서는 목숨이 필요하게 된다는 것이다.

새로운 가설을 반복하여 머릿속에서 외고 있자, 자신감의 싹이 커져 갔다.

아코는 크게 숨을 내쉬고 고개를 끄덕였다.

이 가설이 정답이라고 믿고, 계획을 진행하자. 남겨진 시간은 전부 그걸 위해 쓰자.

아코 이외의 목숨이라도 대가로서 인정된다면, 대신 희생되는 그 사람의 기준은 어떻게 되어 있는 걸까. 아코에게 케이스케는 무척 소중한 존재다. 그런 식으로, 아코가 봤을 때 가까운 사람의 목숨이 아니면 안 된다는 조건이 있는 걸까.

그러자, 거기서 하나 잊고 있는 것을 떠올렸다.

이전 세계에서는 케이스케뿐만 아니라 괴한도 죽었다.

이건 무척 중요한 사실이었다.

희생되는 목숨이 케이스케 이외의 것이라도 괜찮다는 가능성이 생겨났으니까.

혹은, 희생되는 사람은 누구라도 좋고, 그녀의 행동이 원인이 되어 죽는다든가 그녀 자신의 손으로 목숨을 빼앗으면 인정된다든가 하는 그런 조건 역시 있을지도 모른다.

이에 관해서는 결말을 볼 때까지는 정답을 알 수 없지만, 그 괴한은 사건 당사자이기에 아코를 대신하여 희생되는 조건 안에 포함되어 있어도 이상하지는 않다.

그 남자의 목숨이라도 대신으로 인정되는 것이라면…….

자신의 손으로 그 남자를 죽인다. 또렷하게, 그 광경을 머릿속에 그렸다.

지금 여기에 있는 사이다 아코는 괴한에게 강간당하지 않았다. 하지만 지금까지 케이스케가 봐 왔던 세계의 사이다 아코는 몇 번이고 강간당하여 원치 않는 임신을 했다. 그리고 그것이 원인이 되어 사랑하는 사람 곁을 떠나는 결단을 했다.

인생이 엉망진창이 된 다른 세계의 자신을 생각하니 살인이라는 무거운 울림은 희미해졌고, 증오심이 커졌다. 아무 상관이 없는 사람을 죽이는 건 불가능하지만, 그 남자라면 주저하지 않고 죽일 수 있을 것이다.

단지, 성공할지 어떨지 확신은 가질 수 없다. 덮쳐지는 장소와 날짜까지 알고 있다고는 해도, 그녀 같은 연약한 여자가 칼을 든 흉포한 남자를 정말로 죽일 수 있을까. 급소를 빗나가면 반격을 허용하게 되어 확실하게 살해당할 것이다. 불의의 공격을 할 수 있다고는 해도, 자는 걸 덮치는 것과는 사정이 다르다. 그 남자를 죽이는 것에 저항은 느끼지 않지만, 실패는 허용되지 않는다는 생각이 그녀를 주저하게 했다.

한 번은 생각했던, 자신이 참는다면 어떨까 하는 마음이 되살아났다.

케이스케가 세운 가설대로라면, 그녀가 운명을 받아들여도 그 후에 케이스케와 헤어지지 않으면 누군가가 죽게 된다. 하지만 그녀가 세운 가설이 옳다면, 괴한에게 강간당하고 바라지 않은 임신을 하는 운명을 받아들인다면, 케이스케와 헤어지지 않아도 누구도 죽지 않는다. 상처를 받는 건 자신뿐. 절대로 케이스케가 죽게 할 수는 없다.

그렇다면, 이 몸을 바칠 각오는 되어 있다.

하지만 최선은 그녀도 케이스케도 희생되지 않고 끝나는 것. 괴한에게 강간당하는 운명을 받아들인다는 선택지는 최후의 수단으로 남겨 두기로 하고, 지금은 제일 나은 방법을 찾는 것에 집중했다.

그 남자가 숨어서 기다리는 장소는 알고 있다. 선제공격을 가하는 것은 가능하다. 하지만 덮쳐지기 전에 죽여 버리면 정당방위는 성립하지 않고, 단순한 살인이 되고 만다. 목숨이 걸려 있다고는 해도, 살인범으로서 교도소에 들어가는 건 피하고 싶었다. 그래서는 케이스케와 함께 있을 수 없게 되고, 많은 사람을 슬프게 하고 만다.

그렇게 되면 역시 그 건물에 끌려 들어간 뒤, 칼로 찌른다는 방법밖에 없으리라.

어떻게 하면 한 방에 급소를 찌를 수 있을까. 어떻게 하면 아무리 못하더라도 반격을 허용하지 않을 정도의 중상을 입힐 수 있을까.

그날의 광경을 떠올리며 이리저리 생각하고 있자, 그때 보고 들었던 것이 뇌리에 되살아났다.

남자의 그림자, 냄새, 목소리, 말……

문득, 그 남자가 내뱉은 어떤 말을 기억해 냈다.

'이야기가 다르잖아, 젠장 할.'

케이스케가 나타난 직후, 그 남자는 분명히 그렇게 말했다. 케이스케한테는 들리지 않았을지도 모르지만, 그녀의 기억에는 남아 있다.

그 말에 관해 생각하면 생각할수록, 그건 무척 중요한 것으로 여겨졌다.

케이스케가 죽은 충격으로 완전히 잊고 있었지만, 그 괴한이 한 말은 분명하게 제삼자의 존재를 암시하는 것 아닌가.

상황을 생각하면 《어떤 이야기》였는지는 상상이 간다. 목적은 아코를 강간하는 것뿐일 터였는데, 연인인 남자가 구하러 나타났다. 괴한으로서는 예측하지 못한 사태였다. 그래서 푸념 같은 말이 흘러나왔다.

이것들로부터 추측할 수 있는 것은 그 괴한이 단순히 자신의 성욕을 채우기 위해 그녀를 덮친 것이 아니라 누군가에게서 명령 혹은 부탁을 받아 범행에 이르렀다는 것이다.

하지만, 누가 그런 짓을?

누군가에게 부탁해서 여성을 강간시키다니, 상식을 벗어나 있다. 제대로 된 인간이 할 짓이 아니다.

아코는 자신에게 물었다. 그렇게까지 원한을 살만한 짓을 한 적이 있는가 하고.

의식하지 못하고 누군가를 상처 입힌 적은 있을지도 모른다. 절대로 없다고는 할 수 없다. 하지만 그에 대한 앙갚음으로 강간당할 정도의 원한을 샀다고는 생각되지 않는다.

상대가 부조리한 사고방식을 지닌 인간이라면? 불현듯 그런 생각이 들었다.

억지 원한이라면 있을 수 있는 일 아닐까. 선의를 악의라고 잘못 받아들이는 인간이라면, 비열한 짓도 태연히 할 수 있을지도 모른다.

억지 원한이라는 말이 계기가 되어 아코의 뇌리에 한 남자의 얼굴이 떠올랐다.

마에시로 타케시…….

부서는 다르지만 아코와 같은 회사에 근무하는 세 살 연상의 남자. 마에시로는 아코에게 연인이 있다는 것을 알면서도 사귀어 줬으면 한다고 작업을 걸던 남자였다.

아코가 갓 입사했을 무렵에도 마에시로가 들이댄 적은 있었다. 신입사원 환영회 때, 억지로 아코 옆에 앉아 그녀의 정보를 꼬치꼬치 캐물으려고 했다. 결국, 그때는 마에시로 취향인 신입 여자가 그밖에도 있었던 모양이라, 최종적으로는 그쪽으로 갔다. 아코는 전혀 그렇게 생각하지 않지만, 키가 크고 상쾌한 미남이라는 것이 마에시로에 대한 동료 여사원들의 평가다.

아코는 이전 세계의 1월을 떠올렸다.

1월 14일, 21일, 28일 이렇게 3주 연속으로 토요일에 마에시로와 놀았다. 정확히는 동료이자 친구인 사키와 하라니시 신고를 포함한 네 명이 함께 유원지나 오락 시설에서 놀았다. 예전에 별로 좋지 못한 느낌을 받은 적이 있기에 사실은 마에시로 같은 남자와는 시간을 공유하고 싶지 않았다. 하지만 그럴 수밖에 없는 사정이 있었다.

친구인 사키는 이전부터 하라니시 신고에게 호의를 품고 있었다. 지금까지 회사 행사나 회식에서 이야기한 적은 있어도, 부서가 다르기도 해서 오랫동안 대화할 정도까지의 사이는 아니었다. 좀 더 친해지고 싶지만, 그럴 방법이 없다. 거기서 사키가 부탁한 것이 하라니시 신고와 친한 마에시로였다.

사키는 마에시로에게 상담했다. 하라니시 씨와 같이 놀 시간을 만들어 줬으면 한다고. 마에시로는 두 사람 사이를 주선하는 대신, 아코를 데리고 와 줬으면 한다는 조건을 꺼냈다. 사키에게서 그 부탁을 받았을 때, 또 자신에게 들이대려는 건가 싶어 불쾌감을 느꼈지만, 친구를 위해서라며 체념하고 조건을 받아들였다.

그게 잘못의 근원이었다.

마에시로는 다음 토요일에도 아코를 데리고 오도록 사키에게 부탁한 모양이었다. 사키는 미안한 듯한 태도를 보이면서도 또 같이 놀아줬으면 한다고 부탁했다. 오랜만에 접한 마에시로는 여전히 아코에게 친근하게 굴었지만, 자신에게 작업을 걸지는 않았기에 사키를 위해서라고 되뇌며 다시 만나게 되었다.

그날의 마에시로는 저번과는 달리 맹렬하게 작업을 걸어 왔다.

'양다리라도 괜찮으니까, 나랑 사귀어 줘.'

'일요일은 지금 남친이랑 보내도 되니까, 토요일은 나랑 둘이서만 놀자고.'

'나랑 사귀면 분명 지금 남친보다도 좋은 부분이 보일 거야.'

마에시로는 그런 말을 태연히 입 밖으로 꺼냈다.

잘도 그런 말을 할 수 있구나 싶어 어이가 없었지만, 화를 내며 돌아갈 수도 없는 노릇이고 그 자리의 분위기를 깨서는 안 된다고 생각하여 필사적으로 미소를 지으며 상대했다. 물론, 마에시로의 요구는 부드럽게 거절했다.

까닭에 아무리 그래도 세 번째는 없겠지 싶었는데, 사키에게서 세 번째 부탁을 받고 말았다. 이번으로 마지막이니까 한 번 더 마에시로와 만나 주었으면 한다고.

더는 만날 생각이 들지 않았지만, 평소의 사키에게서라면 상상도 되지 않을 정도로 끈질기게 부탁해 왔다. 아마도 마에시로한테서 무슨 말을 들었던 것이리라. 그런 사키를 불쌍하게 여기고, 마지막 한 번이라는 조건을 꺼내며 또 만나게 되었다.

그날도 마에시로는 끈질기게 들이댔지만, 돌아갈 때 처음으로 진지한 표정을 지으며 아코에게 고백했다. 지금은 두 번째라도 좋다, 그 대신 첫 번째가 되려고 노력할 테니 사귀어 줬으면 한다고.

지금까지의 가벼운 느낌에 비하면 다소 말과 태도에 무게감이 늘어나 있었지만, 당연히 아코의 마음이 움직이는 일은 없었고 정중하게 거절했다. 마에시로는 그 이상 끈질기게 달라붙지는 않았지만, 돌아갈 때 마에시로가 혀를 찼던 건 지금도 귀에 남아 있었다.

그것이 1월 28일에 있었던 일.

아코가 괴한에게 습격당한 건 2월 3일…….

확실히 마에시로는 호감을 느낄 수 없는 남자이기는 했지만, 그렇다고 해서 누군가에게 의뢰하여 아코를 강간시키려 하다니…….

확신은 가질 수 없다. 그러나 만약 정말로 마에시로가 관여되었다고 한다면, 2월 3일에 자신을 덮칠 괴한을 쓰러뜨려도 그걸로 끝나는 건 아니지 않을까. 그녀가 괴로워하는 모습을 보여줄 때까지, 마에시로는 같은 짓을 반복할지도 모른다. 그렇다고 한다면 흑막을 백일하에 드러낼 필요가 있다. 그러고 나서야 비로소 이 세계에서 안심하고 살아갈 수 있다.

아코가 해야 하는 일은 세 가지. 2월 3일에 자신을 덮치는 괴한에게서 몸을 지키고, 대신하게 될 목숨을 운명에 바치고, 그리고 흑막을 밖으로 끌어낸다. 어떻게 하면 성공시킬 수 있을지, 아코는 그때까지 계속해서 계획을 짰다.

최종장

운명의 사람

전철에서 내린 아코는 많은 인파와 함께 같은 방향으로 걸어갔다. 대관람차가 보이기 시작하자, 근처에 있는 아이들이 환성을 질렀다. 가까이 다가감에 따라 제트코스터 등의 놀이기구도 시야에 들어오기 시작했다.

유원지 입구에서 사키의 모습을 확인했다. 옆에는 하라니시 신고, 그리고 마에시로 타케시가 서 있다. 아코를 알아차린 사키가 손을 흔들었다. 마찬가지로 마에시로 타케시도 아코를 향해 손을 흔들고 있었다. 저번 1월 28일과 같은 광경.

"기다렸지."

아코는 사키에게 그렇게 말했다.

사키는 아코의 귀에 얼굴을 가까이 가져다 대고,

"아코, 고마워. 진짜로 오늘로 마지막이니까."

라고 말했다.

"안녕, 사이다 씨. 귀신의 집에서 어떤 반응을 보여줄지 기대하고 있을게."

하라니시 신고는 싱긋 웃으며 그렇게 말했다.

"괜찮아, 아코. 내가 붙어 있으니까. 귀신이 무서우면 내 가슴에 뛰어들어도 괜찮으니까 말이지."

마에시로가 헤실거리는 미소를 띠며 말했다.

아코가 무서움을 잘 탄다는 것을 이전에 마에시로한테 이야기한 적이 있었다. 그래서 그녀가 어느 정도 무서워할지를 기대하고 있는 모양이었다. 악취미라고 생각하면서도 적당히 대꾸하고, 유원지 안으로 들어갔다.

보는 광경, 듣는 말, 모든 것이 이전에 보고 들었던 것과 똑같다. 올해 들어서부터 아코가 기억하고 있는 일은 전부 그 결과가 같았다.

그걸로 괜찮다고 생각했다. 만에 하나라도 이전 세계와는 달라지는 일이 있으면 곤란하다.

2월 3일, 괴한이 덮쳐 주지 않으면 계획이 엉망이 된다.

최고의 결과를 붙잡기 위한 작전은 거의 완성되어 있었다.

나머지는 그때를 기다리는 것뿐이지만, 차질이 생겨 운명이 변해 버리지 않도록 아코는 저번과 같은 말과 행동을 하려고 특별히 신경 쓰고 있었다.

예를 들어 마에시로에게 노골적으로 싫다는 태도를 보여 버리면 그는 오늘 고백하지 않을지도 모른다. 그렇게 되면 마에시로가 흑막이었을 경우, 그날의 남자에게 아코를 덮치도록 의뢰하지 않을 우려가 있다. 그래서는 계획이 망쳐지고 만다. 그러니 그렇게 되지 않도록, 아코는 붙임성 있는 태도로 마에시로를 대하고 있었다.

마에시로는 유쾌한 듯이 아코를 귀신의 집으로 데리고 갔다. 아코는 이런 부류의 시설에 정말 약했지만, 아무리 그녀가 무서움을 잘 탄다고 해도 이미 한 번 체험한 것을 단기간에 반복해서 보면 공포심도 희미해진다. 하물며 지금 아코가 처한 상황에서 보면, 귀신의 집 같은 건 글자 그대로 만들어 낸 물건에 지나지 않는다. 무서워할 요소는 어디에도 없었다.

하지만 앞서 결심했던 대로, 일부러 무서움을 잘 타는 사이다 아코를 연기했다.

5초 후에 오른쪽 벽이 반전되어 여자 귀신이 튀어나온다.

5, 4, 3, 2, 1.

칠흑 같은 벽이 반전되고 하얀 기모노를 입은 귀신이 나타났다.

아코는 호들갑스러운 비명을 질렀다.

"아코, 엄청난 비명이네."

마에시로가 아코를 친근하게 부르며 그녀의 어깨에 손을 올려놓았다.

저번에 이런 식으로 그가 자신의 몸을 만졌을 때, 무척이나 불쾌해졌고 진심으로 케이스케에게 미안한 마음이 들었다. 지금쯤 케이스케는 열심히 일하고 있을 텐데 나는 뭘 하는 걸까, 하고.

그런 마음이 겉으로 드러나려는 것을 꾹 참고, 마에시로에게 말을 걸었다.

"마에시로 씨는 귀신이 무섭지 않으세요?"

"진짜 유령이라면 무섭겠지만, 처음부터 가짜라는 걸 알고 있는 건 무섭지 않지. 아코, 무서우면 언제든 나한테 안겨도 돼."

"으음~, 그 정도까지는 아니라고 생각해요."

"딱히 나한테 안겨도 지금은 절대 남친한테 안 들키잖아?"

최악의 발언이었다. 새삼 느끼는 것이지만, 이 남자에게는 섬세함이 없다.

역시나 기분이 나빠졌기에 아코는 귀신의 집을 나와 화장실로 향했다.

거울 속에 비친 자신을 보고 침착하라고 중얼거렸다. 마에시로의 뺨을 후려갈기는 건 쉽지만, 그랬다가는 돌이킬 수 없는 사태가 될 우려가 있다. 그러니 지금은 참아야 한다.

조금 뒤늦게, 사키가 화장실로 들어왔다.

"아코, 마에시로 씨한테 무슨 말 들었어?"

"아니. 딱히 별말 안 들었어."

"정말?"

"정말이야. 이제 익숙해졌다고 말하는 편이 좋으려나."

사키는 쓴웃음을 띠고는,

"마에시로 씨, 나쁜 사람은 아닌데 아무튼 분위기가 가벼우니까 오해를 주는 부분이 있단 말이야. 그래도 뭐, 아코가 기분 상하지 않았다면 다행이야."

나쁜 사람은 아니다, 인가…….

이전 세계도 포함하면 마에시로와 함께 노는 건 오늘로 여섯 번째지만, 확실히 그가 악인이라는 증거는 없었다. 섬세함이 없는 남자라는 건 의심할 여지가 없는 사실이지만, 누군가에게 부탁해서 자신을 찬 여성을 강간시키려 할 정도로 구제할 도리 없는 인간인지는 현시점에서는 판별할 수가 없다.

하지만 그것도 당연한 일이었다. 아직 아코는 마에시로를 거절하지 않았으니까.

마에시로가 흑막이라면 아코에게 복수심이 싹트는 건 고백을 거절당한 뒤다. 그 순간까지는 어디까지나 마에시로는 단순히 호감이 안 가는 녀석에 지나지 않는다. 그러니 지금 아무리 마에시로에게 접근해도 답을 아는 건 불가능하다. 진상이 판명되는 것은 조금 더 후의 일이다.

화장실에서 나와 마에시로와 하라니시가 기다리고 있는 장소로 이동했다.

"어제도 일 끝나고 나서 병원에 갔어?"

사키가 그렇게 물었다.

"응."

"아직 눈을 뜰 기색은 없어?"

"의사 말로는 언제 눈을 뜰지 알 수 없다더라."

"그래……."

섣달그믐날에 혼수상태가 된 이후로 케이스케는 눈을 뜨지 않았다.

하지만 이렇게 되리라는 것은 예측했다. 아코의 추측으로는 계획대로 일이 잘 진행되면 2월 3일이나 그다음 날에는 케이스케의 의식이 돌아올 것으로 보고 있었다. 반드시 그렇게 될 거라고 믿고 있다.

마에시로, 하라니시와 합류하고 몇 가지 놀이기구를 타며 논 뒤 점심을 먹게 됐다. 마에시로는 자못 당연하다는 듯이 아코 옆에 앉아 카레라이스를 먹고 있다. 입맛이 없었지만, 저번과 마찬가지로 샌드위치만 주문했다.

"아코는 식사량이 적네."

마에시로가 말했다.

당신이 옆에 있기 때문이라고는 말할 수 없어서,

"저 샌드위치를 좋아하거든요."

라고 대답했다.

"난 빵은 싫어한단 말이지. 뭔가 먹은 느낌이 안 난다고 할까. 역시, 일본인이라면 쌀이지. 포만감이 전혀 다른걸. 뭐, 난 빵 안 먹으니까 차이는 모르지만 말이야."

마에시로는 그렇게 말하고는 혼자 웃었다.

케이스케는 절대로 그런 말을 하지 않겠지만, 가령 지금 마에시로가 한 말을 케이스케가 했다면 아코도 웃으면서 딴지를 걸었을 것이다. 하지만 마에시로한테는 아무 말도 할 생각이 들지 않았다.

레스토랑을 나온 뒤 오전 중에는 타지 않았던 놀이기구를 타고, 밖에서 노는 게 질리자 실내 놀이시설로 이동했다. 마에시로는 계속 아코 옆에 서 있었다. 가볍기는 했지만 몇 번이고 몸을 만졌다. 옆에서 보면 아코와 마에시로는 연인 사이로 보였을지도 모른다. 케이스케도 탐정을 고용하여 그녀를 조사시키고 있을 때, 두 사람이 친근하게 찍힌 사진을 보고 바람을 의심했다고 편지에 적혀 있었다. 그 사진을 봤을 때의 케이스케를 생각하자, 아코의 가슴이 욱신거리며 아팠다.

빨리 오후 여섯 시가 되라고 오랫동안 기도하고 있던 아코는 실제로 그 시각을 맞이했을 때, 녹초가 되어 있었다. 저번과는 비할 바가 못 된다. 정신적인 짜증이 육체에 무척이나 큰 피로감을 끼치고 있었다.

유원지 출구에서 작별 인사를 한 뒤, 하라니시 신고는 차를 세워 둔 주차장 쪽으로 걸어갔다. 사키가 아코 옆에 나란히 서서,

"아코, 오늘은 정말로 고마워. 나는 이제부터 하라니시 씨랑 같이 드라이브하고 올게. 제2라운드 시작이라는 느낌."

아코는 터무니없이 긴 1라운드였다고 생각하면서,

"다행이야. 고백, 잘 되면 좋겠네."

사키에게 응원을 보냈다.

이 뒤에 사키는 하라니시 신고에게 고백하고 교제하기 시작한다. 사키는 친구고, 하라니시 신고도 나쁜 사람은 아니기에 이쪽 두 사람은 이대로 잘 되기를 바랐다.

"그럼 내일 또 전화할게."

사키는 그렇게 말하고 하라니시 신고가 기다리는 자동차 쪽으로 뛰어갔다.

"저쪽 두 사람은 잘 될 것 같네."

아코 뒤에 서 있는 마에시로가 중얼거리듯이 말했다.

저쪽 두 사람이라는 말에 아코는 오한을 느꼈다.

"그럼, 저는 이만 가볼게요."

아코는 그렇게 말하고 걷기 시작했다.

"아, 나도 전철 타고 돌아가니까 같이 가자. 아코한테 조금 할 이야기도 있고 말이야."

저번과 같은 전개라 아코는 일단 안심했다.

유원지에서 돌아가는 사람들과 함께 역을 향해, 해가 완전히 저문 거리를 걸어갔다.

그 도중에,

"아코, 잠깐 괜찮을까."

마에시로가 불러 세웠다.

멈춰 선 두 사람 옆을 인파가 끊임없이 지나쳐간다.

"……뭔가요?"

"저번 주에 같이 놀았을 때도 말했지만, 난 아코랑 사귀
고 싶어. 같이 있으면 마음이 편안해진다고 할까, 아마 상
성이 맞는 것 아닐까. 아코도 계속 생글생글 웃으면서 내
이야기를 들어 줬고 말이야."

"……저, 사귀는 남자친구가 있는데요."

"그건 알아. 그러니까 요전에 말했던 것처럼, 토요일만
만나는 관계라도 괜찮아. 그렇게 지내는 가운데 지금 남
친보다도 나의 좋은 점을 찾아 주면 되는 거고."

저번에는 이 직후에 바로 거절하는 말을 꺼냈지만, 이번
에는 그녀가 입을 여는 것보다도 먼저 마에시로가 뒷말을
이었다.

"아코의 남친은 계속 눈을 안 뜨고 있잖아? 언제 의식이
회복될지 알 수 없는 남친보다도, 내가 분명 아코를 즐겁
게 해줄 수 있어. 하다못해, 남친이 눈을 뜰 때까지는 나
랑 사귀어 주지 않겠어? 지금이라면 요일 상관 없이 언제
든 같이 놀 수 있잖아."

한순간 오른손에 힘이 들어가 마에시로의 뺨을 후려갈

길 뻔했지만, 움직이려 한 오른손을 필사적으로 멈췄다.

이제 고백을 받았으니, 나머지는 거절하는 것뿐이다. 그러니 뺨을 후려갈겨도 좋았겠지만, 철저히 짠 계획을 수행하려면 여기서는 거절만 해두는 편이 최선이었다.

아코는 분노를 마음속 깊은 곳에 가두어 둔 뒤 숨을 한 번 내쉬고,

"마에시로 씨와 사귈 마음은 없습니다. 이걸로 그만둬 주세요. 이제 마에시로 씨와 같이 놀 생각도 없으니까요."

그렇게 담담하게 말했다.

저번에는 알아차리지 못했지만, 그 한순간 마에시로의 눈에 검은 감정이 깃든 것처럼 보였다. 마에시로가 더러운 걸 지워내려는 것처럼, 오른손 손가락을 분주히 문지르고 있었다.

"어떻게 해도, 안 되겠어?"

"네."

"그래…… 유감이네…….."

"그럼 실례하겠습니다."

역을 향해 걸어가기 시작했을 때, 뒤에서 혀를 차는 소리가 들렸다.

아코는 뒤돌아보지 않고 계속 걸었다.

나머지는 준비를 하고 2월 3일을 기다리는 것뿐이었다.

【2월 3일 금요일】

"하아, 하아, 하아……."

거의 1㎞ 정도를 계속 뛰었기에 아코는 숨을 헐떡이고 있었다. 빌딩 안에 들어가 엘리베이터가 내려올 때까지 몸을 구부정하게 숙여 숨을 가다듬었다. 손목시계를 보니 시각은 7시 10분. 화장실에 갔다 오겠다고 동료에게 말하고 나서 10분 이상 지나 있었다.

엘리베이터에 타고 5층에서 내렸다. 총무부가 있는 플로어로 돌아갔을 때, 아무도 아코를 보지 않았다. 다들 컴퓨터 화면이나 서류에 시선을 향한 채 일에 집중하고 있다. 이번 달 말로 다가온 연말을 앞두고 회사 전체가 분주하게 움직이고 있었다. 아코가 소속된 총무부도 이제부터 1년 중 가장 바쁜 시기로 돌입하게 된다.

아코는 자신의 자리에 앉아 중단했던 작업을 재개시켰다.

문서를 작성하며 이 뒤의 전개를 머릿속으로 그렸다.

그때, 어떻게 움직일 것인가. 그 순간, 무슨 말을 할 것인가. 상정하지 못한 일이 일어나면 어떤 행동을 취하면 좋을 것인가. 오늘만으로 벌써 몇 번이고 그걸 계속 확인하고 있었지만, 사소한 실수가 돌이킬 수 없는 실패로 이어지기 때문에, 아무리 주의하고 또 주의해도 지나칠 일은 없었다.

먼저 일을 끝낸 동료가 한 명 또 한 명 퇴근했다.

시곗바늘이 7시 반을 가리켰을 때, 아코는 키보드 위에서 손을 떼고 인쇄한 종이 몇 장을 들고 부장이 있는 곳으로 갔다.

"부장님. 서류 작성, 끝났습니다."

부장은 인쇄된 글자와 숫자를 보고 고개를 끄덕인 뒤,

"그래. 이걸로 문제없네. 수고했어. 오늘은 그만 돌아가 보게."

"네. 그러면 먼저 실례하겠습니다."

아코는 부장에게 고개를 숙이고 발걸음을 되돌렸다.

돌아갈 채비를 하고 있을 때, 이미 퇴근 준비를 끝낸 사키가 말을 걸었다.

"아코, 오늘은 아무것도 안 하고 집에 가는 거야?"

"응. 사키는 이제부터 하라니시 씨랑 데이트?"

"맞아. 오늘은 이제부터 세련된 가게에 데려가 주는 모양이야. 기대돼."

"잘됐네. 즐겁게 보내고 와."

웃는 얼굴이었던 사키가 불현듯 진지한 표정이 되어서는,

"아, 미안해. 아코의 기분도 생각하지 않고, 나 혼자 밝게 행동해서……."

"딱히 그런 거 신경 안 써. 나도 이제 곧 케이스케를 만날 수 있으니까."

"어? 미카미 씨, 눈 뜬 거야?"

"아, 그건 아니야. 아직이긴 한데, 그런 느낌이 들어. 이제 곧 케이스케가 눈을 뜰 거라고. 그런 꿈도 최근에 자주 꾸고."

사키는 다시 미소를 짓고는,

"그거, 꿈대로 진짜 이뤄질 거야. 아코는 그런 힘을 가지고 있을 것 같고 말이지."

"그런 말은 처음 들었네. 하지만 고마워."

"그럼 나갈까. 난 하라니시 씨 차 안에서 기다리기로 했으니까."

"아, 난 다른 부서 사람한테 잠깐 볼일이 있으니까, 여기서 헤어지자."

"그렇구나. 업무 이야기?"

"뭐, 그런 거지."

"알았어. 그럼 월요일에 또 봐."

사키는 작별 인사를 하고 엘리베이터 쪽으로 걸어갔다.

아코는 사키의 모습이 사라진 것을 확인한 뒤 엘리베이터에 타 3층에서 내렸다.

왼쪽에는 영업부가 있는 플로어. 오른쪽에는 휴게실. 휴게실에 아무도 없는 것을 확인하고 나서, 영업부 플로어로 들어갔다. 총무부 쪽은 벌써 절반 이상은 퇴근했지만, 영업부 쪽은 아직 많은 사람이 책상에 앉아 있었다. 외근 중인 사람도 포함하면 거의 전원이 업무 중인 것일지도 모른다.

아코 시점에서 왼편 끝쪽 자리에 마에시로의 모습이 있었다.

오늘 이 시간, 마에시로가 회사에 있는지 어떤지 그것만은 확실하지 않은 상태였다. 만약 오늘 마에시로를 만나지 못하면 두 번째로 생각했던 작전으로 변경해야만 했겠지만, 이로써 최선책을 실행에 옮길 수 있다.

마에시로에게 가까이 다가가는 아코를 영업부 사람들이 힐끔힐끔 보고 있는 걸 알 수 있었다. 하지만 총무부 사람이 영업부 플로어에 오는 건 딱히 드문 일은 아니기에 누군가가 말을 거는 일도 없었다. 다들 일별하기만 했을 뿐, 자신의 업무로 돌아갔다.

"마에시로 씨."

아코는 마에시로를 불렀다.

뒤돌아서 아코를 본 마에시로는 깜짝 놀란 표정을 지었다. 그 눈에서 명백한 동요의 기색을 읽어낼 수 있었다.

그 순간, 그때까지 아코 안에서 의혹의 영역을 벗어나지 않았던 것이 확신으로 변했다.

마에시로와 얼굴을 마주하는 건 저번 주 토요일 이후로 처음이었지만, 자신을 찬 상대가 갑자기 찾아왔다고 해도, 같은 회사 사람이니까 이렇게까지 놀랄 필요는 없다. 평소의 마에시로라면 태연한 태도로 대했을 터다.

즉 지금은 평소의 정신상태가 아니라는 말. 이제부터 아코의 몸에 무슨 일이 일어날지 알고 있기에 평정을 유지할 수가 없다. 하지만 그건 결코 양심의 가책에서 오는 것이 아니리라. 둘이서 이야기하는 모습을 주위 사람들이 보면 곤란하다든가 하는 그런 자기 보호 차원에서 오는 동요일 터다.

"업무, 수고하셨습니다."

아코는 그렇게 말했다.

"어? 무슨 용건이야?"

마에시로의 시선은 산만하게 흔들리고 있다. 아코라고
불렀을 때의 친근하게 굴던 태도는 티끌만큼도 없다. 실
로 쌀쌀맞은 대응이었다.

"지금 시간 괜찮으세요?"

"바빠. 용건이 있다면 빨리 말해 줘."

아코는 주위에 있는 사람들에게는 들리지 않도록 작은
목소리로,

"중요한 이야기가 있으니 나중에 전화해 주실 수 있나
요? 가능하다면, 10분 정도 뒤에."

"뭐?"

마에시로는 의아한 표정으로 아코를 쳐다봤다.

"뭔데, 중요한 이야기라는 게?"

"요전에 마에시로 씨가 제안해주셨던 이야기에 관한 거
예요."

마에시로는 아코를 가만히 바라보고 있다. 눈동자 속의
본심을 찾아내려는 것만 같이.

"어, 하지만 그건……."

아코는 마에시로의 말을 가로막고,

"어쨌든, 10분 뒤에 전화 주세요. 그때 전부 이야기하겠어요. 사람이 많은 이런 곳에서는 부끄러워서 이야기할 수 없으니까요."

아코는 쑥스러워하는 것처럼 연기하며 그렇게 말했다.

마에시로의 얼굴 근육의 조금 풀어진 것처럼 보였다.

"그럼, 먼저 나가보겠습니다."

아코는 발걸음을 되돌려 뒤돌아보지 않고 엘리베이터에 올라탔다.

거울에 비친 얼굴은 냉정함을 유지하고 있었지만, 심장 고동은 크게 뛰고 있었다.

이 정도로 긴장하지 말라고 거울을 보며 자신에게 되뇌었다. 이 정도는 아직 시작에 불과하다. 진짜 승부는 이 뒤다. 여기서부터는 무엇보다도 평상심이 중요해진다. 모든 사람을 속일 수 있는 연기를 하려면 냉정한 어조가 필요하다. 목소리가 떨리고 있어서는 말할 거리도 못 된다.

빌딩을 나와 역 쪽으로 나아갔다.

걸어가면서 가방 안에 든 내용물을 확인했다.

은색으로 빛나는 칼은 확실하게 들어있다.

가능하다면 이걸 쓰지 않고 끝내고 싶다. 하지만 첫 번째 수단이 실패했을 때는 두 번째 수단을 쓸 필요가 있다.

자신의 손을 피로 물들일 각오도, 지금 굳혀 뒀다.

가로등이 많은 거리를 빠져나가 어둠으로 물든 길에 들어섰을 때, 아코는 걸음을 멈췄다. 가방에서 스마트폰을 꺼내 그때를 기다렸다.

전화를 걸어 오라고 마음속으로 외면서, 아코는 스마트폰을 꽉 쥐고 있었다.

그리고—.

시각을 표시하던 화면이 바뀌고 마에시로의 이름이 표시되었다. 동시에 착신음이 울렸다.

아코는 심호흡을 하고 손가락으로 화면을 밀었다.

"여보세요."

아코는 그렇게 말했다.

"용건이라는 게 뭐야? 요전에 했던 이야기에 관한 내용인 것 같은데."

마에시로의 어조는 조금 전과는 달리 다소 부드럽게 변해 있었다.

"요전에는 마에시로 씨의 고백을 거절했지만, 그 뒤로여러 일이 있어서 생각을 고쳤어요. 저, 마에시로 씨와 사귀어도 좋아요."

"어? 어어?"

전화 너머로도 그 동요는 손에 잡힐 듯이 알 수 있었다.

"저, 정말로?"

"네. 조금 더, 마에시로 씨에 대해 알고 싶다고 생각해서요."

"하지만 요전에는…… 남친은 어쩌고?"

"그 사람이 눈을 뜨면, 그때 생각하겠어요. 일단이라고 말하면 실례일지도 모르지만, 지금은 마에시로 씨랑 사귀어도 괜찮으려나 싶어서요."

"그런가……."

"안 된다면 포기하겠지만요."

"아니아니, 전혀 안 될 거 없어. 좋은 사고방식이라고 생각해. 아코, 나는 기뻐."

"오늘은 지금부터 만날 수 있나요?"

"물론이야. 조금만 더 하면 일도 끝날 거고, 뭔가 먹으러 가자고."

"알겠어요. 저 지금 역 쪽으로 걷고 있는데, 어디서 기다리면 될까요?"

"앗! 자, 잠깐 기다려!"

마에시로의 목소리가 긴박감에 가득 찬 것으로 변했다.

"지금, 어디야?"

"역으로 이어지는 길이에요. 가로등이 거의 없는 길을 걷고 있어요."

"아, 안 돼. 그 이상 가지 마. 내가 지금부터 데리러 갈 테니까 이쪽으로 돌아……."

아코는 스마트폰을 귀에서 떼고,

"꺄앗."

하고 짧게 비명을 지른 뒤 전화를 끊었다.

스마트폰을 가방에 넣고 재차 역을 향해 걷기 시작했다.

왼쪽 앞에 건설 중인 건물이 보이기 시작했을 때, 오른쪽 앞에 있는 전봇대가 눈에 들어왔다. 어둠과는 또 다른 검은 물체가 그곳에 있는 걸 확실하게 알 수 있었다. 아코는 눈치채지 못한 척을 하고 그 전봇대를 통과했다.

직후, 등 뒤에서 몸이 억눌리고 입이 막혔다.

"조용히 해. 소리 내면 찌른다."

남자가 위협적인 목소리로 협박하며 아코의 눈앞에 예리한 칼날을 들이댔다.

남자는 아코를 건설현장 안으로 끌고 들어갔다. 모퉁이 방에 도착하자 난폭하게 그녀를 밀어 넘어뜨렸다. 저번에는 여기서 저항했지만, 이번에는 지금부터 자기가 해야 할 일을 떠올리고 가만히 있었다.

"얌전히 있으라고. 큰 소리 내면 진짜로 죽인다. 나는 사람을 죽이는 건 아무렇게도 생각하지 않아. 죽고 싶지 않다면 가만히 있어. 그러면 살려서 보내 주지."

거친 숨을 내뱉는 남자는 아코 위에 올라타 그녀의 셔츠를 난폭하게 벗기려고 했다.

아코는 심호흡을 했다. 해야 할 말을 머릿속으로 정리하고, 입을 열었다.

"당신이 누군지 알아."

아코는 그렇게 말했다.

단추를 잡아 뜯다시피 하며 옷을 벗기고 있던 남자의 손이 딱 멈췄다.

남자는 약간의 뜸을 두고,

"하아?"

하는 목소리를 냈다.

무슨 말을 하는 건지 이해할 수 없다. 그런 어조로 들렸다.

"당신이 누군지, 알고 있어."

아코는 조금 말투를 강하게 해서 말했다.

남자는 바닥에 놓여 있던 칼을 손에 들고 아코의 뺨에 갖다 댔다.

"무슨 말을 하는 거냐, 너? 내가 누구인지 네가 알 리가 없잖아."

아코는 다음으로 꺼낼 말을 머릿속에 떠올렸다.

다음 대사로, 대세가 결정된다.

그러니 냉정하게 말해야만 한다. 그녀가 모든 것을 알고 있다고 이 남자가 생각하도록 만들 필요가 있다. 그러지 못한다면, 아마도 아코는 여기서 살해당한다.

아코는 숨을 크게 내뱉고,

"당신이 누구한테 고용되었는지 알아. 마에시로라는 남자잖아?"

어두워서 남자의 표정은 확인할 수 없다. 대답은 돌아오지 않는다. 뺨에 갖다 대고 있는 칼의 힘이 조금 강해졌다.

괜찮다고, 아코는 자신에게 되뇌었다. 남자는 지금 혼란스러워하고 있는 것이다. 무슨 말을 하면 좋을지 알 수 없는 상태. 이대로 이쪽에서 계속 말하면 된다. 무서워하지 마라.

"나를 범하는 보수는 50만? 100만? 마에시로는 구두쇠니까 50만이려나."

공격을 피하는 것처럼 남자는 윗몸을 스윽 뒤로 젖혔다. 확실한 느낌이 전해지는 남자의 반응을 보고 아코의 입은 유창해져 갔다.

"당신, 복수대행 사이트에서 마에시로한테 고용된 거지? 그 사람 언제나 그래. 자기 마음대로 되지 않는 상대가 있으면 이런 식으로 누군가에게 덮치게 해. 그래도 말이야, 그 사람은 구두쇠니까 당신한테 돈 같은 건 주지 않아. 주지 않고 끝나도록 보험을 들어 뒀으니까. 저기 구석에, 도구가 놓여 있는 곳을 봐. 비디오카메라가 돌아가고 있으니까. 저것 봐, 빨간 램프가 켜져 있지?"

아코는 그렇게 말하고 그쪽을 손가락으로 가리켰다.

남자는 아코가 손가락으로 가리킨 쪽을 그녀와 번갈아 가며 보고 있다.

아코는 그 이상은 아무 말도 하지 않고, 잠자코 남자에게 시선을 쭉 맞췄다.

이윽고 남자는 일어서더니 아코를 협박하지도 않고, 손가락으로 가리킨 쪽으로 걸어갔다.

거기에는 지금으로부터 40분 정도 전에 아코가 설치한 비디오카메라가 놓여 있다.

남자는 공사 도구를 헤치고 비디오카메라를 들어 올렸다.

"이건 어떻게 된 거지? 어째서 네가 여기에 카메라가 있다는 걸 알고 있는 거냐?"

남자의 목소리는 희미하게 떨리고 있다. 두려움이 아니

라, 분노에서 오는 떨림으로 느껴졌다.

"조금 전에 말했던 대로, 그 사람은 구두쇠야. 마에시로는 누군가에게 복수할 때는 당신 같은 사람을 고용해. 하지만 돈은 주고 싶지 않아 해. 그래서 이런 식으로 사태의 자초지종을 촬영해 두는 거야. 실행범이 돈을 요구하면 촬영한 비디오를 경찰에 보내겠다고 협박해서 지불을 거부해. 입장은 양쪽 다 범죄자지만, 실행범도 붙잡히고 싶지는 않으니까 경찰에겐 갈 수 없어. 증거가 있는 만큼 실행범 쪽이 불리하다고 할 수 있지. 당신도 마에시로가 돈을 주지 않는다고 해서 경찰서에 가고 싶지는 않잖아? 하지만 그 녀석이 악랄한 건, 그 뒤야. 그 증거를 협박 도구로 삼아서 몇 번이고 공짜로 일을 시키려 해. 협박해서 돈을 받아낼 수 있다고 생각하면, 상대의 인내심이 끊어지지 않을 정도만큼의 돈을 계속 요구하는 거야. 당신도 이제부터 마에시로한테 계속 이용당하게 될 거라고."

남자의 몸 전체에서 분노가 내뿜어지고 있다는 걸 똑똑히 알 수 있었다. 단지, 그것이 아코를 향한 것인지 마에시로를 향한 것인지는 알 수 없다.

"네가 한 말은, 사실이냐?"

남자의 목소리 떨림이 더욱 커져 있었다.

"내가 거짓말을 하고 있다면, 그 비디오카메라는 뭐겠어? 당신, 이 장소에서 나를 강간하도록 마에시로한테 지시받은 거잖아? 그럼 누가 설치한 건지 답은 나오잖아."

"어째서 네가 그런 걸 알고 있지?"

"글쎄, 어째서이려나?"

그러자 그때, 바깥에서 가까이 다가오는 발소리가 들렸다.

아코는 깊게 숨을 내쉬었다.

여기까지는 순조롭게 진행되었다. 하지만 최후의 난관이 남아 있다.

대가가 될 목숨. 그걸 여기서 빼앗아야만 한다.

"이 발소리, 누구라고 생각해? 조금 전 이야기의 뒷 내용인데, 마에시로는 실행범을 잘 이용할 수 없다고 판단했을 때엔 죽이기로 하고 있어. 비디오카메라의 존재가 발각됐으니, 분명 당신을 죽이러 온 거겠네."

"너⋯⋯."

남자가 뭔가를 말하려 했을 때, 어둠 속에 사람의 형체가 나타났다. 마에시로라 여겨지는 남자는 모자를 쓰고 입가를 타올 같은 것으로 가리고 있다. 손에는 긴 막대기 형상의 물건이 쥐어져 있다.

마에시로의 키는 181cm. 지금 다가온 모자를 쓴 남자의 키도 꽤 크다. 마에시로라고 봐도 틀림없으리라.

"이 개자식이. 날 속였군."

남자가 그렇게 내뱉듯이 말하고는 비디오카메라를 던졌다.

마에시로는 대답하지 않고 천천히 거리를 좁히기 시작했다.

남자는 칼을 앞으로 내밀고 위협하는 말을 내뱉었지만, 마에시로는 전진을 멈추지 않았다.

손을 뻗으면 서로의 몸에 닿을 정도로까지 두 사람의 거리가 좁혀졌을 때, 한순간 정적이 찾아왔다.

다음 순간, 두 그림자는 동시에 움직이기 시작했다.

먼저 맞은 것은 마에시로의 공격이었다. 금속음이 울려 퍼지고, 남자는 비명을 지르며 쓰러졌다. 마에시로는 남자 위에 서서 격렬한 공격을 계속 퍼부어 댔다.

가능하면 마에시로가 죽어줬으면 했지만, 그렇게 되지 않는다면 어쩔 수 없다.

마에시로는 저 남자를 죽일까?

아코의 추리대로 마에시로는 저 남자를 복수대행 사이트에서 찾았을 것이다. 서로 어디까지 신상을 밝혔을지는 알 수 없다. 저 남자가 체포되어도 자신이 붙잡힐 일은 없다는 것을 알고 있다면 죽이기까지는 하지 않을지도 모른다.

그건 곤란하다. 여기서 어느 한쪽이 죽지 않으면 아코가 운명의 손에 죽는다. 아니, 그전에 케이스케가 죽을지도 모른다.

미래를 손에 넣기 위해서는 반드시 여기서 둘 중 한 명이 죽어야만 하는 것이다.

아코는 가방을 끌어당겨 안에서 칼을 꺼냈다.

내던져진 비디오카메라가 아코 옆에 나뒹굴고 있다.

아코는 비디오카메라 전원을 끄고는 천천히 일어서서 발소리를 죽인 채 마에시로에게 접근했다.

어느 쪽도 죽지 않는다면, 아코 자신의 손으로 죽일 수밖에 없다.

두려움은 없다. 망설임도 없었다.

마에시로는 여전히 막대기 형상의 물건으로 남자를 두들겨 패고 있다.

남자는 이미 죽었을지도 모른다고 생각했지만, 확실하게 확인할 수 없다면 살아있다고 판단해야 할 것이다.

아코는 마에시로 뒤에 섰다.

칼을 쥔 손에 힘을 담아 팔을 뒤로 당긴 뒤 내찌르려 했을 때, 갑자기 단말마 같은 비명이 울렸다. 그 목소리가 어느 쪽의 것인지 바로는 판단되지 않았다.

눈앞에 서 있던 마에시로가 극히 천천히, 아코의 몸을 스치며 뒤쪽으로 쓰러졌다.

아코는 거의 무의식적으로 쪼그려 앉아 마에시로의 상태를 확인했다.

가슴에 튀어나온 물건이 있었다. 그것이 칼임을 금방 인식했다.

마에시로의 몸이 튀는 것처럼 크게 경련했다. 아코는 놀라서 소스라쳤다. 하지만 움직인 건 그 한 번뿐이고, 이후 마에시로는 미동조차 하지 않게 되었다.

아코는 마에시로의 입가에 오른손을 뻗었다.

……숨을 쉬고 있지 않다. 죽은 것이다.

뒤에서 남자가 일어선 걸 알 수 있었다.

아코는 황급히 일어나서 뒤돌아봤다.

생생한 피 냄새가 감도는 가운데, 남자는 작게 신음하고 있다.

아코는 가지고 있던 칼을 남자를 향해 내밀었다. 어둠 속에서 시선이 마주치지는 않지만, 계속해서 남자를 노려봤다.

밖에서 개가 짖는 소리가 울렸다.

그걸 신호로 삼은 것처럼, 남자는 휘청거리는 발걸음으로 출구 쪽을 향해 걸어갔다.

아코는 남자의 모습이 사라져도 한동안 칼을 들고 경계하고 있었다.

어느 정도 시간이 지났을까.

문득 뇌리에 케이스케의 얼굴이 떠올랐을 때, 아코는 겨우 모든 것이 끝났음을 이해했다.

그 순간, 힘이 빠진 아코의 손에서 칼이 미끄러져 떨어지고 콘크리트 바닥 위에서 튕겼다.

"케이스케……."

면밀하게 짠 계획을, 완수했다.

아코가 세운 가설이 옳다면 머잖아 케이스케는 눈을 뜰 것이다. 지금 이 순간에도, 케이스케는 돌아와 있을지도 모른다.

케이스케가 있는 병원으로 달려가고 싶은 마음을 꾹 참고, 아코는 경찰에 전화를 걸었다. 사랑하는 사람을 만나러 가는 건 확실하게 뒤처리를 하고 나서다.

아코를 강간하도록 마에시로에게 의뢰받았던 남자는 사건이 있었던 당일 중에 체포되었다. 아코에게서 신고를 받은 경찰이 열려 있는 병원을 모조리 수색했더니, 구급병원에서 치료를 받고 있던 남자를 발견했다. 혐의를 인정하였기에 그 자리에서 체포되었다. 마에시로는 칼이 심장에 도달하여 즉사했다고 들었다.

체포된 남자는 아코가 그때 이야기한 것을 그대로 경찰에 이야기했다. 사건 다음 날인 2월 4일 오후, 그 사실에 관해 아코는 사정 청취를 받게 되었다.

어째서 마에시로가 그 남자를 고용하여 당신을 덮치게 하려는 것을 알고 있었냐는 질문을 받은 아코는, 전부 순간적으로 입에서 나온 거짓말이라고 대답했다.

"예전부터 마에시로는 저를 끈질기게 따라다녔어요. 저한테는 연인이 있는데, 그래도 괜찮으니까 나랑 사귀라고 억지로 들이대더군요. 한 번은 거절했습니다만, 나와 사귀지 않으면 무서운 꼴을 당하게 될 거라는 협박을 받았어요. 마에시로나 저의 휴대폰 통화 이력을 조사하면 알 수 있겠지만, 제가 덮쳐지기 직전에도 마에시로에게서 전화가 걸려 왔어요. 그때, 마에시로한테서 이런 말을 들었어요. 지금 당장 내 여자가 되지 않으면, 이제부터 무서운 일을 겪게 될 거라고. 그래서 그 남자한테 강간당할 뻔했을 때, 분명 이건 마에시로가 꾸민 짓이라고 생각했어요.

괴한에게 모든 걸 알고 있다고 생각하게 만들어서 시간을 벌고자 했습니다. 잘 풀리면 도망칠 수 있을지도 모른다고 생각해서 필사적으로 생각해서 계속 말을 이어 나갔어요. —비디오카메라 건에 관해서는 괴한이 절 쓰러뜨렸을 때 빨간 램프가 보였기에 마에시로가 비디오카메라를 설치해서 제가 강간당하는 걸 촬영하고 있는 것이려나 하고 생각했어요. 그래서 제 안에서 스토리를 만든 거예요. 괴한과 마에시로가 서로 반목하는 스토리를. 다행히도 괴한은 비디오카메라의 존재를 몰랐던 모양이라 제 이야기를 듣고 격분했습니다. 거기에 갑자기 마에시로가 나타난 거고요. 이유는 알 수 없지만, 마에시로는 남자를 공격하기 시작했습니다. 남자는 축 늘어져서 죽은 건가 싶었는데, 그 뒤에 마에시로가 비명을 뱉고 쓰러져서……. 이게 제가 알고 있는 것과 본 것의 전부예요."

비디오카메라를 설치하고자 계획했을 때부터 반드시 경찰의 사정 청취를 받게 될 거라고 예상했기에 술술 이야기할 수 있었다. 어쩌면 아코의 이야기에도 미심쩍은 점이 있었을지 모르지만, 비디오카메라에 음성이 남아 있는 것, 체포당한 남자가 복수대행 사이트에서 마에시로의 의뢰를 받은 것, 그리고 마에시로를 살해한 것도 인정하였기에 아코에게 혐의가 향하는 일은 없었다. 하나 더. 사건 당일 달려온 경찰관으로부터 아코가 가지고 있던 칼에 관해 질문을 받았지만, 마에시로한테서 협박을 받은 이후로 신변의 위협을 느껴서 가지고 다녔다고 대답했다. 본래는 법에 저촉되는 일이지만, 사정을 참작해 준 것인지 엄중한 주의만으로 그쳤다.

"협력에 감사드립니다."

아코의 사정 청취를 담당한 형사가 1층 로비까지 배웅해 주었다. 아코는 가볍게 고개 숙여 인사하고 경찰서를 뒤로하고는, 택시를 잡아 케이스케가 있는 병원으로 가달라고 말했다.

지금 케이스케의 집 맨션에는 매일 병원에 다니기 위해 그의 어머니가 살고 있다. 당분간은 이쪽에서 생활하신다는 모양이었다.

오늘 경찰서로 가기 전에 케이스케 어머니께 전화를 드려 상태를 물어봤지만, 여전히 변함이 없다고 했다.

현재 시각은 오후 네 시.

아코 안에서 초조함이 싹트고 있었다.

어째서 케이스케는 눈을 뜨지 않는 걸까.

케이스케가 혼수상태에 빠진 건 아코가 타임리프 한 대

가다. 하지만 그것도 포함해서 운명의 일부라고 생각하고 있었다. 타임리프 자체가 운명 속에 들어가 있는 것이라고. 케이스케가 계속 눈을 뜨지 않는 건 인간의 지혜를 넘은 힘이 작용하고 있기 때문이며, 아코가 취한 행동에 따라서는 케이스케의 목숨을 빼앗길지도 모른다. 그렇게 판단하고 있었다. 운명을 바꾸면 반드시 누군가가 죽게 되지만, 그 숫자는 한 명뿐일 터다. 그러니 마에시로가 죽은 시점에서 케이스케가 죽을 일은 없어지고, 의식을 되찾는다. 그렇게 믿고 있었다.

하지만 그것들은 전부 가설, 아코의 희망에 지나지 않는다.

운명과 타임리프 각각이 독립된 것이고 서로 아무런 관련성이 없다고 한다면, 앞으로 케이스케는 어떻게 되고 마는 걸까.

케이스케에게서 온 편지를 상기했다. 타임리프를 반복하면 대가는 커져 간다. 이전 세계에서는 자칫 잘못되었다가는 그의 아버지가 돌아가실 뻔했다. 그러면 이 세계의 케이스케는…….

최악의 광경이 뇌리에 떠오를 뻔했을 때, 병원에 도착했다.

케이스케가 있는 집중치료실은 5층에 있지만, 면회 조건이 가족으로 제한되어 있었기 때문에 그날 이후로 아코는 한 번도 케이스케의 얼굴을 보지 못하고 있었다. 그의 어머니가 아코도 면회할 수 있게 해줬으면 한다고 병원 측에 이야기해 주었지만, 규칙은 바꿀 수 없다는 말을 듣고 말았다. 그래서 케이스케의 상태는 그의 어머니로부터 전해 들을 수밖에 없었다.

5층에서 엘리베이터를 내려 대기실 쪽으로 가자 소파에 앉아 있는 케이스케 어머니를 발견했다. 짧은 시간이기는 하지만 가족이라면 하루에 다섯 번의 면회가 허가되기에, 그의 어머니는 매일 긴 시간을 병원 안에서 보내고 있었다.

"어머, 아코야."

그의 어머니가 미소를 보내 주었다.

처음 만났을 때는 사이다 씨라고 불렸지만, 일주일 뒤에는 아코 씨, 거기서 한층 더 일주일이 지나자 지금의 호칭으로 바뀌어 있었다.

아코는 가볍게 고개 숙여 인사하고 옆에 앉았다. 왼쪽에는 접수대가 있고 그 안쪽에 집중치료실로 이어지는 중후한 문이 있다.

"한 시간 전에 봤을 때는 아직 눈을 감은 채였단다."

케이스케 어머니가 그렇게 알려 주었다. 아마도 아코의 시선을 좇은 것이리라.

"그런가요……."

"아코, 사정 청취는 괜찮았니? 뭔가 이상한 말은 듣지는 않았어?"

"네. 괜찮아요. 무사히 끝났어요."

"잘됐네. 케이스케가 저렇게 되고 아코까지 큰일을 당하다니, 정말 너무한 이야기지. 분명 케이스케도 걱정하고 있을 거야. 빨리 아코가 있는 곳으로 가야 해, 라면서."

그의 어머니께 괴한에게 습격당한 사실을 이야기할까 어떨까 망설였지만, 결국 이야기하기로 했다. 이야기한 시점에서 충격을 받았겠지만, 그다지 상세하게는 전하지 않고 완곡하게 감싸서 이야기했다.

"하지만 정말로 무사해서 다행이구나. 몸이 무사하다면, 다시 일어설 수 있으니까 말이야. 죽어버리면, 어쩔 도리가 없으니……."

케이스케 어머니는 중얼거리듯이 말한 뒤, 퍼뜩 정신을 차린 표정을 짓고는,

"죽는다는 말을 쓰면 안 되지. 불길하니까. 아코가 무사했으니까 케이스케도 반드시 돌아와 줄 거야."

"어머님 말씀대로예요. 케이스케는 꼭 돌아올 거예요. 저 무거운 문을 지날 때는, 분명 웃고 있을 거예요."

그렇게 말한 뒤, 아코는 케이스케를 이름으로 불렀다는 사실을 깨달았다. 케이스케 어머니 앞에서는 계속 케이스케 씨라고 불렀었기에, 아코는 황급히 말을 고쳤다. 하지만 케이스케 어머니는 웃으면서 그대로도 괜찮다고 말해 주었다. 그쪽이 더 친근감이 있어서 좋다고.

오후 7시 45분. 하루 중 마지막 면회 시간이 되었다. 케이스케 어머니는 다른 면회자들과 같이 접수대에서 수속을 끝마치고 안쪽으로 들어갔다.

아코는 손을 맞잡고 하늘에 기도했다.

부디 그의 의식을 회복시켜주세요. 절대 사리사욕으로 타임리프를 반복한 게 아닙니다. 어디까지나 상대를 생각하는 마음이 움직인 결과예요. 부디 그 마음은 인정해 주세요.

15분 후, 그의 어머니가 집중치료실에서 나왔다.

그 얼굴을 보고 오늘도 사랑하는 사람은 눈을 뜨지 않았다는 것을 깨달았다.

초조함이 더욱 커지는 가운데, 케이스케의 눈을 뜨게 할 방법이 없는지 아코는 다시 처음부터 생각하기 시작했다. 케이스케가 편지에 썼던 내용을 떠올리며 다각적으로 계속 분석했다. 하지만 아무리 시간이 지나도 빛은 보이지 않았다.

음울한 분위기에 휩싸여 시간을 보내던 중, 2월 15일에 낭보가 들어왔다. 케이스케의 용태가 안정되기 시작했기에 집중치료실에서 일반 병동으로 옮겨진다는 연락을 케이스케 어머니로부터 받았다. 케이스케는 머잖아 의식을 되찾을 것이다. 그렇게 확신하고, 아코는 매우 기뻐했다.

일반 병동으로 옮겨져서 아코도 면회를 할 수 있게 되었다. 유동식을 섭취하기 위해 코에 튜브가 부착된 점은 애처로웠지만, 오랜만에 보는 케이스케의 낯빛 자체는 무척 좋았다. 이름을 부르면 당장이라도 눈을 떠 줄 것만 같을 정도로.

의식 불명인 상태라도 귀는 들린다. 말을 거는 것은 효과적이다. 그렇게 전해 들었던 아코는 시간이 허락하는 한 케이스케의 손을 잡고 귓가에 계속 말을 걸었다. 케이스케가 좋아하는 장르의 영화를 빨리 보고 싶은 생각이 들게끔 줄거리를 들려주거나, 케이스케가 좋아하는 스포츠의 결과를 흥분한 것처럼 열띠게 전하거나, 혹은 그가 좋아하는 음악을 병실에 재생하는 등 케이스케가 뭐라도 반응해 주기를 바라는 소원을 담아 다양한 것들을 계속 들려줬다.

하지만 그로부터 일주일, 2주, 3주가 지나도 케이스케의 몸이 반응하는 일은 없었다. 눈꺼풀은 굳게 감긴 채다. 아코가 확신했던 마음은 시간의 경과와 함께 시들어 갔다.

아코는 또다시 업무 미스가 늘기 시작했다. 녹색 신호라고 생각해서 횡단보도를 건넜는데 빨간 신호인 적이 몇 번인가 있었다. 내리는 역도 몇 번이나 틀렸다. 여러 일에 집중할 수가 없었다. 미래가, 보이지 않았다.

케이스케가 눈을 뜨지 않은 채 3월 26일을 맞이했다.

시각은 오전 11시 40분.

아코는 타임리프가 발생하는 장소에 서 있었다.

다시 한번 과거로 돌아가야 할지 어떨지 계속 고민하고 있다. 이 시간이 되도록 아직 결단하지 못하고 있었다.

이대로 케이스케가 눈을 뜨지 않는 일도 있을지 모른다. 최악의 경우 목숨을 잃을 가능성도.

그럴 우려가 있다면 다시 한번 타임리프 하여 다른 수단을 모색하는 편이 좋지 않을까.

하지만 여섯 번째 타임리프를 해버리면 이번에는 즉시 누군가가 죽을지도 모른다. 지금까지 있었던 일을 돌이켜보면, 그 인물이 케이스케가 될 가능성은 충분히 생각할 수 있다. 그래서는 과거로 돌아가는 의미가 없어지고 만다. 거기서 또다시 타임리프를 반복해 봤자, 죽는 사람의 수가 늘어날 뿐이리라. 아코 자신이 죽는 전개도 있을 수 있다.

그렇게 생각하면, 케이스케가 숨 쉬고 있는 이 세계에 머무르는 것밖에 선택지가 없는 것처럼 느껴졌다.

뒤쪽 편의점에서 핑크색 스웨터를 입은 여자아이가 나와 아코 옆에 나란히 섰다.

아코는 깊은 한숨을 내쉬었다. 자신의 선택이 부디 최선이기를 기도했다.

보행자 신호가 녹색으로 바뀌었다.

여자아이가 걷기 시작했을 때, 아코는 그 아이의 어깨에 손을 올려놓았다.

"여길 건너면 안 돼."

여자아이는 갸우뚱한 얼굴로 아코를 올려다보고는,

"……왜?"

그렇게 물었다.

그 직후, 귀청을 찢을 듯한 충격음이 울려 퍼졌다.

대형 트럭이 멈춰 있는 차를 치면서 맹렬한 속도로 이쪽을 향해 오고 있다. 아코는 만에 하나를 생각하여 여자아이의 손을 잡고 편의점 안으로 피난했다. 폭주 트럭은 횡단보도를 가로질러 반대 차선에서 정차해 있던 차들에 격돌한 뒤 멈췄다.

끝난 것을 확인하자 아코는 큰 한숨을 내쉬었다.

그 옆에서는 여자아이가 갸우뚱한 표정을 지은 채 아코를 올려다보고 있었다.

"……언니, 차가 부딪칠 거라는 걸 알고 있었으니까 나를 구해 준 거야?"

아코는 미소를 생긋 띠고 고개를 끄덕였다.

"맞아. 너를 구할 수 있어서 다행이야."

병원에 도착한 아코는 엘리베이터에 타고 일반 병동 3층으로 갔다. 완전히 구면이 된 간호사와 말을 주고받으며 접수대에서 면회 절차를 끝냈다. 케이스케가 잠든 1인실 앞에 섰을 때, 아코는 눈을 감고 밝은 미래를 상상했다.

이제 타임리프는 할 수 없다. 자신의 손으로 직접 그 선택지를 제외했다. 어쩌면 그 결단이 좋은 쪽으로 작용했을지도 모른다. 그 여자아이를 구하는 것까지가 중요한 마무리였던 게 아닐까. 되돌아가길 반복했던 길을 앞으로 나아감으로써 새로운 세계가 움직이기 시작한다. 그건 케이스케가 눈을 뜨는 것과 이어져 있을지도 모른다.

문을 노크하자 들어오세요, 라는 목소리가 돌아왔다. 안으로 들어가자 침대 옆에서 케이스케 어머니가 의자에 앉아 있었다. 아코는 침대를 사이에 끼고 맞은편에 앉았다.

케이스케는 여전히 눈을 감고 있었다.

"지금 말이지, 이 애한테 네가 눈을 뜨면 다 같이 꽃구경이라도 하고 싶다고 말을 걸고 있었단다."

케이스케 어머니는 그렇게 말했다.

"그거 좋네요. —그러고 보니 저, 케이스케랑 꽃구경을 하러 간 적이 없어요."

"그러면 꼭 꽃구경하러 가야겠네. 벚꽃이 지기 전에 깨어나 주면 좋겠는데. —그럼 아코, 나는 잠깐 나갔다 올 테니까."

여느 때처럼 그의 어머니가 배려하여 둘만 있게 해주었다.

아코는 양손으로 케이스케의 왼손을 감싸듯이 잡았다.

"이 세계의 케이스케는 모르는 거지만, 조금 전에 그 여자아이를 구하고 왔어. 그러니까 이제 과거로는 돌아갈 수 없어. 이 세계에서 살아가는 게 돼. 나는 혼자서 살아가는 건 싫어. 케이스케와 손을 잡고 걸어가고 싶어. 저기, 부탁이야, 케이스케. 눈을 떠줘. ─밥을 먹을 수 있게 되면 요리를 잔뜩 만들어 줄게. 요새 말이지, 내 오리지널 요리가 완성됐어. 분명 맛있다고 말하게 할 자신이 있으니까, 빨리 먹어줬으면 좋겠네. ─케이스케가 퇴원하면 같이 살고 싶은데, 어떨까? 케이스케의 식생활은 편식이 있으니까 이제부터는 내가 제대로 관리해야겠다는 생각이 들었어. 그래서 말이야, 벌써 방을 찾기 시작해서 좋다고 생각되는 집을 몇 군데인가 찾아 놨어. 케이스케는 둘이서 산다면 어떤 집이 좋아? ─있지, 케이스케. 아직 이야기하고 싶은 거나 듣고 싶은 게 잔뜩 있어. 그러니까 빨리, 목소리를 들려줘."

편안히 잠들어 있는 것으로밖에 보이지 않는 그의 뺨이나 손을, 움직여 줬으면 하고 바라며 애지중지하는 것처럼 문질렀다. 하지만 새로운 세계를 향한 한 걸음을 내디딘 오늘도, 사랑하는 사람은 호응해 주지 않는다.

아코의 눈에서 한줄기 눈물이 흘러 케이스케의 손에 떨

어졌다. 타임리프 하고 나서 오늘까지 계속 마음을 다잡고 버텨 왔지만, 불현듯 약한 마음을 품은 순간 강고한 의지는 무너져 내렸다. 넘쳐흐른 부정적인 감정은 멈출 수 없어서, 봇물이 터진 것처럼 눈물이 흘러나왔다. 건네야할 말도, 빛이 비치는 미래도 머릿속에 그릴 수 없다. 아코는 그의 손을 뺨에 가져다 대고 하염없이 오열했다.

뒤에서 문을 여는 소리가 나, 아코는 정신을 차렸다. 간호사가 서 있는 걸 보고 면회 시간이 끝났음을 알았다.

아코는 눈물을 닦고 그의 손을 이불 속에 넣은 뒤 뺨에 입을 맞췄다.

"케이스케, 나 언제까지든 기다릴 테니까."

그렇게 말을 건네고 병실 문을 닫았다.

제법 침울해 보인 것이리라. 케이스케 어머니가 아코의 등을 문지르며 위로하는 말을 건넸다. 아코는 고개를 겨우 끄덕이는 게 고작이라, 그대로 병원 앞에서 헤어졌다.

시각은 오후 일곱 시 반. 평소라면 다음 날 출근에 대비하여 전철을 타고 집으로 돌아갔겠지만, 오늘은 이대로 돌아갈 생각이 들지 않았다.

어둠 속에서 가만히 서 있었더니, 문득 어느 장소가 뇌리에 떠올랐다.

아코는 택시를 잡아 운전사에게 목적지를 말했다.

산꼭대기 공원의 입구에 도착하여 택시에서 내렸다. 공사를 알리는 간판이 설치되어 있고, 주변에는 차가 두 대 세워져 있었다. 공원 내부로 들어가 안쪽을 향해 나아가자, 커플 두 쌍이 벤치에 앉아 있는 게 보였다. 이쪽에 등을 향하고 야경을 바라보고 있다. 아코는 그 커플들 사이에 있는 돌 벤치에 앉았다.

야경을 바라보고 있자, 여기서 케이스케에게 고백을 받았던 때의 광경이 되살아났다.

긴장이 역력한 표정으로 사귀어 줬으면 한다는 말을 꺼낸 케이스케의 얼굴은 지금도 강하게 인상에 남아 있다.

케이스케와는 지인을 통해 만났다. 처음 그를 봤을 때부터, 지금까지 보거나 사귀어 왔던 남성과는 다른 느낌을 받았다. 그녀는 결코 금세 사랑에 빠지는 성격은 아니었던 만큼, 어째서 처음 만난 케이스케를 보고 그렇게나 가슴이 두근거렸는지 자신도 신기하게 여겼다.

지금 와서 새삼스레 그런 생각이 든다. 케이스케는 정말 운명의 사람이었던 거라고. 본능으로 느꼈기에, 처음 본 순간에 그만큼 마음이 들뜬 거라고.

오른쪽에 앉아 있던 커플이 일어나서는 떠나갔다. 잠시 후, 왼쪽에 앉아 있던 커플도 사라졌다. 어둑어둑한 공원 안에 아코 혼자 덩그러니 남았다. 케이스케와 둘이서 바라보고 있던 때는 그만큼 반짝여 보이던 야경도, 지금의 그녀에게는 공허한 감정밖에 안겨주지 않는다.

아코는 눈을 감았다. 지금까지 본 케이스케의 수많은 모습이 뇌리에 흐르기 시작했다.

이따금 존댓말로 이야기하고 있었을 무렵의 풋풋한 모습. 가끔 보여주는 어린애 같은 모습. 그 반면, 나이보다 많아 보일 때가 있는 어른의 얼굴. 다른 누구에게도 보여주지 않는, 그녀에게만 보여주는 표정. 그리고 목숨을 걸고 그녀를 지켜 줬을 때의 모습.

과거의 케이스케를 하나씩, 하나씩 떠올릴 때마다 아코는 가라앉아 갔다. 한없이 깊숙하게, 어둠 속으로 집어 삼켜져 간다―.

정면에서 돌풍이 불어와 아코의 머리카락을 흔들었다.

바람이 불어 지나간 직후, 뒤쪽에서 자동차 엔진 소리가 들려왔다. 뒤이어서 문이 닫히는 소리와 자동차가 멀어져 가는 소리.

발소리가 가까이 다가온다.

그 사람의 기척을 바로 옆에서 느꼈을 때, 그리움이 느껴지는 냄새가 주변에 감돌았다. 동시에, 따뜻한 것으로 둘러싸인 듯한 감각이 느껴졌다.

어째서 이런 기분이……

어둠 속에 가라앉아 있던 의식이 천천히 떠오르기 시작했다.

발소리가 옆을 지나가 그녀 앞에서 멈췄다.

시선을 느꼈다. 앞에 있는 누군가는 이쪽에 눈길을 주고 있다.

아코는 눈을 뜨고 천천히 고개를 들었다.

"……케이스케."

그곳에 서 있는 사람은, 틀림없는 케이스케였다.

간절히 기다리고 있던 사랑하는 사람과 지금, 시선이 교차하고 있다.

하지만 아코는 꿈을 꾸고 있는 감각에 사로잡혀 있었다. 현실감이 전혀 없었다. 그래서 무표정인 채로 그를 올려다보고 있었다.

그런 그녀와는 반대로, 케이스케는 부드러운 미소를 띠었다.

"조금 전에, 눈을 떴어. 전화로 알려줄까도 싶었는데, 아코하고는 직접 만나서 이야기하고 싶었으니까 여기로 왔어."

꿈이라기엔 케이스케의 말이 너무 또렷하게 귀에 들리고 있다.

"……정말로, 케이스케야? 이건, 꿈이 아니야?"

아코는 그의 눈을 가만히 바라보며 물었다.

케이스케는 부드러운 미소를 띤 채 오른손을 뻗었다.

"이 손을 잡으면 알 수 있어."

아코의 시선이 그의 얼굴에서 오른손으로 이동했다.

살며시 팔을 뻗어 케이스케의 손을 잡았다.

온기가 전해져 온다. 오랫동안, 결코 마주 잡아 주지 않았던 사랑하는 사람의 손이 지금 그녀의 손을 부드럽게 잡아 주고 있다.

아코는 이것이 꿈이 아니라는 걸 이해했다.

그 순간, 튕겨 오르다시피 일어나 케이스케에게 안겨들었다. 확실하게 받아내 준 그의 가슴 안에서 소리 높여 울었다.

"케이스케…… 다행이야…… 정말로, 다행이야…… 나, 더는 케이스케를 만나지 못하는 게 아닐까 하고……."

"걱정 끼쳐서 미안. 아코가 힘써주지 않았다면, 난 이곳에 돌아올 수 없었을 거야. 전부 아코 덕분이야. 고마워."

그 말이 마음에 걸려, 아코는 얼굴을 들었다.

"……저기, 케이스케. 어째서 내가 여기에 있다는 걸 안 거야?"

"약속했잖아. 이 공원이 철거되기 전에, 다시 한번 같이 야경을 보자고. 오랫동안 잠들어 있었지만, 내 감은 녹슬지 않았네."

케이스케는 그렇게 말하고는 조금 득의양양하게 웃었다.

"어, 그 얘기는……."

말을 멈추고, 아코는 케이스케를 지그시 바라봤다.

그 눈동자에는, 그녀를 구하기 위해 작별을 고했던 그날의 케이스케가 비치고 있었다.

〈끝〉

반복되는 타임리프 끝에
네 눈동자에 비치는 사람은

초판 1쇄 ㅣ 2020년 05월 11일

지은이 아오바 유이치 ㅣ **옮긴이** 주승현

펴낸이 서인석 ㅣ **펴낸곳** 제우미디어 ㅣ **출판등록** 제 3-429호

등록일자 1992년 8월 17일 ㅣ **주소** 서울시 마포구 독막로 76-1 한주빌딩 5층

전화 02-3142-6845 ㅣ **팩스** 02-3142-0075 ㅣ **홈페이지** www.jeumedia.com

ISBN 978-89-5952-893-6

＊파본은 구입하신 서점에서 교환해 드립니다.

제우미디어 네이버포스트 post.naver.com/jeumediablog
제우미디어 페이스북 facebook.com/jeumedia
제우미디어 트위터 twitter.com/Jeumedia

만든 사람들

출판사업부 총괄 손대현 ㅣ **편집장** 전태준

책임편집 박건우 ㅣ **기획** 안재욱, 성건우, 서민성, 이주오, 양서경

디자인 총괄 디자인그룹 헌드레드 ㅣ **제작, 영업** 김금남, 권혁진